CHILLING ADVENTURES OF

SABRINA

SARAH REES BRENNAN

CHILLING ADVENTURES OF SABRINA

HEXENZEIT

Roman

Aus dem Amerikanischen von
Beate Brammertz und Ute Brammertz

heyne>fliegt

Die Originalausgabe erscheint unter dem Titel
Chilling Adventures of Sabrina: Season of the Witch
Scholastic Inc., New York

FSC
www.fsc.org
MIX
Papier aus verantwortungsvollen Quellen
FSC® C083411

Verlagsgruppe Random House FSC® N001967

German language edition published by
Verlagsgruppe Random House GmbH/Wilhelm Heyne Verlag,
by arrangement with Scholastic Inc.,
557 Broadway, New York, NY 10012, USA.

Redaktion: Martina Vogl
Umschlaggestaltung: Nele Schütz Design, München,
unter Verwendung einer Illustration von
© 2019 Archie Comic Publications, Inc. All Rights Reserved.
Cover Art by © Adams Carvalho
Satz: Leingärtner, Nabburg
Druck und Bindung: CPI books GmbH, Leck

ISBN: 978-3-453-27254-5

Für Kelly Link, Sinnamon Roll und, definitiv verbotenes Wort,
die in allem eine seltsame Schönheit findet. Heil Satan.

Was immer du tun kannst oder erträumst zu können,
beginne es. Kühnheit besitzt Genie, Macht und magische Kraft.
Beginne es jetzt.

– Goethe zugeschrieben –

ETWAS BÖSES

Es war Anfang September, als wir das Mädchen am Waldrand sahen. Ihr roter Sportwagen stand unter den Bäumen geparkt, und sie trug einen grünen Mantel. Sie schien direkt einer Autowerbung zu entstammen, der kein Junge widerstehen könnte.

Ich sehe selbst auch nicht so schlecht aus. Meine Tante Hilda sagt, ich sei ein süßer Käfer, und sie findet Käfer wirklich wunderbar. Ich hätte das Mädchen im Stillen beglückwünscht, von Mutter Natur derart gesegnet worden zu sein, und wäre ohne einen weiteren Blick an ihr vorbeigegangen – hätte mein Freund ihr nicht so viele zugeworfen.

Harvey begleitete mich an jenem Tag von der Schule nach Hause. Bevor wir das Mädchen gesehen hatten, hatten wir uns beeilt, da ein Sturm aufzog. Gerade schlang sich eine Böe um uns wie eine unsichtbare Peitsche, und ich sah, wie die ersten Blätter in einem wunderschönen Strudel aus leuchtendem Grün von den Bäumen fielen. Sie glitzerten in der Luft wie ein smaragdener Regenschauer. Unvermittelt zog es mir das Herz zusammen. Der Sommer neigte sich dem Ende zu.

Eine Decke aus dichten grauen Wolken hatte sich über den Baumwipfeln ausgebreitet. Greendale war von der Sonne abgeschnitten und lag im Schatten da. Die Nacht brach früh herein.

Ich stupste Harvey an und versuchte, meine Stimme unbeschwert klingen zu lassen. »Sie ist heiß, aber hier draußen ist es arschkalt.«

»Hey, sie kann dir nicht das Wasser reichen«, sagte Harvey. »Aber ein nettes Auto.«

»Na klar, du hast das Auto angestarrt.«

»Hab ich *wirklich!*«, protestierte Harvey. »Brina!«

Während ich durch die frisch gefallenen Laubblätter rannte, zog der Wind beharrlich an meiner Jacke, als wären da Geister, die meine Aufmerksamkeit auf sich lenken wollten. Harvey jagte mir nach, immer noch protestierend und lachend. Wir ließen das Mädchen in Grün hinter uns.

Harvey, Roz, Susie und ich waren am allerersten Schultag beste Freunde geworden, so wie es bei Kindern oft der Fall ist: Fremde beim ersten Schulgong und Seelenverwandte zur Mittagszeit. Die Leute hatten behauptet, ein Junge würde irgendwann aufhören, mit Mädchen zu spielen, und wir würden Harvey im Laufe der Kindheit verlieren. Weit gefehlt.

Schon mein ganzes Leben habe ich Harvey geliebt und bin fast ebenso lang in ihn verliebt. Von ihm bekam ich meinen ersten Kuss, und ich wollte nie einen anderen.

Ich erinnere mich an einen Schulausflug in den Wald von Greendale, als wir auf einen verlassenen Brunnen neben einem Bach stießen. Harvey war so begeistert von dieser Entdeckung, dass er sich ans Ufer setzte und gleich eine Skizze von dem Brunnen anfertigte. Heimlich warf ich einen Blick auf seinen dunklen Haarschopf, der über die Seiten seines Skizzenblocks gebeugt war, und sprach einen Wunsch für ihn aus. Aber ich hatte keine Münze, die ich in den Brunnen werfen konnte, und als ich es stattdessen mit einem Kieselstein versuchte, traf ich daneben.

Es war Winter, als Harvey mich fragte, ob ich mit ihm ins Kino gehen wollte. Ich kam zum Treffpunkt und stellte zu meinem Schrecken und meiner Freude fest, dass es nur wir zwei waren. Ich war so aufgeregt, dass ich bis jetzt nicht weiß, was in dem Film passiert ist. Alles, woran ich mich erinnere, ist die sanfte Berührung unserer Hände, als wir beide nach dem Popcorn griffen. So eine einfache, unbedeutende Sache, aber seine Haut an meiner fühlte sich wie ein elektrischer Schlag an. Er streckte den Arm aus und verschränkte meine salzigen Finger mit seinen, und ich dachte mir: *Genau so verbrennen Hexen.*

Meine lebhafteste Erinnerung an jenen Abend ist die, als er mich nach Hause begleitete, sich am Tor zu mir herabbeugte und mich küsste. Ich schloss die Augen und war überrascht, dass sich der Apfelgarten bei dem zärtlichen Kuss nicht in blühende rote Rosen verwandelte.

Von diesem Tag an hielten Harvey und ich in der Schule Händchen, er begleitete mich jeden Tag nach Hause, und wir gingen zusammen aus. Allerdings sprach ich nie an, ob er nun hochoffiziell mein fester Freund sei. Andere nennen ihn meinen Freund, aber ich habe das nie getan … noch nicht.

Ich habe Angst, das zu verlieren, was wir bereits haben. Meine Familie sagt mir ständig, dass es nicht ewig währen kann.

Und ich fürchte, er fühlt nicht das Gleiche wie ich.

Ich weiß, Harvey mag mich. Ich weiß, er würde mir nie wehtun. Aber ich will, dass sein Herz bei meinem Anblick zu klopfen beginnt, als würde jemand Eintritt zu seiner Seele verlangen. Und ich frage mich, ob er sich mit etwas Sicherem, Vertrautem zufriedengegeben hat. Mit dem Mädchen von nebenan, nicht dem Mädchen seiner Träume.

Manchmal wünschte ich, dass er mich ansieht, als wäre ich magisch. Schließlich bin ich das ja halb: magisch.

⛤

Harvey verabschiedete sich am Tor mit einem Kuss, so wie immer. Gelegentlich kommt er natürlich mit ins Haus, um Hallo zu sagen, aber ich trenne meine Freunde und meine Familie streng voneinander. Ich schloss die Tür und steuerte auf den köstlich zuckersüßen Geruch zu, der durch die Eingangshalle wehte.

»Mein kleines Opossum, du bist zu Hause!«, rief Tante Hilda aus der Küche. »Ich koche Marmelade ein! Da sind all deine Lieblingszutaten aus dem Garten drin – Erdbeeren, Brombeeren, Eichhörnchenaugen …«

»Nein!«, rief ich aus. »Tante Hilda! Das haben wir doch besprochen!«

Ich blieb im Türrahmen zur Küche stehen und sah meine Tante halb entsetzt, halb enttäuscht an. Sie stand vor unserem schwarzen gusseisernen Herd und rührte Marmelade, die die Farbe von Blut hatte, in einem Kochtopf um, der so groß wie ein Ofen war. Sie trug eine rosarote Schürze, auf der *Küss die Köchin* stand.

Sie blinzelte mich an. »Sie ist köstlich, wirst schon sehen.«

»Ich bin sicher, dass ich es sehen werde«, sagte ich. »Die Frage ist nur, wird die Marmelade es auch sehen?«

Tante Hilda stand sanfte, niedliche Verblüffung ins sanfte, niedliche Gesicht geschrieben.

Meine Familie wusste einfach nichts über den sterblichen Gaumen. Als ich klein war, hatte mir Tante Zelda lange, fruchtlose Vorträge über den Umstand gehalten, wie nahrhaft Würmer seien, und dass junge Hexen in der Schweiz verhungerten.

Tante Hilda, die viel lockerer als Tante Zelda war, tat meine sonderbaren sterblichen Marotten immer mit einem Achselzucken ab. Nun trat sie zu mir und strich mir liebevoll mit der Hand, in der sie nicht den rot verfärbten Holzlöffel hielt, über die Haare. »Meine kleine Zicke. Nie willst du etwas essen, das gut für dich ist. Vielleicht ändern sich die Dinge, sobald du im Vollbesitz deiner Macht bist.«

Selbst in unserer gemütlichen Küche, in der die warme Luft mit Zucker gewürzt war, überkam mich ein Frösteln. »Vielleicht.«

Tante Hilda strahlte mich an. »Ich kann kaum glauben, dass dein sechzehnter Geburtstag vor der Tür steht. Es kommt mir wie gestern vor, dass deine Tante Zelda und ich dich entbunden haben. Du hast so süß ausgesehen, ganz mit Blut und Schleim beschmiert, und deine Plazenta war kös…«

»Bitte hör auf!«

»Ach, ist dir das peinlich?«

»Nein, mir wird nur gleich übel.«

»Es war ein wunderschöner und ganz besonderer Moment. Deine arme Mutter wollte dich in einem Krankenhaus zur Welt bringen. Ist das zu fassen?« Tante Hilda schauderte. »Krankenhäuser sind unhygienisch. Ich würde niemals zulassen, dass du auch nur einen Fuß in eines setzt. Vom ersten Augenblick an warst du mein Goldschatz, und ich habe versprochen, auf dich aufzupassen. Und jetzt sieh dich einer an! Mein Baby ist erwachsen geworden und bereit, ihre Seele Satan zu überschreiben!«

Tante Hilda kniff mir sanft in die Wange und wandte sich wieder ihrer Marmelade zu. Sie summte vergnügt, als gäbe es keinen reizvolleren Gedanken auf der Welt.

Das war meine Familie: Sie liebte mich, liebte es aber noch mehr, mich zu blamieren, machte ein Riesentheater um meine Ernährung und wachte mit Argusaugen über meine Ausbildung, wollte immer das Beste für mich und erwartete so viel von mir.

Im Grunde wie in jeder anderen Familie auch – abgesehen von der Ergebenheit an den Dunklen Lord.

Tante Hildas Summen verstummte. »Hier ist alles ruhig. Deine Tante Zelda trifft sich mit Pater Blackwood, also sind es heute zum Abendessen nur wir drei. Wie geht es deinem Verehrer?«

»Er ist nicht offiziell mein Freund«, erwiderte ich. »Oder mein Verehrer, aber ihm geht's gut.«

»Wie schön«, sagte Hilda versonnen. »Er ist ein lieber Junge. Allerdings sorge ich mich ein wenig um ihn und seinen Bruder. In einem Haushalt ohne Mutter, wo ein gefühlskalter Mann das Sagen hat, zahlt ein Kind.«

Der Gedanke an Harvey war normalerweise ein Trost, aber nicht heute.

Ich räusperte mich. »Wo steckt Ambrose?«

»Oh, dein Cousin ist oben auf dem Dach«, erklärte Tante Hilda. »Du weißt doch, wie sehr Ambrose Sommergewitter liebt.«

Ich kletterte aus dem Mansardenfenster zu meinem Cousin hinaus.

Der Himmel war schwarz, als wäre schon tiefste Nacht, und Blätter wirbelten wild durch die Luft. Ambrose stand am äußersten Rand unseres Schrägdachs und tanzte singend im letzten Sommersturm. Eine Kobra war um seine

Hüfte geschlungen, ihr gewölbter Kopf genau an der Stelle, wo sich normalerweise eine Gürtelschnalle befindet, und ihre goldenen Augen glitzerten wie Juwelen. Eine zweite Kobra trug er wie ein Mikrofon, ihren schuppigen Schwanz um sein Handgelenk gewickelt. Er sang genau in ihr mit Fangzähnen bewehrtes, weit aufgerissenes Maul, während er sich im Takt wiegend hin und her drehte, als wären die Dachschräge und unsere Regenrinne eine Tanzfläche. Ambrose tanzte mit den Blättern, tanzte mit dem Sturm, tanzte mit der Dunkelheit. Blätter wirbelten um ihn wie Konfetti, der Wind zischte wie tausend Schlangen.

Ich legte die Hände wie einen Trichter an den Mund und rief: »Ich kenne den Begriff *Schlangenmensch*, aber das hier ist lächerlich!«

Mein Cousin wandte sich um, und mit der Drehung erstarb die starke Böe um unser Haus. Die Illusion der Kobras verblasste. Ambrose zwinkerte mir zu.

»Ich liebe alles Symbolhafte«, erwiderte er. »Buchstäblich. Willkommen zu Hause, Sabrina. Wie geht es der bösen Welt dort draußen?«

Als ich klein war, fragte ich meinen Cousin Ambrose ständig, warum er nicht nach draußen käme und mit mir im Wald spielte. Tante Hilda erklärte meinem verständnislosen sechsjährigen Ich, dass er als Strafe im Haus gefangen sei.

»Glaub mir, das Strafmaß ist völlig ungerechtfertigt, Sabrina, und wir müssen ihn umso mehr lieben, um es wiedergutzumachen«, hatte sie mir gesagt. »Es ist ganz natürlich, dass man kleine Streiche spielt, wenn man voll jugendlichem Übermut ist, wie Mädchen ärgern, Wagen in Karambolagen verwickeln, Matrosen ertränken, Städte niederbrennen, Zivilisationen auslöschen und so weiter. So sind Jungs nun mal.«

Es dauerte noch etliche Jahre, bis ich herausfand, was er tatsächlich angestellt hatte.

Tante Hilda war immer sehr nachsichtig mit Ambrose. Sie war nicht seine Mom, er war ein weit entfernter Cousin, aber sie war nach England gezogen und hatte sich um ihn gekümmert, als er klein gewesen war und jemanden gebraucht hatte. Die beiden hatten dort so lang gelebt, dass Tante Hilda fast ein Jahrhundert später immer noch einen englischen Akzent hatte. Ich konnte mir bildlich vorstellen, wie sie zu ihm gereist war und den winzigen Ambrose umsorgt hatte, voller Magie und mütterlicher Liebe, vom Himmel herabschwebend wie eine satanische Mary Poppins.

Der Zauberspruch, der Ambrose an unser Haus kettete, war viele Jahrzehnte älter als ich. Mein Cousin war immer für mich da, ein freundlicher Geist in unserem Haus. In meiner Kindheit war er der perfekte Spielkamerad, ließ meine Puppen sich von selbst bewegen und meine Spielsachen im Zimmer herumfliegen. Jetzt, da ich älter war, war er mein großer und ein klein wenig verruchter Bruder, dem es nichts ausmachte, den lieben langen Tag mit mir über Jungs zu reden. Oder Mädchen, sollte ich das jemals wollen. Ambrose war das egal.

Ich zuckte mit den Schultern und kletterte vorsichtig das Schrägdach zu ihm hinunter. »Die Welt ist im Grunde wie immer.«

»Wirklich? Nach allem, was ich höre, scheint sich die Welt durchaus zu verändern. Klimawandel, Hexeraktivisten … hört sich schrecklich an.« Ambrose' Stimme klang wehmütig. »Ich wünschte, ich könnte es mit eigenen Augen sehen.«

»Kopf hoch. Unsere Stadt ist wie immer. In Greendale ändert sich nichts.«

Statt einer Antwort summte Ambrose. »Was liegt dir auf der Seele?«

»Nichts.«

»Du kannst mich nicht anlügen, Sabrina, ich kenne dich viel zu gut. Außerdem«, sagte Ambrose, ohne die Miene zu verziehen, »habe ich dich mit einem Zauberspruch belegt, bei dem deine Nase purpurrot wird, wenn du mich anlügst.«

»Das ist ein Witz!«

Ambrose grinste. »Wirklich? Wir werden sehen. Aber erzähl mir lieber von deinen Sorgen. Schütte mir dein Herz aus. Cousin Ambrose ist ganz Ohr.«

Ich zögerte. Von unserem Hausdach aus konnte ich fast die gesamte kleine, von Bäumen umgebene Stadt sehen. Der Wald selbst erstreckte sich weit darüber hinaus, dunkel und scheinbar ewig. Ich schauderte, und Ambrose legte einen Arm um mich.

»Ist es deine satanische Taufe? Sind es deine sterblichen Freunde? Warte, nein. Ich wette, es ist Harvey.«

In meine Stimme schlich sich ein scharfer Unterton. »Wie kommst du darauf, dass es Harvey ist?«

Ambrose umarmte mich fester. »Nur eine wilde Spekulation. Ich bin wild, und ich spekuliere ständig. Und ich weiß, wie sehr du ihn magst. Auch wenn ich damit nicht andeuten möchte, dass ich die Anziehung verstehe. Ich persönlich bevorzuge meine Goldjungen mit kleinen Macken.«

Ich stupste ihn in die Seite. Ambrose lachte.

»Nun, was ist mit deinem Süßen? Steckt der Künstler in einer melancholischen Phase? Bei Satan, ich hoffe, er hat nicht angefangen, dich seine Muse zu nennen!«

Ich dachte kurz nach, bevor ich ihm eine Antwort gab. Gelegentlich war Harvey tatsächlich niedergeschlagen, als sorgte er sich zu sehr und hätte ein schweres Los zu tragen.

»Er ist manchmal traurig. Sein Dad und sein Bruder arbeiten beide in der Mine, und sein Dad drängt ihn ständig, auch ein paar Schichten zu übernehmen. Sein Dad redet sehr viel über das Familienunternehmen und das Familienerbe, aber Harvey will nicht dort unten in der Dunkelheit gefangen sein.«

»Gute Nachrichten, Harvey, der Bergbau ist ein aussterbender Industriezweig!«, sagte Ambrose. Mit nachdenklicher Stimme fügte er hinzu: »Auch wenn Dinge in unserer Stadt nicht tot bleiben.«

»Wir haben … ich komme mir blöd vor, es überhaupt zu sagen, aber wir haben ein wirklich wunderschönes Mädchen am Waldrand gesehen. Ich frage mich, ob Harvey sie hübscher als mich fand.«

»Unmöglich«, entgegnete Ambrose. »Lächerlich. Warte mal, hast du ein Foto von diesem hinreißenden Geschöpf gemacht? Zeig her, und ich sage dir die Wahrheit, vertrau mir. Nun ... vertrauen kannst du mir nicht. Aber zeig's mir trotzdem.«

Ich schubste meinen Cousin weg. »Vielen Dank auch. Du bist eine echte Hilfe.«

Wir setzten uns beide aufs Dach. Ambrose streckte die Beine aus, ich umklammerte meine Knie.

»Du glaubst, er könnte dich betrügen?«, fragte Ambrose. »Dann belege ich ihn mit einem Zauber, bei dem er glaubt, seine untreuen Augen würden schmelzen.«

»Nein! Ambrose, untersteh dich!«

Ich drehte mich zu ihm und funkelte ihn finster an. In Ambrose' dunklen Augen blitzte für einen Moment ein noch dunkleres Funkeln auf, doch der Schatten verschwand so schnell, wie er gekommen war.

»Natürlich nicht, ich mache nur Spaß. Ich würde nur einen rasend komischen und harmlosen Zauberspruch benutzen, weil ich ein liebes Kerlchen bin. Sehe ich nicht aus wie ein liebes Kerlchen?«

Ich hob eine Augenbraue. Ambrose grinste. Mit dem Daumen vollführte ich eine Geste, als würde ich mir die Kehle durchschneiden, und Ambrose presste sich, scheinbar tief getroffen, die Hand aufs Herz.

»Ich schätze ... ich wäre mir nur gern sicher, was ihn

betrifft«, sagte ich. »Ich wollte immer die große Liebe finden, wie Mom und Dad. Aber für die große Liebe muss die andere Person dich genauso lieben.«

Meine Mutter war eine Sterbliche gewesen, und mein Vater einer der mächtigsten Hexer in Greendale. Ich kann mir nicht vorstellen, wie sehr er sie geliebt haben musste, um sie zu heiraten und mich zu bekommen.

»Dafür gibt es einen Zauberspruch, das weißt du. Hast du ein paar Haare von Harvey?«

»Nein, habe ich nicht! Und nein, *Ambrose*, ich will meinen *Freund* und *einen meiner engsten Vertrauten seit Kindheitstagen* nicht mit einem *Liebeszauber* belegen wie ein *totaler Psycho*, danke der Nachfrage.«

Ich sprach in meinem strengsten und Tante Zelda-haftesten Tonfall. Ambrose vollführte eine lässige Handbewegung. Blätter flatterten auf ihn zu, als wären es Schmetterlinge, die auf seiner Handfläche landen wollten.

»Ich meinte keinen Liebeszauber. Ich bin selbst kein großer Fan davon. Sie machen alles zu einfach, und ich mag Herausforderungen. Du und ich, Sabrina, wir sind so süß, es wäre eine Beleidigung, würde jemand einen Liebeszauber vorschlagen. Aber es gibt eine Zauberformel, die ihm die Augen dafür öffnen könnte, wie wundervoll du bist. Teenagerjungen können so blind sein. Glaub mir, ich weiß das. Ich war selbst einer.«

Ich könnte es tun. Einfache Zaubersprüche waren kein Problem für mich. Meine Tanten und Ambrose griffen mir immer gern unter die Arme. Von klein auf hatten sie mir alles über die Welt der Magie beigebracht: Ich lernte Latein und Zauberformeln, als ich noch ein Knirps war, führte Riten auf, um Glück zu haben und verlorene Dinge wiederzufinden, wuchs in dem Bewusstsein auf, dass ich mich vor Dämonen hüten musste und freundliche Geister um Hilfe ersuchen konnte. Ich studierte die Eigenschaften von Pflanzen im Wald und welche ich für Zaubertränke und Elixiere bräuchte. Aber egal, wie viel Wissen ich mir aneignete, sie behaupteten, es wäre nichts im Vergleich zu dem, was ich nach meiner satanischen Taufe lernen würde, sobald ich auf die Akademie der Unsichtbaren Künste ginge.

»Das ist verlockend«, räumte ich ein.

»Verlockungen haben das so an sich.«

Würde ich den Zauberspruch benutzen, den Ambrose vorschlug, könnte ich mir seiner sicher sein. Mir gefiel die Vorstellung von Harvey, der mich versonnen anstarrte, mit weit aufgerissenen Augen, während er alles andere um sich herum vergaß. Mir blieb nicht mehr viel Zeit, aber in diesen letzten Momenten könnte ich mir seiner sicher sein. Mühsam gelang es mir, das Traumbild abzuschütteln.

»Ich weiß nicht«, sagte ich schließlich. »Harvey mit einem Zauberspruch zu belegen, nur weil es mir gerade in den Kram passt – das fühlt sich nicht richtig an.«

»Wie du willst. Du bist ein schrecklich braves Mädchen«, sagte Ambrose. »Manchmal frage ich mich, wie du jemals eine böse Hexe werden willst.«

»Ja«, flüsterte ich in den Wind, so leise, dass nicht einmal Ambrose es hörte. »Ich auch.«

Ambrose stand auf und klopfte sich Blätter und Spuren glitzernder Schlangenhaut von der schwarzen Jeans. »Nun. Es wird langsam spät, und ich muss mich um die verstorbene Mrs. Portman kümmern, die im Balsamierungsraum auf mich wartet.«

Unsere Familie führt ein Bestattungsinstitut. Selbst Hexen müssen ihren Lebensunterhalt bestreiten.

Ambrose neigte sich vor und tätschelte mir sanft die Wange. Als ich das Kinn hob, lächelte er mich strahlend an. »Kopf hoch, Sabrina. Und gib Bescheid, wenn du es dir wegen des Zauberspruchs doch noch anders überlegst.«

Ich nickte und blieb mit dem Unwetter und meinen Gedanken auf dem Dach zurück. Das Wort *spät* hallte in meinen Ohren wider. *Es wird langsam spät. Spät* war vielleicht das furchterregendste Wort, das ich kannte.

Spätsommer. Nur noch ein paar Wochen, und dann wird es zu spät sein.

Mein ganzes Leben wusste ich, dass an meinem sechzehnten Geburtstag meine satanische Taufe anstehen, ich meinen Namen in das Buch schreiben und fortan als richtige Hexe die Akademie der Unsichtbaren Künste besuchen würde. Als kleines Kind hatte ich geglaubt, dieser Tag würde niemals kommen. Ich konnte es nicht erwarten, das Schicksal zu erfüllen, das sich meine Eltern immer für mich gewünscht hatten, und meine Tanten stolz zu machen: eine echte Hexe zu sein.

Mein Geburtstag ist an Halloween, und der Sommer neigt sich bereits seinem Ende zu. Damals hatte ich nicht bedacht, dass mein Schicksal als Hexe gleichzeitig bedeuten würde, dass ich meinem sterblichen Leben abschwören musste. Jetzt konnte ich an nichts anderes mehr denken: Ich würde meine Freunde verlieren, Harvey verlieren, selbst den Matheunterricht an der Baxter High. Jeden Tag hatte ich das Gefühl, als würde mir die Welt, die ich kannte, ein Stück weiter entgleiten.

Und gleichzeitig liebte ich die Magie. Ich liebte das Gefühl von Macht, das sich in meinen Adern aufbaute, und die Vorstellung, noch mehr davon zu bekommen. Ich liebte das Glücksgefühl, wenn ein Zauberspruch perfekt funktionierte, genauso, wie ich den Gedanken hasste, meine Familie zu enttäuschen.

Es war eine unmögliche Wahl, und schon bald würde ich sie treffen müssen. Darüber hatte ich mir nie den Kopf zerbrochen, als ich in meiner Kindheit Tagträumen über Magie nachgehangen hatte, oder als Harvey sich zu mir gebeugt und mich am Tor geküsst hatte.

Ich schätze, ein Teil von mir glaubte immer noch, dass dieser Tag nie kommen würde.

Ich hatte so viel Zeit damit verbracht, mir einzureden, die Zukunft läge in ewig weiter Ferne. Ich war nicht bereit dafür, dass sie jetzt da war.

WAS IM DUNKELN GESCHIEHT

Wir sind der geheimnisvolle Wald, wir sind die Bäume, die sich unter tausend Monden silbern verfärbt haben, wir sind das Flüstern, das durch das abgestorbene Laub weht. Wir sind die Bäume, an denen Hexen aufgehängt wurden. Die Galgenbäume sind Zeugen, und die Erde, die Hexenblut getrunken haben, können zum Leben erwachen. Es gibt Nächte, in denen der Wald Zeuge von Liebe wird, und Nächte, in denen wir den Tod bezeugen.

Das Mädchen in Grün, das die junge Halbhexe gesehen hatte, wartete auf einen Jungen. Er tauchte endlich auf, im Unwetter. Viele Paare umarmen sich unter unseren Bäumen, sie aber taten es nicht. Treffen zwischen Liebenden enden oft im Streit der Liebenden.

»Verlass dieses Kaff, und komm mit mir«, drängte sie ihn. »Ich gehe nach L.A. und werde ein Star.«

Der Junge lächelte verhalten, reuevoll, den Blick auf den Boden gerichtet. »Behaupten das nicht alle, die nach L.A.

wollen? Dass sie ein Star werden. Nur ein einziges Mal möchte ich hören, wie jemand sagt, dass er nach L.A. will, um Kellner zu werden.«

»Zumindest werde ich irgendetwas sein«, fauchte sie. »Was wirst du sein, wenn du hierbleibst? Willst du dein ganzes Leben ein Loser sein?«

Der Junge hob den Kopf und starrte sie einen langen Moment an. »Schon möglich«, sagte er schließlich.

Er drehte sich um und verschwand, die Hände tief in den Taschen. Sie rief ihm hinterher, ihre Stimme ein herrischer, zorniger Befehlston. Er gab keine Antwort.

Sie war zu wütend, um ins Auto einzusteigen. Sie stürzte sich in den Wald und in den Wind. Ihr hellgrüner Mantel blähte sich hinter ihr, während sie lief, und ihre Kapuze fiel von ihren glänzenden Haaren. Der Wind verwandelte unsere Äste in lange Finger, die nach ihrer Kleidung griffen, und Klauen, die über ihre Haut kratzten. Sie kam vom Weg ab und verirrte sich in unserem Wald. Es ist so leicht, sich in unserem Wald zu verlaufen.

Sie taumelte auf eine kleine Lichtung, durch die ein heller Bach verlief.

Wir hätten sie warnen können. Doch das taten wir nicht.

Der Bach schimmerte wie eine Silberkette, die auf den Erdboden gelegt worden war. Der heulende Wind kräuselte die Wasseroberfläche nicht.

Das Mädchen näherte sich, die Stirn vor Verwirrung gerunzelt, dann erblickte sie im silbrigen, blank polierten Wasser ihr eigenes Spiegelbild. Sie sah nicht die Kratzer in ihrem Gesicht oder ihre zerzausten Haare. Im Wasserspiegel verfügte sie über den Zauber, der sonst nur einer Fremden innewohnte: Sie sah jemanden, der an der Oberfläche makellos war, jemanden, der einem weismachte, dass die wunderschöne Lüge der Perfektion wahr sein könnte. Jemanden, den man einmal sah und nie wieder vergaß.

Sie vergaß den Wind und den Wald und die Welt. Sie sah nur sich selbst. Sie hörte nur das Lied der Sirenen.

Das ist der Ruhm, auf den du immer gewartet hast. Du bist für genau das hier geboren. Du musst nichts weiter tun, als die Arme ausstrecken und es dir nehmen. Es ist deine Bestimmung, besonders, wunderschön und einzigartig zu sein; nur du verdienst dieses Geschenk, nur du, nur du …

Als die Hände aus dem Wasser nach ihr griffen, streckte das Mädchen ihre eigenen aus, begierig nach der Umarmung.

Der Bach verschluckte sie in einem, grüner Mantel und alles. Der kurze Kampf trübte kaum das ruhige silberne Gewässer. Dann war das Mädchen verschwunden.

In der Welt der Lebenden waren die letzten Worte über sie: *Sie kann dir nicht das Wasser reichen.* Keine wünschenswerte Grabinschrift, aber das spielt kaum eine Rolle.

Jetzt ist dieses verlorene Mädchen überhaupt nichts mehr: nichts als das Echo eines Seufzers, der inmitten von Sommerlaub verhallt. Ein Echo zu hinterlassen ist Tradition. Unser Wald ist voller Echos.

Menschen verbringen ihr gesamtes Leben damit, auf den

Beginn von etwas zu warten, und stattdessen kommen sie nur an ein Ende.

Nun, über Enden darf man sich nicht beschweren. Jeder bekommt eines.

DER EINSAME ORT

Ich liebte es, zur Schule zu gehen. Es war nicht so, dass ich die Baxter High liebte, das rote Backsteingefängnis, in dem unser Football-Team und seine Cheerleader, die Baxter High Ravens, die althergebrachte Hackordnung aufrechterhielten (von daher passte das mit den Raben eigentlich ganz gut). Aber ich liebte meine Freunde, und ich hatte immer Spaß mit ihnen.

Jedenfalls normalerweise.

Wir hatten einen besonderen Tisch in der Cafeteria. Der Erste von uns, der dort ankam, reservierte ihn, und die Leute erwarteten fast schon, uns dort vorzufinden, das unzertrennliche Quartett: Susie in ihren unförmigen Kapuzenpullis, die den Augenkontakt mit den Football-Deppen entweder mied oder sie trotzig anfunkelte. Roz mit ihrem verträumten Blick und ihren klaren Meinungen. Und Harvey und ich, immer nebeneinander. Normalerweise quatschten wir vier während des ganzen Mittagessens miteinander.

Keiner von uns sprach sonderlich viel über unsere Familien. Susies Onkel hatte wohl Probleme. Harveys Dad *war* ein Problem. Und Roz' Dad war Reverend Walker. Es war heikel, eine beste Freundin zu haben, deren Dad Pastor war, wenn man zwei Tanten hatte, denen jederzeit ein beiläufiges »Heil Satan« herausrutschen konnte.

Für gewöhnlich unterhielten wir uns über Bücher und Kinofilme, Fernsehserien und Kunst. Harvey hatte so viel über die Superhelden des Goldenen Zeitalters zu sagen wie ich über Horror-Klassiker.

Heute aß Harvey nichts und redete noch weniger.

»Was ist mit ihm los?«, zischte Susie, als Harvey sein unberührtes Tablett zurückbrachte. »Er scheint sich für nichts zu interessieren. Nicht mal für Sabrina!«

Ich versuchte zu lächeln, aber es gelang mir nicht. Roz stieß Susie mit dem Ellbogen kräftig in die Seite.

»Es ist nichts«, sagte ich. »Wir alle haben manchmal einen schlechten Tag. Ich bin sicher, morgen ist er wieder wie ausgewechselt.«

Als Harvey mit mürrischer Miene zurück an den Tisch kam, legte ich ihm den Arm um den Hals und verwuschelte ihm liebevoll das Haar.

»Aua!«, rief Harvey. »Sabrina, du hast mir *Haare* ausgerissen!«

»Wow«, sagte ich. »Habe ich nicht. Ich habe nur ganz normal und gefühlvoll mit deinem Haar gespielt.«

»Sabrina, hast du da etwa ein paar Strähnen in der Hand?«, wollte Roz wissen.

Ich versteckte die Haare. »Manchmal sind meine Gefühle etwas zu stark.«

Harvey, Roz und Susie starrten mich entgeistert an. Manchmal fragte ich mich, wie sie mich ansehen und wie sonderbar sie mich wohl finden würden, wenn sie die Wahrheit wüssten.

Egal, was gerade mit Harvey los war, er begleitete mich trotzdem wie immer nach Hause. Leider bedeutete das auch, dass ihn der Anblick von ein paar Mädchen im Wald in seinen Bann schlug. Mal wieder.

»Hey, Brina«, sagte Harvey und nickte zu der Gruppe im Wald. »Kennst du die?«

Heute waren es drei Mädchen. Sie alle trugen Kleider aus dunklem Stoff mit spitzenbesetzten Kragen und Ärmelaufschlägen, allerdings mit kurzen Röcken, wie sexy Quäkerinnen. Ein Junge war bei ihnen, in dunkler Kleidung und mit dunklen Haaren, aber sein Gesicht war von hier aus nicht zu sehen.

»Ich glaube nicht«, sagte ich, doch es war gelogen. Ich erkannte die Mädchen, selbst aus der Entfernung. Es war ein Hexentrio, das bereits die Akademie der Unsichtbaren Künste besuchte. Wir waren schon ein paarmal aneinandergeraten. Prudence, Dorcas und Agatha waren wunderschön, mächtig und nicht sonderlich beeindruckt von der Vorstellung, dass eine Halbsterbliche auf ihre heiß geliebte Schule kommen sollte. Sie nutzten jede Gelegenheit, um mir deutlich zu verstehen zu geben, dass ich ihnen weit unterlegen war.

Jetzt gaben sie mir sogar das Gefühl, unterlegen zu sein, ohne mich auch nur gesehen zu haben. Ohne es auch nur zu versuchen.

Den Jungen kannte ich nicht. Er war wahrscheinlich ein Sterblicher, mit dem sie spielten. Prudence, Dorcas und Agathas höchste Pflicht bestand darin, Pater Blackwood und Satan treu zu dienen, und zu ihrem Vergnügen quälten sie sterbliche Männer.

»Ja«, sagte Harvey. »Ich habe sie hier auch noch nie gesehen. Sie müssen von außerhalb sein.«

»Wirst du von nun an jeden Tag andere Mädchen auschecken?«, neckte ich ihn. »Könntest du dir kein netteres Hobby aussuchen, wie Schach spielen oder Motten sammeln? Motten sammeln finde ich sehr sexy.«

»Ich habe sie nicht ausgecheckt«, beschwerte sich Harvey. »Das würde ich niemals tun. Es ist nur so, dass ich manchmal Fremde sehe und mich frage, wie wohl ihr Leben sein mag. Dann denke ich darüber nach, wie es wäre, Greendale zu verlassen und ein völlig anderes Leben zu führen. Zerbrichst du dir über so etwas nie den Kopf, Sabrina? Dass sich dein Leben radikal ändern könnte?«

»Vielleicht, manchmal«, sagte ich leise.

Harveys Blick war auf ein weit entferntes Bild gerichtet, das niemand außer ihm sah. In gewisser Hinsicht verfügte er über ebenso viel Magie wie ich. Mein Künstler, mein Visionär, der seine Träume auf Papier bannen und sie der

Welt zeigen wollte. Er starrte nicht zu den Hexen im Wald, und er sah nicht mich an.

Wenn Harvey von weit entfernten Orten träumte, fragte ich mich, ob er auch an mich dachte. War ich in seinem Rückspiegel, während er seine große Flucht antrat und unsere Stadt und sein Leben hinter sich ließ?

Als ich die Hexen im Wald beäugte, drehte sich der dunkelhaarige Junge um, und ein grünes Blatt neben seinem Kopf fing unter seinem Blick Feuer. Das Blatt verwandelte sich in funkelnde Glut und zerfiel dann zu Dunkelheit. Die Asche wurde vom Wind verweht.

Sieh mal einer an! Vielleicht war der Junge doch kein Sterblicher, mit dem sie spielten. Hexer waren seltener als Hexen, aber da waren Ambrose und Pater Blackwood und natürlich mein Vater. Jetzt hatte ich einen vierten gesehen. Bestimmt würde ich viele kennenlernen, sobald ich die Akademie der Unsichtbaren Künste besuchte.

Doch ich konnte nicht zulassen, dass Harvey Hexen sah, die im Wald Magie benutzten. Ich packte seine Hand und zog ihn weiter.

»Komm schon«, drängte ich. »Ich muss nach Hause. Es ist wichtig.«

Als ich zu Hause war, rannte ich geradewegs die Treppe hinauf und ohne anzuklopfen ins Zimmer meines Cousins.

Ambrose hob den Blick von seinem zerlesenen Exemplar von Oscar Wildes *Salome*, und seine Augenbrauen wanderten ebenfalls aufwärts. »Sabrina, es hätte sein können, dass ich nicht salonfähig bin. Damit will ich nicht sagen, dass ich jetzt salonfähig bin, jedenfalls nicht im moralischen Sinne, aber zumindest trage ich eine Hose.«

Er trug eine seidene Pyjamahose und einen roten Samtmorgenmantel, also nicht gerade Straßenkleidung. Allerdings ging er ja auch nie auf die Straße.

»Deine Hose interessiert mich nicht, Ambrose! Das hier ist wichtig.«

»Für viele Menschen sind meine Hosen ein faszinierendes und fesselndes Thema«, behauptete Ambrose. Er rollte sich vom Bett, zog die mit goldenen Quasten geschmückte Schärpe an seinem Morgenmantel fester und steckte einen getrockneten Tollkirschenzweig zwischen die Seiten seines Buchs.

Ich keuchte immer noch schwer von dem Sprint nach Hause und die Treppe hinauf. Ich schien nicht zu Atem kommen zu wollen, stieß die Worte aber dennoch aus.

»Lass uns den Zauberspruch ausprobieren!«

Ambrose' Gesichtszüge erhellten sich. »Fantastisch! Hast du Lust auf einen kleinen Spaziergang in den Wald? Wir brauchen ein paar spezielle Zutaten, denn das ist eine ganz spezielle Zauberformel. Cousinchen, hast du eine Probe von Harveys Haaren bekommen?«

Ich nickte.

Ambrose lächelte. »Gut. Dann haben wir also Harveys Haare, die Kerze, das Seil, den Lavendel, den Rosmarin und den Huflattich, aber wir brauchen noch ein paar Myosotis, nachts gepflückt. Wie ich höre, wächst die Blume bei uns im Wald.«

Der Wald war tödlich, teuflisch und tief. In früheren Zeiten hatte es in Greendale Hexenprozesse gegeben, genau wie in Salem, doch der Horror in Greendale wurde unter den Tisch gekehrt und geriet in Vergessenheit. Hexen waren in diesem Wald gestorben, und die Galgenbäume standen noch immer.

Nachts hatte ich die Waldwege nie verlassen, um Zutaten für einen Zauberspruch zu sammeln, aber vielleicht war es an der Zeit, dass ich es tat. Ich sollte mich mit der Nacht vertraut machen.

»Im Wald …«, sagte ich. »Sicher.«

Mir blieb nicht viel Zeit, bevor mein Leben sich verändern würde, und wenn es geschah, musste ich bereit sein.

Prudence, Dorcas und Agatha spazierten ständig durch den Wald. Ich *gehörte* in diesen Wald. In ein paar wenigen Wochen würde ich ganz genauso eine Hexe sein wie sie.

⛤

Ich musste mich allein in den Wald wagen, da es Ambrose nicht gestattet war, mich zu begleiten. Zu meinem großen Glück hatte ich eine leise Ahnung, wo ich das Gesuchte finden würde.

Harvey hatte mir die Zeichnung von dem alten Brunnen geschenkt, auf den wir bei unserem Klassenausflug im Wald gestoßen waren. Ich hatte das Bild nach Hause mitgenommen, um es in Ehren zu halten. Als ich nun von Ambrose' Zimmer in meines rannte und nach der Zeichnung suchte, fand ich sie fein säuberlich gefaltet in der Schublade meines Schreibtischs. Nachdem ich das Bild auseinandergefaltet und glattgestrichen hatte, sah ich sofort, woran ich mich zu erinnern geglaubt hatte: Bleistiftstriche, durch Harveys talentierte Hand in lebende Blumen verwandelt. Ich sah die winzigen Blütenblätter der Myosotis, eingebettet in hohes Gras an den Ufern des kleinen Baches.

Es fühlte sich wie ein Zeichen an.

Es fühlte sich weniger wie ein Zeichen an, als ich einige Zeit später draußen im Wald war. Der Wind wütete nicht mehr so stark wie nachts zuvor, doch der Nachhall des sommerlichen Unwetters reichte aus, um meinen Mantel und meine Kleidung aufzublähen. Nur mit großer Anstrengung kam ich voran, und jeder Baum wurde zu einem Feind. Die Äste bogen sich so heftig im Wind, dass ich fürchtete, sie könnten brechen, und sobald sie sich bewegten, zuckten ihre Schatten auf mich zu.

Über mir sah ich nichts weiter als wogende Dunkelheit. Tiere könnten sich in diesen Ästen verstecken, sprungbereit auf der Lauer, und Leichen könnten von den Ästen baumeln. Es gab keine Wegweiser in den Tiefen des Waldes. Es gab nur einen Schatten nach dem anderen, zwischen denen man sich irgendwie seinen Weg suchen musste.

Ich aber fand meinen Weg.

Der verlassene Brunnen, den ich mit Harvey gefunden hatte, wirkte nicht mehr so einladend wie damals bei Tageslicht. Er ließ mich nicht mehr an die Erfüllung von Wünschen oder das Entdecken der ersten Liebe denken. Der

Brunnen schien nichts als ein Steinkreis zu sein, dessen dunkles Auge zum leuchtenden Auge des Mondes hinaufstarrte.

Vielleicht war mir der Brunnen beim ersten Mal nur so wunderschön vorgekommen, weil ich ihn mit Harvey zusammen gesehen hatte. Mir fiel ein Zitat aus einem Stück über die Magie des Waldes ein: *Sie sieht mit dem Gemüt, nicht mit den Augen, und ihr Gemüt kann nie zum Urteil taugen. Drum nennt man ja den Gott der Liebe blind.*

Es war stockfinster im Wald, die Blätter verhüllten die Sterne. Ich war fast blind, doch als ich auf die Lichtung mit dem Brunnen und dem sprudelnden Bach trat, verwandelte ein sanftes Leuchten das Gras in silberne Fäden und das Wasser in ein Band aus Seide. Im Gegensatz zum undurchdringlichen Blätterdach des Waldes konnte der Mond hier bis auf den Boden scheinen. Laut meinen Tanten blickt der Mond voll Liebe auf Hexen herab.

Selbst der Wind wirkte auf der Lichtung ruhiger. Ermutigt überquerte ich das schimmernde Gras zum Bachufer, wo ich die winzigen blassblauen Blumen auf Harveys Zeichnung gesehen hatte. Der Mond spendete mir gerade genug Licht, sodass ich die Blumen ausmachen konnte, die am anderen Ufer wuchsen. Auf Harveys Bild waren auf beiden Seiten Blumen gewesen, aber wie es schien, war meine Glückssträhne zu Ende.

Am Ufer ging ich in die Hocke und versuchte, über das Wasser zu greifen, aber ich konnte mich nicht weit genug strecken. Ich stand wieder auf und überlegte, ob ich über den Bach springen sollte.

Der Bach wirkte viel breiter als noch vor einem Moment, als ich nicht in Erwägung gezogen hatte, ihn zu überqueren. Ich zögerte am Rand und fragte mich, ob ich den Sprung wagen oder lieber am Wasser entlanggehen sollte, bis ich eine schmalere Stelle fand.

Ich zögerte zu lang. Vielleicht war der Untergrund am Ufer schlammiger, als ich angenommen hatte, oder die Erde bröckelte einfach unter meinen Füßen weg. Was auch immer geschehen war, es folgte ein Augenblick des taumelnden Entsetzens, als meine ausgestreckten Hände wild um sich schlugen und in der Luft keinen Halt fanden. Ich stürzte kopfüber in den Bach und stieß einen Schrei aus, den niemand hörte.

Silbriges Wasser und Schatten füllten meine offenen Augen. Wasser flutete meinen geöffneten Mund, kalt und bitter. Niemals hätte ich geglaubt, dass das Wasser im Sommer derart winterlich kalt sein könnte, eisig wie ein Strom, der unter einem Felsmassiv hindurchfloss und nie das Licht der Sonne erblickte.

Ich versuchte zu schwimmen und erkannte, dass meine Arme und Beine bereits taub waren, schwer wie Bleigewichte. Verzweifelt strampelte ich nach oben, aber ich sank rasch hinab. Dass der Bach so tief sein könnte, wäre mir nie auch nur in den Sinn gekommen.

Dann, während ich mich zur Oberfläche hinaufkämpfte, spürte ich frostklirrende Finger, die sich um meine schlangen.

WAS IM DUNKELN GESCHIEHT

Jede Nacht, wenn Sabrina eingeschlafen ist, geschieht es.

Vor ihrem Fenster gibt es einen Baum mit einem Ast, der selbst im Sommer kahl ist, ohne jede Rinde, mit langen, dünnen Zweigen, die fast wie Finger aussehen. Dieser zerbrechliche Ast schwankt im Nachtwind, und die Zweige kratzen über das rautenförmige Bleiglas von Sabrinas Fenster. Gelegentlich rührt sich Sabrinas goldener Schopf auf dem weichen Kissen. Gelegentlich ballen sich ihre kleinen Hände zu Fäusten, als wolle sie an etwas festhalten, und sie murmelt im Schlaf wie ein Kind, das benommen um einen Gute-Nacht-Kuss bittet.

Die Fledermäuse und Vögel, die Füchse und Mäuse, sämtliche Geschöpfe, die nachts vor Sabrinas Zimmer kreuchen und fleuchen, kommen von ihrem Weg ab und stürzen wie auf Kommando in Richtung ihres Fensters. Dann zucken sie zusammen und schütteln den jähen, ungezügelten Drang ab.

Manchmal schreckt Sabrina mitten in der Nacht auf und

presst sich die Hand auf die Brust, als fürchte sie sich mit einem Mal. Auf ihrer Haut klebt ein kalter, feuchter Film, als liege sie ganz allein in der Kälte des frühen Morgens im taunassen Gras. Um sich zu beruhigen, nimmt sie das Hochzeitsfoto ihres Vaters und ihrer Mutter zur Hand, das sie neben dem Bett aufbewahrt. Mit der Fingerspitze streichelt sie über die von Liebe beseelten Gesichter. Manchmal küsst sie das Bild.

In solchen Augenblicken wird das Kratzen des Asts gegen die Fensterscheibe so verzweifelt, dass es fast wie ein Heulen klingt. Fast wie ein Schrei.

Gefahr, mein Liebling!

Manchmal kommt die junge Halbhexe zum Frühstückstisch hinunter, an dem ihre magische Familie ungerührt sitzt, und ihre Augen sind schwer. Sie sagt, sie habe nicht gut geschlafen, kann jedoch nicht sagen, weshalb.

FAULER ZAUBER

Die Hand schloss sich fest um meine, kalt wie die eines Ertrunkenen, unnachgiebig wie die Schlingpflanzen in einem Flussbett. Für einen entsetzlichen Moment glaubte ich, dieser stählerne Griff zöge mich nach unten.

Stattdessen zerrte er mich nach oben. Sobald ich die Wasseroberfläche durchbrach, streckte ich die Arme aus, um das lange Gras am Ufer zu packen. Mit Hilfe der eiskalten, helfenden Hand zog ich mich aus dem Bach.

Ich kroch aus dem Wasser und die Böschung hinauf und spürte, dass mich jemand beobachtete.

Dieser Jemand hatte die Gestalt eines Mädchens, mit langen Haaren, die in der Luft um sie schwebten, als wäre es Wasser, aber ihre Haut war sich kräuselndes Silber. Das Mädchen schien ganz aus Quecksilber zu bestehen, und als sie sich zu mir umdrehte, sah ich auf ihrer Wange das verschwommene Spiegelbild meiner eigenen Augen, die sich vor Schreck weiteten.

Die Gestalt war ein lebender Spiegel, und sie hatte mich aus dem Wasser gezogen.

»Vielen Dank«, stieß ich keuchend hervor.

»Nichts zu danken. Ich konnte dich nicht ertrinken lassen, nicht wo ich dich schon seit so langer Zeit kennenlernen wollte. Du bist Sabrina, nicht wahr?«, fragte sie mit zischender Stimme. »Die kleine Hexe, die halb Mensch ist. Der ganze Wald redet von dir. Und ich habe dich gesehen, mit einer Gruppe junger Sterblicher. Du bist auf diese Lichtung gekommen und hast den Brunnen entdeckt.«

»Oh«, sagte ich, und allmählich dämmerte mir, was sie war. »Du stammst aus dem Brunnen?«

Ich zitterte in der Kälte der Nachtluft und meiner durchnässten Kleidung, aber ich schlang am Ufer die Arme um die Knie und beäugte die Gestalt mit der gleichen Neugierde, die in dem hellen Oval ihres Gesichts schimmerte. Den Geist eines Wunschbrunnens hatte ich noch nie gesehen. Tante Hilda hatte mir erklärt, dass es scheue, wenn auch freundliche Geister waren, die unsichtbar in der Nähe von Brunnen lebten und darauf hofften, einen würdigen Menschen zu treffen, dessen Wünsche sie erfüllen konnten. Meine Tante musste recht damit haben, dass es gütige Wesen waren, denn der Geist hatte mich gerettet, ohne dass ich überhaupt darum hatte bitten müssen.

Der Geist des Wunschbrunnens lächelte, und winzige Wellen gruben sich in ihre silbrigen Wangen wie das Kräuseln im Wasser, wenn kleine Fische zu dicht an der Oberfläche schwimmen. Vielleicht waren es Grübchen. Zögerlich erwiderte ich das Lächeln.

»Das stimmt, Sabrina. Willst du dir etwas wünschen?«

»Nein, alles gut. Du hast genug getan, und ich bin sowieso nur auf der Suche nach Myosotis.«

Der Wunschbrunnengeist deutete mit glühender Fingerspitze, und ich sah die Pflanze, die im dunklen Gras zu meinen Füßen wuchs, ihre Blütenblätter ein schimmerndes Blau. Das Spiel der Schatten musste sie zuvor versteckt haben.

»Ich stehe in deiner Schuld«, sagte ich und pflückte die winzigen blauen Blumen behutsam, um sie nicht zu zerdrücken.

Die Augen des Geists blitzten auf, hell wie ein Sonnenstrahl auf einem Fluss, als sie die Blumen in meiner Hand sah.

»Ich glaube, ich kenne diesen Zauberspruch«, merkte sie an. »Du willst einem Mann die Augen für die Liebe öffnen?«

»Äh. Ja«, sagte ich peinlich berührt.

Doch der Wunschbrunnengeist maß mich mit sanften, freundlichen Augen. Der Wunschbrunnengeist, das spürte ich, verurteilte mich nicht.

»Ich bin ein klein wenig überrascht«, gestand sie. »Ich hätte nicht gedacht, dass eine Hexe wie du sich mit unbedeutenden Zaubersprüchen abgibt. Ich hatte angenommen, du wärst aufgrund eines ganz anderen Zaubers hier.«

Eine Hexe wie ich. In den Worten des Geists lag Bewunderung, wohingegen ich bei den meisten Hexen nicht einmal als richtige Hexe durchging.

»Kennst du viele Hexen?«, fragte ich.

»Nein«, sagte der Geist des Wunschbrunnens. »Es gibt drei junge Hexen, die häufig durch meinen Wald spazieren, aber ich zeige mich ihnen nie. Sie meinen es nicht gut, und ich wünsche ihnen nichts Gutes. Sie sind nicht wie du. Kaum hatte ich dich gesehen, wollte ich schon mit dir sprechen. Ich wusste, dass du etwas Besonderes bist.«

Ich schluckte. Sie sah nichts Besonderes in Prudence, Dorcas oder Agatha, die glaubten, sie stünden meilenweit über mir, als wären sie mit ihren Besen zum Mond geflogen. Sie sah etwas Besonderes in *mir*. Ich konnte nichts dagegen tun, dass ich mich geschmeichelt fühlte.

»Für welchen Zauber, dachtest du, dass ich hergekommen bin?«, fragte ich neugierig.

»Oh«, sagte der Geist. »Es ist ein Zauber, den man nur mit dem Wasser des Wunschbrunnens ausführen kann, damit er seine wahre Wirkung entfaltet. Nur wenige Hexen haben die Voraussetzung dafür. Diejenigen mit dem Potenzial für etwas Großes. Als du heute Abend auf die Lichtung kamst, leuchtete der Mond in deinem Rücken wie eine Krone aus Knochen, und die Nacht wallte hinter dir wie ein Umhang aus Schatten. Ich konnte sehen, dass du dazu geboren bist, eine legendäre Hexe zu werden.«

»Wow.« Mit einem Husten versuchte ich zu verbergen, wie sehr mir ihre Worte gefielen. »Das höre ich nicht jeden Tag.«

»Solltest du aber«, murmelte der Geist. »Doch ich bin froh, dass du gefunden hast, wonach du suchst. Wenn du sicher bist, dass du es willst.«

Eine eiskalte Nadel bohrte sich durch die warme Watte, die meinen Verstand umgab. Es war schon sehr spät, stellte ich erschrocken fest. Ambrose wartete auf mich. Ich fürchtete, er könnte sich bereits Sorgen machen. Hastig rappelte ich mich auf, obwohl ich lieber geblieben und mich noch ein wenig länger mit dem Geist unterhalten hätte. Um vielleicht etwas mehr über den Zauberspruch in Erfahrung zu bringen.

»Will ich.« Ich zögerte noch einen Moment. »Nochmals vielen Dank. Ich wünschte, ich könnte mich revanchieren.«

Der Geist des Wunschbrunnens nickte, während sie sich ans Ufer setzte, und ihre silbernen Haare wehten um sie wie mondbeschienene Blätter in einem Wind, den ich nicht sah. Etwas an ihrer schimmernden, schlanken Gestalt wirkte schrecklich einsam. Sie schien ebenso betrübt zu sein, mich gehen zu sehen, wie ich es war, mich zu verabschieden.

»Wenn du es mir vergelten willst, dann komm und besuch mich noch einmal. Es ist so lang her, dass Sterbliche zu meinem Brunnen kamen und sich etwas gewünscht haben, für das es sich zu leben lohnt. Ich bin so einsam, und es gibt so viele Dinge, die ich dir sagen möchte.«

Ich huschte in mein Zimmer, um mir trockene Kleidung anzuziehen, und trug dann die Flussblumen zur Tür meines Cousins. Längst hatte ich beschlossen, ihm nichts von meinem Sturz in den Bach und dem Wunschbrunnengeist zu erzählen. Ambrose würde es sich nicht verzeihen, wenn er wüsste, dass ich wegen seines Auftrags in Bedrängnis geraten war, während ihm die Hände gebunden und er mich weder hatte begleiten noch beschützen können.

Ambrose versuchte immer, Dinge herunterzuspielen und niemandem die Stimmung zu verderben, aber hin und wieder blitzte hinter der Fassade ein Hauch seines frustrierten Zorns auf. Ihn in diesem Haus gefangen zu halten war so falsch, als würde man einen Tiger in einen Vogelkäfig sperren, und gelegentlich schimmerten die Augen eines Raubtiers durch die Gitterstäbe.

Heute schien er froh zu sein, etwas zu tun zu haben. Er ließ mich in sein Zimmer mit der geflüsterten Frage, ob das zweiköpfige Monster gesehen hätte, wie ich mit der Schmuggelware ins Haus geschlüpft sei. Ich erwiderte, es sei nicht die feine Art, so über unsere Tanten zu reden, und wir grinsten uns an, zwei Verschwörer, die wussten, dass sie wahrscheinlich Ärger bekommen würden. Aber das war der halbe Spaß.

Ambrose nahm die Blumen und legte sie auf den Tisch, wo er bereits die restlichen Zutaten für den Zauberspruch vorbereitet hatte: Harveys Haare, der Huflattich, Lavendel und Rosmarin, ein Stück altes Seil und eine besondere Kerze. Ambrose schnippte mit den Fingern, und eine

Flamme entzündete sich am Docht, nicht gelb und blau, sondern schwarz auf schwarz, als würde der Schatten einer Flamme brennen.

»Es heißt, wenn jemand reinen Herzens diese Kerze entfacht, würden die Toten auferstehen«, erklärte Ambrose in warmem, eifrigem Tonfall. »Tut mir leid, Kerze, heute nicht.«

Nekromantie war Ambrose' Lieblingsthema. Ich beobachtete, wie er sich über den Tisch beugte, und seine dunklen Augen, in denen Magie und Schalk lauerten, waren Spiegel der schwarzen Flamme.

»Bist du jemals verliebt gewesen, Ambrose?«, fragte ich. »Wer war der oder die Glückliche?«

»Oh …«, erwiderte Ambrose, »das ist eine schwierige Frage.«

»Ist es eine schwierige Frage, bei der die Antwort Ja oder Nein lautet?«

Ambrose zuckte mit den Schultern und schenkte mir ein verschlagenes Grinsen.

»Es ist kompliziert für Hexen, jemanden zu lieben. Vielleicht haben wir ein härteres Herz als Sterbliche. Hart und kalt wie die höchste Steinmauer, heißt es. Hexen sind dafür bekannt, hartherzig und wankelmütig zu sein. Vielleicht liegt es daran, dass wir jahrhundertelang leben, und Menschen früh sterben. Unsere Herzen müssen widerstandsfähig sein, weil sie länger schlagen.«

Er sprach unbekümmert, doch die Worte legten sich so schwer wie Steine auf mein Herz. Zu Zeiten der Hexenprozesse »drängten« Sterbliche uns Hexen zu Geständnissen. Dieses Drängen bedeutete, dass Steinplatten auf die Brust einer Hexe gestapelt wurden, bis sie ihre eigenen Sünden eingestand und die Namen von anderen Hexen in ihrem Zirkel preisgab. Einer der Helden von Salem, ein Hexer namens Giles Corey, weigerte sich standhaft, weitere Hexen anzuschwärzen. Er starb, und seine letzten Worte an seine sterblichen Folterer lauteten, sie sollten mehr Gewichte holen.

Im Moment fühlte sich das, was ich hier tat, und der Gedanke daran, was noch kommen würde, wie Steinplatten auf meiner Brust an, sodass mir das Atmen schwerfiel. Wollte Ambrose mir etwa sagen, dass ich nach meiner satanischen Taufe weniger für Harvey und meine Freundinnen empfinden würde? Wollte er mir sagen, dass er und meine Tanten weniger Zuneigung empfanden, als ich immer geglaubt hatte – dass sie mich nicht so lieben konnten, wie ich immer angenommen hatte?

Ich wollte von keiner Last erdrückt werden. Aber hartherzig wollte ich auch nicht sein.

Ambrose flocht munter Blumen in das Stück Seil. »Ich möchte nicht über die Vergangenheit reden. Ich will mich in Zukunft verlieben! Am liebsten wäre mir, dass die Liebe wie eine riesige und wundervolle Katastrophe über mich hereinbricht. Wenn das nicht klappt, wäre es wohl aufregend, auf hoher See gekidnappt zu werden.«

Ich blinzelte. »Bisher habe ich bei Liebe nie an Piraterie gedacht.«

Ich starrte meinen Cousin an und fragte mich, wie anders unsere Gefühle und das, was wir wollten, wohl waren. Wenn ich das weiche Herz einer Sterblichen in der Brust einer Hexe trug, würde die satanische Taufe es dann zermalmen oder erkalten lassen?

Nein. Ich wusste, dass Hexen lieben konnten. Ich hatte den Beweis. Mein Vater hatte meine Mutter so sehr geliebt, dass er sie geheiratet hatte, gegen jede Tradition und jedes Gesetz. Ihre Liebe war monumental, weltverändernd, regelwidrig. Ich hatte immer eine Liebe wie die ihre gewollt.

Und seit ich ein kleines Mädchen war, war Harvey in all meinen Tagträumen mein Märchenprinz gewesen.

»Ich wäre immer gern ein sexy Pirat gewesen. Nun denn, lass uns erst mal dein Liebesleben richten, bevor wir das leidige Thema des meinen anschneiden. Verknote dieses Seil neun Mal, während wir die Worte sprechen.« Ambrose zwinkerte mir zu, als er mir das Seil reichte. »Neun Knoten hinein, sein Herz ist mein.«

Ich nahm das Seil entgegen, und das raue Material kratzte spürbar über meine zarte Handfläche. Da dachte ich an das erste Mal, als Harvey im dunklen Kino meine Hand gehalten hatte, und wie unsere Haut, fest aneinandergepresst, elektrisiert gewesen war.

Sonderbarerweise kam mir die eisige Berührung der Geisterhand, die mich aus dem Seemannsgrab in dem Bach gerettet hatte, wieder in den Sinn, allerdings eher wie ein Schaudern als eine Erinnerung. Wie eine bange Ahnung.

Das Wort *spät* kam mir wieder in den Sinn. *Bald ist es zu spät, es sich anders zu überlegen*, dachte ich.

Mit einer raschen, entschlossenen Bewegung machte ich den ersten Knoten ins Seil.

»Rosmarin ist grün, Lavendel ist blau; wen du erblickst, ist auf ewig deine Frau«, murmelte ich.

»Omnia vincit amor, et nos cedamus amori«, fügte Ambrose hinzu, und das Lateinische ging ihm so schnell über die Lippen, dass ich es kaum verstand, obwohl ich von Kindesbeinen an Latein bei Tante Zelda gelernt hatte.

»Omnia vincit amor …«, wiederholte ich und stolperte über die Worte. Ich band weitere Knoten, versuchte, zumindest bei einer Sache nicht zu versagen.

»Quos amor verus tenuit, tene …«

Die schwarze Kerzenflamme schoss in die Höhe, zeichnete sich mit einem Mal bedrohlich groß ab. Ambrose lächelte auf die gleiche Weise, voll aufschäumender Dunkelheit. Wie ein böser Hexer.

»Warte«, sagte ich. »Was war das?« Ich hatte die letzten Worte, die er gesagt hatte, nicht richtig verstanden. Etwas über *tenebris*, also Schatten, vermutete ich.

Meine Hände bewegten sich weiter, rein mechanisch. Ein letztes Mal verknotete ich das mit Rosmarin, Lavendel und den Flussblumen, die mich so teuer zu stehen gekommen waren, umwickelte Seil. Das Seil fühlte sich auf einmal warm in meinen Händen an, als wäre es lebendig.

Ambrose' Lächeln war selbstgefällig. »Damit wurde der Zauberspruch besiegelt.«

Es war vollbracht. Ich legte das neunknotige Seil auf den Tisch und beobachtete, wie die schwarze Flamme erstarb. Ich spürte einen dumpfen Schmerz und erkannte, dass ich mir zu fest auf die Lippe gebissen hatte. Der Geschmack von Blut war in meinem Mund, von Metall und Angst und Magie.

»Vielleicht hätten wir es nicht tun sollen.«

»Magie ist, was uns vor den Sterblichen beschützt«, erklärte Ambrose. »Warum solltest du dein Herz oder sonst etwas riskieren? Du glaubst an Traumprinzen und Happy Ends und märchenhafte Liebe, Sabrina, aber was geschieht in Märchen mit Hexen?«

Ich blickte zur Seite, weg von den dunklen Augen und dem noch dunkleren Lächeln meines Cousins, weg von dem Seil. Die Blumen, die ich am Bachufer gesammelt hatte, hoben sich hell leuchtend gegen die Knoten ab, wie winzige blaue Sterne, und ich dachte über die andere Bezeichnung für Myosotis nach: *Vergissmeinnicht*. Früher war mir der Name immer hübsch erschienen, fast schon romantisch, aber zum ersten Mal hörte er sich wie ein Befehl an. *Vergissmeinnicht*, selbst wenn du es willst.

Auf einmal fiel mir das Atmen schwer, hier in meinem eigenen warmen Zuhause, wie vorhin im Bach, als das kalte Wasser über meinem Kopf zusammengeschlagen war.

Es war vollbracht, sagte ich mir wieder. Es war zu spät für die Frage, was ich da getan hatte.

»Mach dir nicht so viele Sorgen, meine kleine Sabrina.« Ambrose' Stimme war schmeichlerisch, süß wie giftiger Honig, eine Stimme, der ich mein ganzes Leben lang vertraut hatte und der ich blind gefolgt war. Es war viel zu spät, es sich anders zu überlegen.

»Du musst dich daran gewöhnen, die Regeln zu brechen, das ist alles«, versicherte er mir. »Die Hexenstunde ist längst verstrichen, und du solltest ins Bett gehen. Gute Nacht, meine Märchenprinzessin. Mögen Scharen dunkler Engel dich in den Schlaf wiegen. Du bist halb Mensch. Du solltest zumindest ein halbes Happy End bekommen. Ich hoffe, du bekommst morgen deinen Märchenprinzen.«

WAS IM DUNKELN GESCHIEHT

Rosalind Walker hat die sonderbarsten Träume.

In der wachen Welt ist sie vollkommen normal. Das Kind des Pastors, strebsam und wohlerzogen, außer sie kämpft für Gerechtigkeit – und Jesus kämpfte auch für Gerechtigkeit, weshalb Roz das Gefühl hat, das sei in Ordnung. Ihre Großmutter ist ein bisschen exzentrisch, aber wessen Großmutter ist das nicht? Roz verbringt jede freie Minute mit ihrer Familie oder ihren Freunden, die sie schon immer gekannt hat: Sabrina, Susie und Harvey. Ihr Dad hat allerdings Zweifel, was ihre Freunde angeht.

Merkwürdigerweise hat Reverend Walker keine Probleme mit Harvey, dem einzigen Jungen in ihrer Gruppe. Obwohl Harveys Bruder der größte Mädchenschwarm der Stadt ist, findet Roz insgeheim und mit leichten Gewissensbissen, dass Harvey genauso gut aussieht. Auch wenn das im Grunde egal ist. Harvey hat immer nur Augen für Sabrina, weshalb er keine Bedrohung für Roz' zweifelhafte Tugend darstellt, und Harveys Bruder Tommy legt niemals das

Kreuz um seinen Hals ab. Reverend Walker sagt, die Kinkles seien gute Jungs.

Bei Sabrina und Susie sieht die Sache anders aus. Reverend Walker runzelt über Susie nur leicht die Stirn und gibt keinen Kommentar ab, aber über Sabrina hat er viel zu sagen. Niemand hat die Spellmans jemals in irgendeiner Kirche gesehen.

Roz' Dad kann ziemlich heftig werden, aber sie kann seine Einwände nicht völlig von der Hand weisen.

Sabrina ist Roz' BFF. Best Friends Forever, das heiligste Versprechen, das es im Leben eines Mädchens gibt, und die meisten BFFs wissen absolut alles über die andere, was es zu wissen gibt. Sie übernachten ständig bei der anderen.

Manchmal fürchtet sich Roz, bei Sabrina zu schlafen. Früher glaubte sie, ihre Angst liege daran, dass das Haus ein Bestattungsinstitut sei, und es ist tatsächlich ganz schön abgefahren, wenn man an die Leichen denkt, die kalt und reglos unter dem Boden aufgebahrt sind, auf dem Roz geht, wann immer sie das Haus betritt. Einmal stand Roz in der Eingangshalle und wartete auf Sabrina, da hatte sie plötzlich eine Vision, als sähe sie die Frau wirklich, die Tote, die irgendwo unter ihr lag. Eine Tote, die zu Roz hochstarrte, die Augen weit aufgerissen, weiß und blind.

Wohin kommen die Menschen, wenn sie sterben?, fragte Roz' Vater sie einmal, als sie noch ein kleines Kind war, und sie antwortete: *Zu Sabrina nach Hause*.

Sie erinnert sich immer noch an den strengen, enttäuschten Ausdruck auf dem Gesicht ihres Vaters, als er ihr erklärte, dass, wenn Menschen starben, sie entweder in den Himmel oder die Hölle kämen.

Sie kämen in den Himmel, wenn sie gut waren und an Gott glaubten, und in die Hölle, wenn sie Sünder waren und nicht an Gott glaubten.

Was zu Sabrina nach Hause kommt, sind nur die leeren Hüllen, nachdem die Seelen fort sind. Das glaubt Roz. Sie ist sich fast sicher, dass sie es glaubt.

Sie fürchtet sich immer noch ein klitzekleines bisschen, sobald sie in die Nähe des Spellman-Hauses kommt oder mit Sabrinas unheimlichen Tanten und ihrem unheimlichen Cousin reden muss. Ihr Dad sagt, sie seien alle Sünder, und Roz spürt, dass sie zumindest Geheimnisse haben.

Vielleicht sind Geheimnisse und Sünden das Gleiche.

Dann sind da ihre Träume. Roz hält sie geheim. Auch sie ist eine Sünderin.

In ihren Träumen gibt es Geister im Wald, hängende Schatten, die in Roz' Weg baumeln und sie daran hindern, einen Schritt weiter zu gehen. In ihren Träumen sieht sie die Kinkle-Familie mit Gewehren, im Wald auf der Jagd. Sie hat schreckliche Angst vor Harveys Vater, egal wie sehr Reverend Walker die Kinkles gutheißt. In ihren Träumen sieht sie Ambrose Spellman in der Leichenhalle, mit Blut im Gesicht, lachend. Und ihre beste Freundin, Sabrina, die sieht Roz im Wald, wo ihr weißes Kleid sich schwarz verfärbt.

Und schlimmer als das, schlimmer als alles andere … Manchmal verschwimmen die Bilder in Roz' Träumen, wie zerstörte Gemälde, als würde die nasse Farbe der Welt verlaufen. Sie sieht sich im Spiegel, und ihre Augen werden dunkel, und die Dunkelheit tropft in langen schwarzen Schlieren an ihrem Gesicht herab. Die ganze Welt ist zu unordentlichen Farbklecksen zusammengeschrumpft, die sich vor einer überwältigenden, allesverzehrenden Dunkelheit abheben, und sie weint, und ihre Tränen sind Schatten, und nichts ergab mehr Sinn.

Roz liebt ihre Freunde, und sie macht sich Sorgen um sie, obwohl es in der wachen Welt keinen Grund gibt, sich zu fürchten. Sie hat auch Angst um sich selbst, doch davon hat sie ihren Freunden nicht erzählt. Nicht von den Träumen. Nicht von ihren Augen, die allmählich erblinden.

Sie hat ständig Kopfschmerzen, und die Worte in den Predigten ihres Vaters scheinen in ihrem Kopf zu hämmern: Seine Stimme dröhnt über die Strafe Gottes, so anders als sein üblicher leiser, liebevoller Tonfall. Manchmal glaubt Roz, seine Worte würden ihr den Schädel spalten. Manchmal glaubt sie, sie werde Blut weinen.

Glaubst du an Dinge, die du nicht sehen kannst? Wenn sie überhaupt nichts sähe, woran würde sie dann glauben? *Selig sind, die nicht sehen und doch glauben.* Was ist mit dem, was sie sehen *kann*? Soll sie an jede ihrer Visionen glauben?

In ihren Träumen sieht sie die Dinge anders. Sie fragt sich, was andere Menschen im Traum sehen. Jeder macht sich Sorgen, dass seine Mitmenschen die Dinge anders sehen, aber vielleicht sorgt Roz sich mehr als die meisten.

Roz hat ihre Träume, und sie hat ihre Zweifel. An den Tagen nach ihren schlimmsten Träumen, an den Tagen, wenn die sonderbarsten Dinge geschehen, werden die Zweifel stärker.

Sie weiß nicht, ob ihre Träume sie davor warnen, dass Sabrina in Gefahr schwebt, oder ob Sabrina selbst die Gefahr ist.

TEUFEL SPIELEN MIT STERNEN

Ich ging am Morgen nach unten, wo ich Tante Zelda traf, die missbilligend über den Rand ihrer Zeitung zu Ambrose starrte, der im Türrahmen stand und mit der Frau flirtete, die unsere Post austrug.

»Bei Ihrem Anblick fällt mir immer diese Redewendung ein«, hörte ich ihn murmeln. »Wie geht sie noch mal? Gleich geht die Post ab.«

Die junge Frau war ein Rotschopf, weshalb ihr Erröten unübersehbar war, ein heftiges Purpur unter ihrer Schirmmütze und den Sommersprossen. Bei uns gaben sich die Briefträger und Briefträgerinnen ständig die Klinke in die Hand. Ich wusste nicht, ob Ambrose sie verschreckte oder ob Zelda ihre Versetzung beantragte.

Tante Zelda kam an den Küchentisch und ließ sich neben mir nieder. Normalerweise stand Tante Hilda am Herd und bereitete das Frühstück zu, heute jedoch nicht. Ich sah aus dem Fenster und bemerkte die frische Erde, die draußen auf dem Grab aufgehäuft war. Mit einem schweren Schlucken schüttete ich Müsli in meine Schüssel.

Ein paar Sekunden später stolzierte Ambrose herein und reichte Tante Zelda einen Brief von der Schule. Wahrscheinlich ging es um den nächsten Elternsprechtag. Tante Zelda strafte den Umschlag mit völliger Missachtung, so wie alles, was mit meinem sterblichen Leben zu tun hatte. Sie rauchte zum Frühstück, wie immer.

»Wirklich, Ambrose?«, sagte Tante Zelda. »Eine Sterbliche? Eine Sterbliche, die uns die Post bringt?«

Ambrose zuckte mit den Schultern und nahm mir die Müslipackung aus der Hand. »Mit tiefen Gefühlen hat das hier natürlich nichts zu tun. Ich lerne nicht allzu viele Menschen kennen. Was soll ich denn tun, die Trauernden auf den Beerdigungen anbaggern? Das wäre unerhört und unpassend.«

»Es wäre etwas Unerhörtes und Unpassendes, das du schon oft getan hast«, stellte Tante Zelda fest.

Grinsend zeigte Ambrose mit dem Löffel auf sie. »Ja, habe ich. Und ich werde es wieder tun, Tante Z.« Er zuckte mit den Schultern und begann, das Müsli zu essen. »Ich suche doch nur nach Kontakten.«

»Wozu, zur Verbrecherwelt?« Tante Zelda hob die Augenbrauen. »Warum brauchst du Kontakte? Halt dich ruhig, und huldige Satan auf angemessene Weise. Das ist alles, worum ich jeden von euch bitte. Und setz dich wie ein Gentleman hin, beim Dunklen Lord noch mal, Ambrose!«

Sie winkte herrisch mit ihrer Zigarette in dem glitzernden, altmodischen Zigarettenhalter, der an einen winzigen Dreispitz erinnerte. Ambrose grinste nur und ließ das Bein weiterhin über die Lehne eines anderen Stuhls baumeln.

Tante Zelda beendete die Zigarette in ein paar heftigen, kurzen Zügen.

»Es kommt mir vor, als würdest du seit fünfundsiebzig Jahren Pyjamas tragen. Kannst du dich nicht anständig anziehen?«

»Warum?«, fragte Ambrose. »Es ist nicht so, als würde ich das Haus verlassen. Morgenmäntel und Pyjamahosen sind die traditionelle Kluft eines Einsiedlers, und ich fühle mich der eremitischen Ästhetik verpflichtet.«

Er hatte sich nicht einmal ein Hemd übergezogen. Ich schnippte das Ende des kleinen Samtschals, den er trug, um seinen Hals. »Und warum hübschst du den Morgenmantel dann damit auf?«

Ambrose' Lächeln erstrahlte um seinen Löffel herum. »Ganz offensichtlich möchte ich ein schicker Einsiedler sein, Sabrina.«

Tante Zelda schnaubte verächtlich. Sie selbst saß stocksteif da, in einer Nadelstreifenbluse mit dramatisch hohem Kragen und einer zweireihigen Anzugjacke. Ambrose hatte einmal, natürlich außerhalb von Tante Zeldas Hörweite, gesagt, sie ziehe sich wie ein teuflisches Sekretärinnen-Pin-up an. Er versicherte, das sei als Kompliment gemeint.

Der Türklopfer ertönte, und ich lächelte. Da die Post bereits gebracht worden war, konnte es nur ein Mensch sein.

Tante Zelda stieß ein spöttisches Geräusch aus, legte ihren Zigarettenhalter auf den Tisch und erhob sich.

»Vor zwölf Uhr mittags ertrage ich einfach keine Sterblichen.«

»Vielleicht wird Tante Hilda die Tür öffnen«, sagte Ambrose, und seine Stimme war absichtlich bissig. »Augenblick mal, wo steckt Tantchen Hilda eigentlich?«

»Sie hat zu früh am Morgen eine besserwisserische Antwort gegeben, weshalb ich sie umgebracht habe!«, rief Tante Zelda über die Schulter, während sie nach oben stolzierte.

Ambrose lehnte sich in seinem Stuhl zurück. »Sie ist in traumhafter Stimmung, das muss ich schon sagen. Wie geht's dir, Cousinchen? Bist du nicht aufgeregt, wie unser Zauberspruch funktioniert hat?«

Meine Augen verharrten auf dem Fenster und dem frischen Grab. Tante Zelda tötete Tante Hilda immer mal wieder. Es hörte sich schlimmer an, als es war. Sie vergrub Tante Hilda, und dann kam Tante Hilda wie neu zurück. Es war nicht der Rede wert. Magie brachte alles wieder in Ordnung.

Dennoch …

»Ich hasse es, wenn sie das tut«, flüsterte ich.

Ambrose strich kurz mit der Hand über meine Haare. Jede seiner Gesten ist so, flüchtig und beiläufig, seine

Finger flatterten wie Schmetterlinge, landeten geschmeidig und glitten dann weiter.

»Ich weiß, Cousinchen«, murmelte er.

Ihm gefiel es ebenso wenig, aber er stichelte nur gegen Tante Zelda und ließ es dann auf sich beruhen, als wäre es keine große Sache.

Hexen und ihre kalten, wankelmütigen Herzen.

Es spielte keine Rolle, redete ich mir ein und richtete meinen Pullover. Bei meiner Heimkehr würde ich Tante Hilda am Herd antreffen, genau wie immer. Und jetzt würde ich herausfinden, was Magie für mich tun konnte.

Ich hüpfte vom Stuhl. »Ich sollte Harvey aufmachen.«

»Und ich werde mich unten mit ein paar zauberhaften Leichen amüsieren«, verkündete Ambrose. »Beim Dunklen Lord, bin ich einsam!«

Die Leute in der Schule sagten, es müsse sonderbar sein, ein Bestattungsinstitut im Keller zu haben. Sie hatten nicht den blassesten Schimmer, dass das noch das Normalste an unserer Familie war.

Ich öffnete die Tür und erblickte Harvey, der auf der Veranda stand. Seine Augen gingen heute nicht auf Wanderschaft, er starrte mich mit verzückter Hingabe an, als wäre alles von den Knöpfen an meiner Jacke bis hinab zu den Schnallen an meinen Schuhen faszinierend.

»Sabrina. Du bist golden und entzückend wie der Morgen!«

»Äh, danke«, sagte ich, und Harvey strahlte, als sei selbst der Klang meiner Stimme betörend.

Seine Begrüßung war etwas ungewöhnlich, aber ich sonnte mich in der Wärme seines Lächelns und entspannte mich. Gelegentlich hatte Harvey etwas Schwermütiges oder Distanziertes an sich, doch an diesem Morgen strahlte er vor Freude, leuchtend hell wie Sonnenschein. Es stand ihm. Und genau das sollte Magie tun: die kleinen Unzulänglichkeiten der Welt ausbügeln und in Ordnung bringen.

»Wie schön, du hast wieder gute Laune«, fügte ich hinzu. »Ich war schon ein bisschen besorgt, dass irgendetwas los ist.«

Ich gab ihm einen Kuss und spürte, wie er in meinen Mund seufzte.

Harvey sagte: »Alles ist perfekt.«

⛤

Harvey begleitete mich an dem Tag zu jeder einzelnen Schulstunde, holte meine Bücher und trug sie zu meinem Schließfach zurück. Einmal versuchte ich, ihm ein Geschichtslehrbuch zu entwenden, und es artete in einen kleinen Ringkampf aus. Voller Bewunderung blickte er auf mich herab. Ich packte das Buch und riss daran.

»Harvey«, sagte ich im Flüsterton.

Er lächelte mich strahlend an. »Sabrina.«

»Lass *los*.«

»Lass mich das für dich tun«, bat er, seine großen, süßen Augen noch größer und süßer als sonst. »Ich will einfach alles für dich tun.«

»Das weiß ich zu schätzen«, keuchte ich. »Aber … lass … los!«

Schließlich ließ er sogar los, auch wenn ich dann mit dem Schulbuch in der Hand halb den Korridor hinabsegelte. Nur ein kleiner, raffinierter Zauber bewahrte mich davor, in die Schließfächer zu knallen, die die Wände säumten.

Beim Mittagessen setzten Roz, Susie, Harvey und ich uns an unseren üblichen Tisch, und Harvey bedachte die gesamte Gruppe mit seinem neuen Sonnenscheinlächeln. Die anderen wirkten überrascht, aber erfreut.

»Hast wohl heute einen besseren Tag, Harv?«, fragte Susie.

»Es ist ein herrlicher, unglaublicher Tag«, sagte Harvey ernsthaft. »Immerhin ist Sabrina hier, nicht wahr?«

Susies Augenbrauen schossen nach oben wie kleine Raketen. »Sieht ganz so aus.«

Wir lenkten das Gespräch zu anderen Themen als meiner glorreichen Gegenwart. Harvey lächelte immer noch breit, aber das war schön. Ich war so entspannt, dass ich, als er sein Tablett wegbrachte, spontan fragte:

»Hey, könntest du mir auf dem Rückweg noch einen Cranberrysaft mitbringen?«

Harvey drehte sich mit entsetzter Miene zu mir zurück. Fieberhaft sah ich mich nach einer drohenden Gefahr um.

»Du hast hier die ganze Zeit über durstig gesessen! Du hättest schon vorher etwas sagen müssen. Der Gedanke, dass du leidest, bricht mir schier das Herz.«

»Alles gut«, sagte ich in die Stille.

»Du bist so tapfer«, erwiderte Harvey. »Du sitzt wie die Geduld auf einer Gruft, dem Grame lächelnd.«

»O mein Gott?«, murmelte Roz in ihre Makkaroni mit Käse. Es klang weniger wie ein Gebet, sondern mehr wie die Frage, ob Gott sich so was öfter anhören müsse.

Ich wandte mich zu Harvey und nahm seine Hände in meine. Mit entzückter Verwunderung starrte er auf unsere verschränkten Finger.

»Im Ernst, ich bin genau in diesem Augenblick durstig geworden. Es ist keine große Sache.«

Er nickte, hob eine meiner Hände an sein Gesicht und presste mit geschlossenen Augen die Stirn dagegen, als wäre er ein Ritter, der seiner Königin die Treue schwor.

»Es wäre mir eine Ehre, dir einen Saft zu bringen. Ich würde dir den Mond vom Himmel holen, damit du ihn als einen silbernen Teller benutzen und von ihm speisen kannst.«

Wir starrten ihn alle an. Harvey strahlte und lief los, um mir meinen Saft zu besorgen. Ich wagte kaum, die Mädchen anzusehen, und als ich es tat, stand Susies Mund weit offen. Roz starrte immer noch auf ihren Teller.

»Ich weiß, er führt sich ein bisschen albern auf«, sagte ich mit sehr leiser Stimme.

»Er führt sich immer ein bisschen albern auf, wenn es um dich geht«, sagte Susie. »Das hier ist was anderes.«

Verzweifelt suchte ich nach einer Erklärung und verkündete schließlich: »Ich glaube, er hat eine komische Woche erwischt.«

»Ganz offensichtlich!«, sagte Susie.

»Wann ist eine Woche in Greendale nicht komisch?«, fragte Roz. »Harvey jagt mir Angst ein.«

In ihrer Stimme hallte ein bitterer Unterton mit, was Susie und mich beunruhigte Blicke austauschen ließ.

»Ich glaube nicht, dass ich so weit gehen würde«, sagte Susie bedächtig.

Roz biss sich auf die Lippe.

»Tut mir leid«, sagte sie mit erstickter Stimme. »Ich hatte gestern Nacht Albträume, und jetzt habe ich Kopfschmerzen.«

Neuerdings plagten Roz immer öfter Kopfschmerzen. Ich habe ihr bereits Beruhigungstees angerührt, aber es ist an der Zeit, mit Tante Hilda darüber zu sprechen, ihr einen richtigen Hexentrank zuzubereiten. Ich könnte ihr helfen.

»Ruh dich übers Wochenende aus, und ich bringe dir am Montag ein Tonikum mit. Danach fühlst du dich wie neugeboren.«

Die verkniffene Anspannung um Roz' Mund glättete sich nicht. »Vielen Dank, Sabrina, aber mir geht's gut. Und hey, dass Harvey eine alberne Knalltüte ist, ist besser als sein Trübsalblasen von gestern, oder?«

Sie lächelte nun, und Susie nickte nachdrücklich. Wir alle lächelten. Es *war* besser. Magie machte alles besser.

Als Harvey mich nach Hause begleitete, küsste er mich am Tor dreimal. »Ich will nicht von dir getrennt sein«, sagte er mit seinen Händen in meinen Haaren.

»Mir geht es genauso«, erwiderte ich und schob ihn ein Stück zurück. »Aber ich muss Hausaufgaben machen. Du weißt, dass ich es nicht mag, die Hausaufgaben bis Sonntag aufzuschieben! Wenn man sie am Freitag erledigt, hat man das Wochenende frei.«

»Das weiß ich von dir, natürlich, ja.« Harvey grinste liebevoll. »Ich mache meine immer noch auf den letzten Drücker am Sonntag, wie es Gott will. Bis morgen also?«

Ich sah ihn fragend an.

»Der Jahrmarkt«, half Harvey mir auf die Sprünge.

In der Aufregung um den Zauberspruch und meine Sorge um diesen letzten Sommer hatte ich fast vergessen, dass Harvey und ich geplant hatten, zum Rummelplatz zu gehen. Die Leute nannten den Tag des Jahrmarkts den »letzten Tag des Sommers«.

»Oh, natürlich! Ja klar, bis morgen.«

»Ich freue mich schon.«

Harvey küsste mich noch einmal, bevor er verschwand, und ich sah ihm nach, wie er durch den Wald davonspazierte.

Der frische Erdhaufen auf dem Grab in unserem Vorgarten war unberührt. Tante Hilda braucht in letzter Zeit immer länger, um von den Toten wiederaufzuerstehen. Tante Zelda behauptet, es sei reine Faulheit.

Ich ging in die Küche, um mir etwas zu essen zu holen. Dann kam ich wieder nach draußen, hockte mich in der Nähe auf einen Grabstein, der einem längst verstorbenen Spellman-Begleiter gewidmet war, und wartete.

Es dauerte nicht lang, bevor eine geballte Faust die Erde durchbrach, gefolgt von einem Kopf samt Schultern, die aus dem Boden auftauchten wie ein Schwimmer aus dem Wasser. Mit einem leisen Ächzen schob Tante Hilda sich auf allen vieren aus dem Grab und schüttelte sich.

Ich wackelte mit den Fingern, ein verlegener Gruß in ihre Richtung. Meine Tante lächelte und winkte zurück, ihr Gesicht eine Maske aus Matsch. Sie versuchte, sich die Erde von ihrem dreckigen rosaroten Kleid zu klopfen, aber es war aussichtslos.

»Warum hat Tante Zelda das getan?«, fragte ich.

Was ich eigentlich meinte, war: *Warum tut Tante Zelda das?* Als könnte Tante Hilda einen wirklich triftigen Grund anführen, weshalb man seine Schwester vorübergehend ermordete.

Tante Hilda zuckte bloß mit den Schultern. »Ist doch nichts dabei, Süße.«

Sie sprach, als wäre es nicht weiter von Bedeutung. Vielleicht hatte sie recht. Das waren die Dinge, an die ich mich nach meiner satanischen Taufe gewöhnen sollte. Hexen waren auf den Tod und die dunklen Künste spezialisiert.

Meine Tante wischte sich den Schlamm aus dem Gesicht, lächelte mich strahlend an und legte den Arm vorsichtig um mich, ohne mich mit Erde zu beschmutzen. Tante Hilda besaß kein kaltes, wankelmütiges Herz, das wusste ich mit Sicherheit, aber Tante Zelda sagte häufig, dass Tante Hilda im Grunde keine richtige Hexe war.

»Lass uns reingehen, ja? Was hättest du gern zum Abendessen?«

Ihre Stimme war absolut fröhlich, und ihre Schritte sicher. Ich schwang mich von dem Grabstein und folgte ihr die Stufen hinauf ins Haus. Tante Hilda hatte vollkommen recht, und es ging ihr blendend. Magie brachte alles in Ordnung.

⛤

Tante Hilda ging früh zu Bett. Sie sagte immer, das Sterben erschöpfe sie. Tante Zelda klagte, sie führe sich wie ein Baby auf, aber sie kochte ihr einen Beruhigungstrank und brachte ihn nach oben. Ich hörte, wie sie Tante Hilda einen Vortrag hielt, sie solle ihn gleich trinken. Möglicherweise war das Tante Zeldas Art, sich zu entschuldigen.

Ich saß noch eine Weile allein am Küchentisch, dann stieg ich die Treppe zur Mansarde hoch, um mit Ambrose zu sprechen.

In seinem Zimmer schwebte eine riesige, uralt aussehende Landkarte mitten in der Luft. Ihr Papier war so alt, dass es vergilbt war, und die Tinte hatte sich längst bräunlich verfärbt. Ganz oben auf der Landkarte standen in goldenen Lettern die Worte MAPPA MUNDI. Weltkarte.

Glimmernde Kieselsteine flogen über der Landkarte wie winzige Sterne und zeigten verschiedene Ziele an. Vor der Landkarte stand Ambrose, gekleidet in seinen roten Samtmorgenmantel, und bedeutete den Steinchen mit ausladenden Handbewegungen, sich zu verschieben, als wäre er ein Dirigent und die Kieselsteine sein Orchester.

»Hey, Ambrose!«

Er warf mir über die Schulter ein hastiges Lächeln zu, dann glitten seine Augen zurück zur Landkarte. Es gab Orte mit steilen Gebirgshängen, die mit den Worten *Hier gibt es Drachen* gekennzeichnet waren. Es gab Meere mit dem Hinweis *Hier gibt es Schlangen*.

Ich spazierte in sein Zimmer und ließ meine Stimme gleichgültig klingen. »Was soll das alles?«

»Ich vermisse Espressi in Italien, ich vermisse Tee in China und ich vermisse Orgien! Habe ich schon mal erwähnt, dass ich Orgien vermisse?«

»Das eine oder andere Mal.«

»Das liegt daran, dass ich sie wirklich vermisse«, sagte Ambrose.

Ich summte leise. Die Lebensaufgabe von Hexen bestand darin, sich über die falsche Sittsamkeit des falschen Gottes lustig zu machen und sich sämtlichen Sinnesfreuden hinzugeben. Ich wusste das alles. Ich wusste nur nicht, wie es ging.

Ich starrte auf die Landkarte.

»Wenn du irgendwo in der Welt sein könntest«, fragte ich, »wo würdest du sein wollen?«

Ambrose breitete die Arme aus. Die Kieselsteine verteilten sich überall im Zimmer, eine kontrollierte Explosion der Leuchtkraft, eine winzige, eingeschlossene Milchstraße in einem Mansardenzimmer.

»Oh, mir egal, überall, nur nicht hier.«

Hier bei unserer Familie. Hier bei mir. Ich hatte mein ganzes Leben in diesem Haus verbracht, seit dem Tod meiner Eltern. Soweit mein Gedächtnis zurückreichte. Greendale war immer mein Zuhause gewesen. Ich liebte es, und ich hatte Angst, es zu verlieren: all die Dinge zu verlieren, die für mich mein Zuhause bedeuteten.

Doch für Ambrose war mein Zuhause ein Gefängnis.

Ambrose' Blick huschte von der Landkarte zu mir, beäugte mich von der Seite. »Wie klappt der Zauberspruch bei Harvey?«

»Oh, fein, fein«, sagte ich hastig. »Ja, toll. Wirklich gut.«

»Fantastisch«, murmelte Ambrose.

Seine Stimme klang geistesabwesend. Ganz offensichtlich kümmerte es ihn nicht besonders. Er vollführte eine weitere Geste, und die funkelnden Kieselsteinchen formatierten sich neu und zeichneten einen frischen Pfad nach, während Ambrose die Flucht plante, die ihn hinaus in die weite Welt führen würde, wäre es ihm denn möglich.

»Wie lautete die letzte Zeile von dem Zauberspruch, den du benutzt hast?«, fragte ich Ambrose unvermittelt. »Den Rest habe ich gehört, aber die letzte Zeile habe ich nicht verstanden. Was hast du gesagt? Was hat es bedeutet?«

»Oho.« Ambrose' Mund wölbte sich. »Nicht in der Lage, jedes Wort Latein zu übersetzen, das du hörst? Bist du etwa nicht in Form, Sabrina? Was kommt als Nächstes bei unserer ansonsten so tadellosen Hexe? Wenn du den Unterschied zwischen Misteln und Tollkirsche nicht kennst, fände Tante Z. das gar nicht *toll!*«

Ambrose neckte mich immer, aber heute Abend klang sein Tonfall regelrecht spöttisch. Meine Augen verengten sich.

»Im Ernst, Ambrose, ich will es wissen.«

»Im Ernst, Sabrina«, erwiderte Ambrose und äffte meine Stimme nach. Dann verzog er den Mund zu einem verschmitzten Grinsen. »Ich bin niemals ernst. Ich glaube nicht, dass ich es dir verraten werde.«

»Das ist nicht lustig, Ambrose.«

»*Au contraire*, Cousinchen. Damit du's weißt, am französischen Hof wurde ich für meinen geistreichen Witz gefeiert. Der Sonnenkönig fand mich höchst amüsant!«

»Das glaube ich dir nicht!«

Ich drehte mich um und ließ die Tür mit einem heftigen Knall ins Schloss fallen. Eilig stampfte ich in mein eigenes Zimmer und setzte mich mit einem Quietschen meines schmiedeeisernen Bettgestells auf meine Matratze, bevor ich in die aufgetürmten Decken sank.

Mit tiefen Gefühlen hat das hier natürlich nichts zu tun, hatte Ambrose am Morgen gesagt. Ambrose mit seinem kalten, wankelmütigen Hexerherz. Ambrose könnte sich niemals vorstellen, aufrichtig etwas für einen Sterblichen zu empfinden. Natürlich hielt er es dann für keine große Sache, sich mittels Magie in menschliche Liebe einzumischen.

Ich war halb Mensch, was dachte er also wirklich über mich?

Ich schob den Gedanken beiseite. In einem meiner Zeugnisse stand einmal: *Sabrina besitzt einen sehr geordneten Verstand*, und ich konnte dem nicht widersprechen. Wenn man alles in unterschiedlichen Schubladen verstaute, blieb alles hübsch ordentlich: meine Freunde in der einen Schublade, meine Familie in der anderen. Ich liebte sie alle, und ich wollte nicht, dass mein Leben im Chaos versank. Ich mochte es, wenn die Dinge geordnet waren.

Neuerdings machte ich mir Sorgen, dass die satanische Taufe alles, was mir wichtig war, aus den Schubladen reißen würde, in die ich es so behutsam gelegt hatte. Alles würde schrecklich durcheinandergeraten und verwüstet werden.

Ich hing an Harvey, an all meinen Freunden. Egal was passieren würde, ich würde immer an ihnen hängen. Ich hatte nicht die Absicht, die Verbindung zu kappen.

Seufzend nahm ich das gerahmte Hochzeitsfoto meiner Eltern von meinem Nachttisch. Ihr Anblick heiterte mich sofort auf. Mein Vater, groß, dunkelhaarig und gut aussehend. Meine Mutter, zerbrechlich, blond und wunderhübsch. Wie der Held und die Heldin in einer Geschichte. Ein mächtiger Hexenmeister und eine einfache Sterbliche, doch er liebte sie genug, um sie zu heiraten und mich zu bekommen. Ich wusste, dass sie mich auch geliebt hatten.

Manchmal träumte ich davon, wie es wäre, in einem anderen Haus ohne tote Menschen im Keller zu leben, meinen Vater und meine Mutter zu haben, die bei meiner Heimkehr da wären. Meine Mutter, die Elternabende besuchen würde und Verständnis für menschliche Probleme hätte, mein Vater, mächtig und respektiert, der mir alle Fragen beantworten könnte, die ich über Hexerei hatte: eine richtige Familie. Ich liebte meine Tanten und Ambrose, aber die hätte ich trotzdem auch. Würden meine Eltern leben, wären wir eine echte Familie, und ich hätte nie daran gezweifelt, dass sie mich liebten. Wir wären so glücklich. Davon war ich fest überzeugt.

Egal, was Ambrose über Hexen und ihre kalten, wankelmütigen Herzen sagte, ich wusste es besser. Vielleicht traf es auf Ambrose zu, aber nicht auf mich.

Ich war nicht wie mein Cousin. Ich war wie mein Vater. Meine Eltern hätten mich verstanden.

WAS IM DUNKELN GESCHIEHT

Der Tod ist der dunkelste Ort.

Zelda Spellman bringt gelegentlich ihre Schwester Hilda um und begräbt sie in der Kain-Grube auf dem Friedhof der Spellmans, wo sie dann wieder zum Leben erwacht. Hilda bemüht sich, ihr deswegen nicht allzu böse zu sein. Zelda würde es niemals tun, wenn sie Hilda nicht zurückholen könnte.

Manchmal ist die Wiederkehr schwieriger als sonst.

Die Erde liegt schwer auf Hildas Brust. Die Würmer kriechen ihr Gesicht hinunter wie Tränen.

Was sie aufweckt, so glaubt Hilda, ist die gleiche jähe Angst, die unzählige sterbliche Mütter aus dem Schlaf reißt. Eine Sorge, die Frauen von weichen Kissen und aus tiefem Schlaf aufschrecken lässt, selbst in kalten Nächten schweißgebadet.

Wo sind meine Kinder? Sind meine Kinder in Sicherheit?

Hilda ist keine Mutter. Ihr bot sich nie die Gelegenheit, Mutter zu werden. Eigentlich sollen Hexen Sklavinnen der

Freuden des Fleisches sein, und Hilda ging immer davon aus, dass sie eines Tages an die Reihe käme. Aber Hilda findet Orgien im Grunde erschreckend – würde sich nicht jeder umsehen und einen verurteilen, weil man nicht so lüstern und akrobatisch wie die anderen Hexen ist? –, und kein Mann bat sie je um ein Stelldichein unter vier Augen. Natürlich dachte sie schon darüber nach, besonders bei der Lektüre eines richtig guten Buches wie *Die Schäferin und der Marquis* oder *Heiße Begierde in Schottland* oder *Das verbotene Liebeskind des verruchten keltischen Milliardärs*. Doch Hilda weiß nicht, ob sie je den Nerv besitzen würde, einen Mann aufzufordern, sich mit ihr sinnlichen Freuden hinzugeben. Sie weiß noch nicht einmal, ob sie je den Mut aufbringen würde, einen Mann auch nur zu küssen.

Trotzdem gibt es Kinder, die in Hildas Herz an erster Stelle stehen und die sonst niemanden haben, der sich um sie kümmert. Damit gerechnet hat sie selbst niemals. Zelda ist diejenige, die völlig von Babys besessen ist, die entschieden hat (sie trifft ständig Entscheidungen für Hilda), dass sie Hebammen werden würden. Jedes Baby, das sie auf die Welt brachten, wurde von Zelda mit besitzergreifender Liebe überhäuft.

Hilda war die Spellman, die stets eine kleine Enttäuschung war. Sabrinas Vater, ihr Bruder Edward, war beeindruckend. Er hatte immer so groß gewirkt, sein Schatten hatte sie vollständig verschluckt. Und Zelda ist das Beispiel, dem Hilda einfach nicht folgen kann: unnachgiebig in sämtlichen Belangen, vor allem in ihrer Hingabe an den Dunklen Lord.

Hilda hat kein Problem mit Satan oder Magie oder der Freude am Wald oder frischem Blut. Aber manchmal beneidet sie die Profanen, von denen vielen der Glaube leichtfällt, die in ihre Kirche gehen und ihrem falschen Gott huldigen. Einige von ihnen besitzen gar keinen Glauben. Es erscheint Hilda schrecklich angenehm, nicht glauben und derart intensiv dienen zu müssen. Gesagt hat sie es zwar nie, aber irgendwie sieht der Zirkel sie an und *weiß* einfach Bescheid. Edward wusste es, und Zelda weiß es, und Pater Blackwood, das gegenwärtige Oberhaupt der Kirche der Nacht … er weiß definitiv Bescheid.

Da Hilda niemals der Stolz ihrer Familie sein würde, wurde von ihr erwartet, dass sie sich nützlich machte. Also tat sie (gewöhnlich), was Zelda sagte, und sie gab sich (gewöhnlich) Mühe, ein gutes Mitglied des Zirkels zu sein, und sie kümmerte sich um die Waisenkinder der Spellmans.

Als Hexenjäger und eine Tragödie Ambrose' Familie heimsuchten, war Hilda in England zur Stelle, um die Scherben zu kitten und für das Kind zu sorgen.

Sie erinnert sich noch an den kleinen Ambrose, wie er vor all den Jahren auf dem Kopfsteinpflaster tapste, über das Hildas langes Kleid und ihre Unterröcke strichen. Furchtlos stürzte er sich immer in jede Gefahr, und sie hatte ständig Angst, er könnte von einer ratternden Kutsche überfahren werden oder in einem Ententeich ertrinken. Doch zu Hause lassen konnte sie ihn nicht, selbst wenn sie loszog, um Besorgungen zu machen, konnte sie nie seinen riesigen, betörenden Augen oder den kleinen, flehend zu ihr emporgestreckten Händen widerstehen. *Tantchen Hilda, heb mich hoch, nimm mich mit, Tantchen Hilda, trag mich!* Ambrose hockte gern auf ihren Armen, ganz weit oben, damit er möglichst alles sehen konnte. *Deine Augen sind größer als dein Mund*, sagen Sterbliche über Kinder, die mehr essen wollen, als sie schaffen. Ambrose, der kleine Gierschlund, wollte immer die ganze Welt.

Sie erinnert sich an Sabrina, die wie durch ein Wunder vor dem Absturz gerettet wurde, bei dem ihre Eltern ums Leben kamen. Die süße kleine Sabrina, deren winziges Babygesicht Rüschen und Bänder umrahmten, und die magisch in der Luft schaukelten, während Hilda ihr ein Hexenwiegenlied vorsang.

»La le lu
Nur die Hexentante schaut zu
Wenn die kleinen Babys schlafen
Drum schlaf auch du.«

Hilda kennt die Version der Sterblichen. Sie hält sie für barbarisch. Ihre Lieblinge würden ganz bestimmt nicht von irgendeinem Mann im Mond begafft werden, während sie schliefen.

Hilda ist immer die Unbedeutendste der Spellmans gewesen, aber für ein Kind, das niemanden sonst hat, der sich kümmern könnte, kann man der wichtigste Mensch im ganzen Universum sein.

Allerdings scheint sie nichts richtig machen zu können. Selbst ihre Fürsorge für ein Kind lief gründlich schief.

Du hast Ambrose verwöhnt, und sieh nur, was passiert ist, sagte Zelda zu ihr, als sie sich entschieden hatten, Sabrina bei sich aufzunehmen. *Du hast den Jungen ruiniert. Bei Sabrina wirst du nicht den gleichen Fehler machen! Bei Sabrina werde ich die Zügel in die Hand nehmen und sie für die Familie Spellman zu einer dunklen Lichtgestalt machen. Versuch, mir nicht in die Quere zu kommen und wieder alles zu vermasseln.*

Ambrose macht Hilda nicht den Anschein, als wäre er ruiniert. Er ist immer noch ihr süßer Junge, der sie neckt und zum Lachen bringt und für sie gegen Zelda Partei ergreift. Aber es besteht kein Zweifel: Auf sein Konto ging ein Verbrechen an ihrer Art, und er wurde mit Hausarrest bestraft wegen »für einen Hexer ungebührlichen Verhaltens«.

Zelda behauptet, er habe Schande über die Familie gebracht. Das würde Hilda nichts ausmachen, aber ihr Ambrose, der doch die ganze Welt verschlingen wollte, sitzt nun in ihrem Haus fest. Er versucht, es auf die leichte Schulter zu nehmen, aber sie sieht, wie sein Mund beim Lachen zittert. Sie weiß, für ihn muss es sich anfühlen, als kämen die Wände immer näher. Manchmal fühlt es sich für Hilda so an, und sie kann wenigstens in die Stadt gehen und sich in der Buchhandlung umsehen. Der Inhaber des Buchladens ist ein Prachtexemplar von einem Mann.

Als sie Sabrina bei sich aufnahmen, sorgte sich Hilda, Ambrose könnte auf das Mädchen eifersüchtig sein. Doch Ambrose begegnete dem Baby immer mit gedankenloser Zuneigung, als wäre sie ein Haustier. Als Sabrina noch so klein war, dass Hilda sie in den Armen herumtragen konnte, küsste Ambrose oft ihren kleinen goldenen Schopf, wenn er auf seine ruhelose Art wie ein Kolibri an ihnen vorübersauste. Manchmal griff Sabrina mit ihren winzigen Fäustchen nach seiner Kleidung oder den Ringen an seinen Händen, selbst damals schon unnachgiebig, und Ambrose wirkte belustigt, während er sich von ihr festhalten ließ.

Doch heutzutage hat Sabrina ein Leben außerhalb des Spellman'schen Hauses. Wenn sie nach draußen stürmt, ertappt Hilda Ambrose dabei, wie er die Tür auf eine unverwandte Art anstarrt, die ihr nicht behagt. Heutzutage trägt Ambrose keine Ringe mehr oder kleidet sich, als könne er jeden Moment das Haus verlassen.

Vielleicht ist Ambrose jetzt eifersüchtig. Sich so sehnlichst ein eigenes Leben herbeizuwünschen, dass man alle anderen hasst, weil sie eines haben, kann Hilda zwar nachvollziehen, doch die dunklen Leidenschaften in den Herzen anderer jagen ihr Angst ein. Damals wusste sie nicht, dass Ambrose ein Verbrechen plante. Jetzt weiß sie, dass sie nie sicher sein kann, was Ambrose möglicherweise im Schilde führt.

Wenn sie Ambrose öfter etwas abgeschlagen hätte … Aber nun kann sie Ambrose nichts abschlagen. Sie kann

Sabrina nichts abschlagen. Die beiden müssen Hilda nur ansehen, und ihr Herz schmilzt dahin, weich wie Butter in der Hölle.

Zelda verbietet Sabrina ständig etwas. Und Sabrina hält sich selten daran. Hilda sorgt sich, dass auch das ihre Schuld ist. Dass sie wirklich dabei ist, Sabrina zu ruinieren, dass Sabrina und Ambrose ohne sie besser dran wären.

Aber sie könnte es nicht ertragen, die beiden zu verlassen. Keinen von ihnen, nicht einmal Zelda. Manchmal kommt Hilda der seltsame Gedanke in den Sinn, dass ihre Schwester sogar noch mehr Angst als sie selbst hat und dass Zelda sich deshalb an sie klammert und sie dann heftig von sich stößt. Dann will Hilda sanft sein, selbst wenn sie sich ganz besonders über Zelda ärgert. Und Hilda will für Ambrose und Sabrina da sein, sie trösten und sich für sie einsetzen. Das ist schon immer ihre Aufgabe gewesen.

Der Tod ist eine derart ermüdende Angelegenheit. Die Erde lastet schwer auf ihren Augenlidern und versiegelt sie. Jedes Mal, wenn Hilda stirbt, ist die Versuchung größer, in ihrem Grab zu bleiben. Ihr eigenes Leben zu leben ist zu schwierig. Ihren eigenen Tod zu sterben könnte vielleicht einfacher sein. Hilda könnte die Augen geschlossen halten und hierbleiben, nur sich selbst gehören und neue Träume träumen, während sich Baumwurzeln durch ihr Haar ranken.

Meine Kinder, denkt Hilda. Sie schlägt die Augen auf,

obwohl Erde hineinfällt und sie zu brennen anfangen. Dann gräbt sie sich nach oben in die Luft und ans Licht.

Ihre Belohnung erhält sie auf der Stelle. Sabrina hockt auf einem Grabstein in der Nähe und wartet, während sie einen Pfirsich isst, auf Hildas Erwachen. Sie lässt ihre Spangenschuhe gegen den Grabstein baumeln. Hilda blinzelt die Graberde aus den Augen und sieht zu, wie Sabrinas weiße Zähne im zarten Fruchtfleisch versinken.

»Warum hat Tante Zelda das getan?«

Hilda zuckt mit den Schultern. Sie weiß nicht mehr, was sie diesmal Falsches gesagt hat, nur dass sie dieses gereizte Verlangen in den Fingern gejuckt hat, sich von Zelda zu befreien. Sie fauchte Zelda an, und das Nächste, was Hilda mitbekam, war ihre Schwester, die mit bleichem, steinernem Gesicht auf sie zukam, ein Messer in der Hand. Sabrina zu beunruhigen, indem sie ihr die ganze unschöne Geschichte auseinandersetzt, macht keinen Sinn. Deshalb lächelt Hilda nur und sorgt dafür, dass Sabrina den Tod auf die leichte Schulter nimmt und sich keine Gedanken über die Konsequenzen macht.

»Ist doch nichts dabei, Süße.«

Sabrina weicht nicht von ihrer Seite, als Hilda ins Haus zurückkehrt. Nachdem Hilda sich gewaschen hat, kreisen Ambrose und Sabrina um sie wie dienstbeflissene Vögel, die sie aufheitern wollen. Sabrina erzählt von der Schule, und Ambrose macht Witze, sodass sogar Zelda das Kinn auf die Hände legt und lächelt. Der Ofen ist warm, und die Lampen scheinen durch Buntglas. In solchen Momenten findet Hilda, dass sie ein wunderbares Zuhause und eine wunderbare Familie hat. Sie ist sehr glücklich hier, jedenfalls manchmal.

Und sollte Zelda jemals Ambrose oder Sabrina umbringen, ganz gleich, ob sie sie im nächsten Moment wieder zum Leben erweckt, wäre Hilda sehr wohl zu dem unerbittlichen Zorn fähig, den die Leute von einer Spellman erwarten. Dann würde sie den Blutdurst einer Tigerin fühlen, deren Junge im hohen Gras in Gefahr schweben. Sie würde nach dem Messer oder dem Spaten oder der verdammten Axt greifen und sie schwingen.

Wer weiß, welche Auswirkungen der Tod auf Sabrina hätte? Sie war zur Hälfte sterblich, zur Hälfte die süße Diana. Hilda hat Edward nie verübelt, dass er Diana liebte. Hilda hat Diana ebenfalls geliebt. Sie bewahrt Geheimnisse für Diana, von denen niemand etwas ahnt, und Hilda hofft, dass es nie jemand herausfindet.

Diana starb. Das tun Sterbliche dauernd. Doch der außergewöhnliche, unbesiegbare Edward starb mit ihr. Beide Elternteile Sabrinas, die Sterbliche und der Hexer. Vielleicht gibt es keine Möglichkeit, sich vor Leid zu schützen.

Bisher hat noch niemand von einem Kind gehört, das halb Hexe, halb Sterbliche war. Die Kirche der Nacht spricht von fast nichts anderem als Sabrinas nahendem Beitritt, Sabrinas satanischer Taufe. Der Zirkel verstummt, wenn Hilda und Zelda eintreten. Hilda hat solche Angst, dass etwas schiefgehen könnte. Sie hat Angst, die Welt könnte Sabrina Leid antun, wie sie Ambrose Leid antat, wie sie Sabrinas Vater zerstörte.

Zelda hat Ambrose oder Sabrina nie auch nur ein Haar gekrümmt. Das würde sie niemals tun. Auch Zelda liebt die Kinder, sagt Hilda sich. Besonders Sabrina, Zeldas goldener Augapfel. Zelda würde Hilda helfen, Sabrina zu beschützen, und Sabrina würde ihre satanische Taufe ablegen und eine dunkle Lichtgestalt sein. Sabrina würde die ganze Familie mit Stolz erfüllen, wie Hilda es nie konnte.

Hilda zerzaust Sabrinas helles Haar und legt die Arme um die entschlossene Linie von Sabrinas schmalen Schultern. Sie drückt die Hand an Ambrose' Wange, und er gibt ihr rasch einen Kuss auf die Handfläche, und sie lächelt und ignoriert die Graberde unter ihren Fingernägeln.

Die Angst, die sie aufweckt, sogar noch im letzten Dunkel unter der Erde, bedeutet nichts.

Ihre Kinder sind in Sicherheit.

DER LETZTE TAG DES SOMMERS

Früh am nächsten Morgen fuhr ein Wagen vor dem Haus vor. Ambrose und Tante Zelda waren noch nicht auf, und ich saß mit Tante Hilda beim Frühstück und aß Haferbrei, den sie mir mit Honig und Nüssen und hoffentlich keinen getrockneten Molchaugen zubereitet hatte. Tante Hilda behauptete beharrlich, sie seien nahrhaft. Ich fand sie nur widerlich knusprig.

Tante Hilda trank Tee aus ihrem Kupferbecher, in dem Kräuter schwammen, und las einen ihrer Liebesromane. Ein Mann mit Vokuhila und einem Rüschenhemd zierte das Cover, zusammen mit einer Frau, die Probleme mit ihrem Korsett und der Wirbelsäule zu haben schien. Bequem konnte es für die Liebesromanheldin nicht sein, sich derart in den Armen ihres Helden zurückzubiegen.

»Gutes Buch?«

Tante Hilda strahlte. »Oh, Sabrina, es ist eine fesselnde Lektüre! Es heißt *Sturm der Begierde*. Der Name des Helden ist Storm.«

»Das ist ja ein … Wortspiel.«

Ich behauptete nicht, dass es ein gutes war.

»In den Klubs von London wird er auch als Satans Lakai bezeichnet«, fuhr Tante Hilda fort. »Aber sie reden nur vom Glücksspiel und seiner Hurerei – den Teufel betet er eigentlich gar nicht an. Es war natürlich ein bisschen enttäuschend, als ich dahinterkam, aber es ist trotzdem eine richtig tolle Geschichte! Weißt du, er ist ein Herzog, und die Heldin ist eine Fischhändlerin, und sie trifft ihn versehentlich mit einem Fisch im Gesicht. Was seine Aufmerksamkeit erregt!«

»Das kann ich nachvollziehen.«

Spinnen spielten in Tante Hildas Haaren und spannen Netze bis nach unten zu ihren Schultern und wieder zurück wie achtbeinige Trapezkünstler. Die treuen Begleiter von Tante Hilda schienen ihr Faible für Liebesromane zu teilen.

»Als er einen Ring von unschätzbarem Wert in dem Kabeljau findet, wird ihm klar, dass sie die unter Amnesie leidende Attentäterin ist, die von seinem Erzfeind angeheuert wurde! Allmählich kehrt ihr Gedächtnis zurück, und sie schmiedet Pläne gegen ihn, noch während Storm Pläne gegen sie schmiedet. Aufgrund ihres gegenseitigen Pläneschmiedens werden sie von Feinden zu Liebenden und wieder zu Feinden und dann wieder zu Liebenden, und ihre falsche Verlobung mündet in einer arrangierten Hochzeit!« Tante Hilda legte eine Atempause ein und lächelte verzückt. »Außerdem«, fügte sie hinzu, »ist Storm ein Herzog.«

»Alles klar. Ich weiß nicht, ob ihre Ehe halten wird.«

»Unsinn, Sabrina«, widersprach Tante Hilda. »Wahre Liebe bedeutet, dass man einander alles verzeiht, einschließlich Mordanschläge. Willst du es lesen, wenn ich fertig bin?«

»Ich kann mir einfach nicht vorstellen, dass das Buch die Erwartungen erfüllen könnte, die deine Erzählung in mir geweckt hat«, erwiderte ich, und da hörte ich den Wagen.

Hilda und ich wechselten einen neugierigen Blick und gingen zusammen zur Tür.

Es war Harvey. Mit einem ekstatischen Grinsen im Gesicht sprang er vom Pick-up, um uns zu begrüßen.

»Hi, Miss Spellman! Hi, Sabrina! Wie kannst du heute sogar noch schöner sein als gestern? Ich hätte es nicht für möglich gehalten, aber du lässt jeden Morgen das Unmögliche wahr werden! Tommy hat eine Samstagsschicht in der Mine, und er hat angeboten, uns beim Jahrmarkt abzusetzen. Meine beiden Lieblingsmenschen an meiner Seite. Kann man sich eine bessere Art vorstellen, den Tag zu beginnen?«

Harvey packte mich um die Taille und ließ leichte Küsse auf mein Gesicht und mein Haar herabregnen. Ich lachte, glücklich, aber gleichzeitig auch ein wenig verlegen, und entwand mich seinem Griff.

»Ach, Sabrina war immer schon so niedlich wie eine süße kleine Made in einem Apfel.« Tante Hilda winkte lächelnd in Richtung Pick-up. »Hallo, mein Lieber!«

So nannte sie alle meine Freunde. Nicht dass Tommy ein Freund von mir wäre, aber in Tante Hildas Augen kam er als Harveys Bruder dem wohl nahe genug.

Tommy nahm eine Hand vom Lenkrad und winkte ebenfalls. »Hey, Miss Spellman!«

Harveys Bruder sah wie Harvey aus, allerdings wie eine weniger komplizierte und interessante Version. Tommy hatte nichts von einem leidenden Künstler an sich. Seine Stirn war wolkenlos, seine Stimme ruhig und gedehnt, und seine Augen hellblau und lachend, während Harveys dunkel und oft verstört waren. Nicht, dass ich Tommy nicht gemocht hätte. Das tat ich, auch wenn ich ihn nicht sonderlich gut kannte. Jeder mochte Tommy. Er war bekannt für seine Nettigkeit. Wichtiger noch war, dass Harvey ihn mit der Heldenverehrung des kleinen Bruders vergötterte, der noch nie von seinem Idol enttäuscht worden war. Das reichte mir.

Als ich mit Harvey hinten auf den Pick-up sprang, schenkte Tommy mir sein übliches freundliches Lächeln, und ich erwiderte es.

»Vielleicht wollte ich mir den neuesten Star der Stadt ansehen«, sagte er. »Harvey konnte gestern nicht aufhören, von dir zu reden.«

Mein Lächeln erstarrte. Hatte er früher denn nicht von mir geredet?

»Er freut sich wohl auf den Jahrmarkt«, fuhr Tommy fort.

Ich zwang mich erneut zu einem freudestrahlenden Lächeln. »Ich auch.«

Harvey verschränkte die Finger mit meinen und schenkte mir ein scheues Lächeln, mehr wie sein übliches Lächeln als das breite sonnige Strahlen von gestern. Ich lehnte mich an ihn.

»Ich habe eine Überraschung für dich«, erklärte er mir dann.

Ich schmiegte mich an ihn. »Ach ja?«

»Weißt du noch, wie ich letztes Jahr eingesprungen bin und beim Kinderschminken ausgeholfen habe?«

Ich hatte es nicht vergessen. Susie und Roz waren allein losgezogen, und ich war an Harveys Seite geblieben und hatte so getan, als hätte ich mir mein Date genauso vorgestellt.

»Die Frau von der Jahrmarktbude hat gesagt, wenn ich das Kinderschminken übernehme, dann können ich und meine hübsche Freundin« – Harvey drückte meine Hand – »umsonst auf den Rummel gehen. Wir können mit allen Fahrgeschäften fahren, alle Spiele spielen und sogar kostenlos Zuckerwatte bekommen. Ziemlich gutes Geschäft, was?«

Dieses Jahr würde es ein richtiges Date werden. Und er hatte mich als seine Freundin bezeichnet …

Harveys strahlendes Gesicht erwartete eine Antwort, und es fiel mir leicht, ihm die zu geben, die er hören wollte. Ich schmiegte mich noch enger an ihn und flüsterte: »Es ist der Wahnsinn. Genau wie du.«

Die Straße durch den grünen Wald machte eine scharfe Kurve, und ich sah im Seitenspiegel des roten Pick-ups

Tommy Kinkles kleines Lächeln. Ich fragte mich, ob er uns für dumme Kinder hielt. Meine Tanten und Ambrose nahmen Harvey und mich überhaupt nicht ernst. Einmal hatte ich gehört, wie Tante Zelda sagte, viele junge Hexen hätten unbedeutende Liebeleien. Es sei nicht wie bei Edward und Diana, hatte sie Tante Hilda erklärt.

Wie konnte sie sich da so sicher sein?

Es *war* wie bei Edward und Diana. Jedenfalls hoffte ich das. Ich wollte wie sie sein.

Ich räusperte mich. »Gestern Abend habe ich meinen Cousin gefragt, wohin er gehen würde, wenn er irgendwohin in der Welt reisen könnte.«

Vorn stieß Tommy ein leises Lachen aus. »Klingt nach einer interessanten Unterhaltung.«

»Allerdings«, stimmte Harvey ihm zu.

Das einzelne Wort kam leise hervor, genau in dem Moment, als der Pick-up ratternd vor dem Rummelplatz zum Stehen kam. Zwischen zwei Eichen war ein großes weißes Schild aufgespannt, auf dem ZUM LETZTEN TAG DES SOMMERS in aufgeklebten grünen Blättern stand. Jenseits davon drängten sich scharenweise Menschen, immer noch sommerlich angezogen in Hemdsärmeln oder kurzen bunten Kleidern.

Ich kletterte vom Pick-up und rechnete damit, dass Harvey mir folgen würde. Stattdessen blieb er wie angewurzelt sitzen und ließ den Kopf hängen. Es war Tommy, der vom Fahrersitz sprang. Wir wechselten einen besorgten Blick.

»Wohin würdest du gehen, Tommy?«, fragte Harvey mit ganz leiser Stimme, die Hände ineinander verschlungen. »Wenn du überallhin gehen könntest?«

Tommy griff über die Pritschenseite und zog Harvey in seine Arme, die Stirn an Harveys Nacken gelehnt. Ich beobachtete, wie sich Harveys melancholische Miene zum Anflug eines Lächelns aufhellte und Tommy die lachenden blauen Augen schloss.

»Ich würde genau hier bei dir bleiben, Harvey«, murmelte Tommy. »Du Nerd.«

Da war sie, die Antwort, die ich von Ambrose hatte hören wollen. Ich wandte mich ab, drehte mich dem Rummelplatz zu, und erkannte beschämt, dass ich eifersüchtig war. In meiner Brust regte sich Unbehagen, als hätte sich ein Tier um mein Herz geschlungen, und nun spürte ich, wie es sich beim Aufwachen entrollte.

Der Anblick der beiden tat mir nicht weh, aber er vermittelte eine Ahnung davon, dass mir Schmerz drohte, als hätte das Tier, das um mein Herz gewunden war, Krallen, die es mir ohne Weiteres hineinrammen könnte.

Vielleicht war die Erkenntnis, dass das eigene Herz nicht sicher war, Teil des Heranwachsens.

⛤

Der Jahrmarkt *Zum letzten Tag des Sommers* fand zwischen Greendale und unserer Nachbarstadt Riverdale statt, allerdings näher an unserer Stadt, eingebettet zwischen dem Wald und der nicht allzu weit entfernten Obstplantage. Blau-weiß-gestreifte Zelte standen auf einer großen grünen Wiese, außerdem ein Riesenrad mit schmiedeeisernen Gondeln, die weiß gestrichen waren, mit eleganten Schnörkeln und purpurroten Samtsitzen, wie eine Märchenkutsche, in der Aschenputtel zum Ball fahren könnte.

Die Frau, die den Stand mit dem Kinderschminken führte, gab uns Barhocker und eine Glasschüssel voller Kaugummikugeln, doppelt so groß wie Murmeln und in sämtlichen Farben des Regenbogens. Sie schien nichts dagegen zu haben, das Schminken der Kinder größtenteils Harvey zu überlassen, um selbst loszuziehen und sich mit ihrer Familie auf dem Jahrmarkt zu vergnügen.

Ich saß auf meinem Hocker, ließ die Beine baumeln und genoss den Anblick von Harvey, der im Umgang mit den Kindern ganz wunderbar war. Er hob sie hoch und setzte sie behutsam auf den zweiten Hocker, damit er besser an ihre Gesichter herankam, und schminkte sie dann mit ruhiger Sorgfalt. Manchmal schwieg er, und seine Zungenspitze lugte vor Konzentration hervor, während er versuchte, genau das zu zeichnen, was das jeweilige Kind sich gewünscht hatte. Manchmal unterhielt er sich auch leise mit ihnen, seine Stimme sanft und neckend und mehr als sonst wie die seines Bruders. Wenn er mit den Kindern redete, war da keine Spur von Schüchternheit oder Zögern. Sobald Harvey fertig war, hob er die Kinder hoch und setzte sie schwungvoll zu Boden. Die kleinen Kindergesichter leuchteten vor Lachen und Farben.

Es überraschte mich nicht, dass praktisch jedes Kind auf dem Rummelplatz in der Schlange stand.

Allerdings dauerte es auch eine Weile, und als ein Kind zu seinem Dad zurückmusste, begleitete ich die Kleine. Anscheinend war sie ohne Erlaubnis zum Kinderschminken gekommen, aber ihr Dad schien deshalb nicht sauer zu sein. Ich blieb bei ihnen und plauderte, bis die Mutter des Kindes mit Zuckerwatte für alle dazukam. Wehmütig ging mir durch den Kopf, was für ein Glück das kleine Mädchen hatte, so nette Eltern zu haben.

Ich verabschiedete mich von der Familie und spazierte im Schatten des Riesenrads umher und musterte das rote Band an meinem Handgelenk, das mir bei allen Fahrgeschäften und Attraktionen kostenlosen Eintritt gewährte. Harvey hatte das Armband stolz berührt und vorgeschlagen, ich sollte allein das Spiegelkabinett besuchen.

Das Spiegelkabinett war eine schwarz gestrichene Scheune mit einem Vorhang aus silbernen Flitterschnüren im offenen Eingang. Ich zeigte mein Armband einem gelangweilt aussehenden Jungen ungefähr in meinem Alter, der einen Hut trug und hektisch simste.

Drinnen waren Heuballen mit schwarzem Tuch verhüllt und man hatte gewundene, von Spiegeln gesäumte Gänge gebaut. Weiter hinten hörte ich Leute, die sich verlaufen hatten und kichernd kreischten. Ich spazierte pfeifend durch das Labyrinth. Wer in seiner Kindheit zuckende Äste in den Wänden oder Tote im Keller hat, der ließ sich nicht so leicht beeindrucken.

Auf einmal ging es nicht weiter. Ein riesiger, trüber Spiegel hing mir im Weg und machte ein Durchkommen unmöglich. Die Oberfläche des Spiegels wirkte nicht nur dunkel, sondern beinahe auch wellig, wie das Wasser eines Sees, das von einem nächtlichen Wind gekräuselt wurde. Im Spiegel wurde nur ein Licht reflektiert, ein helles Leuchten wie von etwas, das in weiter Ferne brannte. Ich trat näher.

Als ich erkannte, dass es sich bei dem blassen, brennenden Licht um mein Gesicht handelte, blieb ich wie angewurzelt stehen, beunruhigt durch das Antlitz, das ich nicht wiedererkannt hatte, das meins war und doch auch wieder nicht.

Das Spiegelkabinett lag im Dunkeln, aber irgendwie musste Sonnenschein durch Ritzen hereindringen, denn durch meine offenen Haare schienen Lichtstrahlen. Mein Gesicht im Spiegel war undeutlich; ich konnte es nicht genau erkennen, ganz gleich, wie nah ich herantrat, aber ich sah, wie es leuchtete.

Unvermittelt und mit heftiger Deutlichkeit erinnerte ich mich an die Worte des Geists am Bach.

Der Mond leuchtete in deinem Rücken wie eine Krone aus Knochen, und die Nacht wallte hinter dir wie ein Umhang aus Schatten. Ich konnte sehen, dass du dazu geboren bist, eine legendäre Hexe zu werden.

Ich sollte wieder zum Wunschbrunnengeist gehen und mich mit ihr unterhalten, überlegte ich. Das hatte sie gewollt. *Ich* wollte dorthin. Diesen Drang verspürte ich mit der gleichen unwiderstehlichen Macht, mit der ich mich an die Worte erinnert hatte. Er zog mich weg von dem Jahrmarkt, weg von Harvey und tief in den Wald.

Doch das war lächerlich. Ich würde Harvey nicht zurücklassen, um irgendwohin zu gehen. Abgesehen davon fiel mir auf, dass ich nicht ganz sicher war, wie ich aus dem Spiegellabyrinth herausfinden sollte. Irgendwie war ich ebenso orientierungslos und hatte mich genauso verirrt wie jeder gewöhnliche Sterbliche.

Aber Hexen blieben nicht lange verirrt.

Ich holte eine kleine Garnspule (die ich auf Tante Hildas Drängen hin immer bei mir trug) aus der Tasche, ließ sie zu Boden fallen und beobachtete, wie sie von selbst über die Erde rollte.

»Consequitur quodcunque petit«, murmelte ich. Ein kleiner Zauberspruch, der mir schon immer gefallen hatte. Er bedeutete: *Sie erreicht, was sie will.*

Nimm das, Ambrose. Mein Latein war perfekt. Er hatte zu schnell gesprochen; deshalb hatte ich ihn nicht verstanden.

Beinahe, als hätte er nicht gewollt, dass ich den Zauber hörte.

Ich schüttelte den nagenden Zweifel ab und folgte der Spule, indem ich sicheren Schrittes durch das Labyrinth aus Spiegeln marschierte.

Schließlich trat ich durch den zitternden Silbervorhang am Eingang ins Freie und erblickte eine meiner Lehrerinnen, die im Schatten des Riesenrads stand. Sie trug ihre übliche Bluse mit Tweedrock, als sei sie immer noch in der Schule, statt frei zu haben.

»Hi, Ms. Wardwell!«

Sie schenkte mir ein scheues Lächeln und blinzelte hinter ihrer gewaltigen Brille, als hätte es sie erschreckt, erkannt zu werden. »Hallo, Sabrina.«

»Sind Sie mit jemandem hier?«

»Oh – nein!«, erwiderte Ms. Wardwell. »Ich wollte mir nur den Rummelplatz ansehen. Es ist der hundertste Jahrmarkt *Zum letzten Tag des Sommers*. Das ist ziemlich bedeutsam, nicht wahr?« Sie tätschelte ihren braunen Dutt, und weitere Strähnen lösten sich aus ihren Haarnadeln. »Es scheint keinem außer mir bewusst zu sein. Ich bin wohl die inoffizielle Stadthistorikerin von Greendale.«

»Das ist cool«, sagte ich aufmunternd.

Es war ein bisschen seltsam, seiner Lehrerin gegenüber Beschützerinstinkte zu haben, aber Ms. Wardwell schien immer vor der Welt zurückzuweichen, süß und leicht schreckhaft wie eine kleine braune Feldmaus.

»Ach, vielen Dank, Sabrina«, sagte Ms. Wardwell und fügte nach kurzem Zögern hinzu: »Es ist schön, die ganzen Familien hier zu sehen, wie sie sich amüsieren.«

Unschlüssig sah ich zu dem Stand zurück, wo Harvey allmählich zum Ende zu kommen schien, und schickte ein winziges Lächeln in seine Richtung. Als ich mich wieder Ms. Wardwell zuwandte, nickte sie mir verlegen zu.

»Nun, schön, dass wir uns begegnet sind, meine Liebe.«

»Warten Sie …«

Sie spazierte davon, wobei die Absätze ihrer bequemen braunen Schuhe in der Erde versanken. Ich war wieder allein unter dem Riesenrad und hatte sowohl mit Ms. Wardwell als auch mir ein wenig Mitleid. Mir war nicht klar gewesen, dass unsere Lehrerin im Grunde einsam war.

Dann, der Abend war heraufgezogen, gingen die Lichter am Riesenrad an. Ich hatte damit gerechnet, dass die kleinen gelben Glühbirnen um die schaukelnden Gondeln aufflackern würden, aber die leuchtenden Projektionen in der Luft hatte ich nicht erwartet: Wanderdrosseln und Schmetterlinge und Sterne und Herzen und Blumen, als hätte jemand Illustrationen von hundert Liebesgeschichten gesammelt und wäre nun dabei, sie wie Konfetti in die Luft zu werfen.

Wäre außer mir noch eine Hexe da gewesen, hätte ich es für Magie gehalten.

Einen Moment später glaubte ich den Grund für das Spektakel zu kennen. Ich erinnerte mich an Ms. Wardwells Worte. Anscheinend wurden doch alle Register für das hundertjährige Jubiläum des Jahrmarkts *Zum letzten Tag des Sommers* gezogen.

Der Beginn des Feuerwerks bestätigte meine Vermutung.

Mit einem bewundernden Lächeln legte ich den Kopf zurück, da merkte ich, dass ich nicht mehr allein war. Harvey stand neben mir. Seine Miene war leicht verwirrt, und er richtete gerade sein Flanellhemd, doch als er mein Lächeln sah, lächelte er auch.

»Langer Arbeitstag beim Kinderschminken?«, fragte ich. »Mein Künstlerheld! Was hältst du von einer Runde auf dem Riesenrad?«

»Ich würde dir in die Hölle folgen«, erklärte Harvey.

»Nicht nötig«, versicherte ich ihm. »Das Riesenrad sieht lustig genug aus.«

Galant ergriff Harvey meine Hand und half mir mit einer Verbeugung, wie ein Ritter aus dem Märchen, in die Gondel des Riesenrads. »Mylady.«

»Rein mit dir, du Spinner!« Ich zog ihn mit mir auf den roten Samtsitz.

Das Riesenrad sprang mit einem Ruck an, sodass die Gondel ein wenig in der Luft schaukelte. Während wir aufstiegen, strampelte ich mit den Füßen über dem Rummelplatz, der unter mir immer kleiner wurde. Der riesige grüne Wald verfärbte sich bei Einbruch der Nacht schwarz, und ich stellte mir vor, wie es sich anfühlen mochte zu fliegen.

Dann drehte ich mich zur Seite und sah Harvey in die Augen. Er betrachtete mich, nicht den Himmel, mit überaus aufmerksamem und ernstem Blick, wie er nur etwas betrachtete, das er zeichnen wollte und schön fand. Auch weiterhin genau so von ihm angesehen zu werden wollte ich so sehr, wie ich fliegen wollte.

»Sabrina«, murmelte Harvey, »ich lie…«

Ich küsste ihn, um ihm das Wort abzuschneiden, und meine Finger vergruben sich tief in seinem Haar. Ich wollte es unbedingt hören, und dann auch wieder auf gar keinen Fall. Es sollte echt sein.

Das war so lächerlich wie eine Hexe, die sich in einer Scheune verirrte. Ein klitzekleiner Zauber bedeutete nicht, dass das hier nicht echt war.

Als der Verzweiflungskuss vorüber war, sagte Harvey: »Wow.« Leise und zufrieden, mit gesenktem Blick, sodass seine Wimpern dunkle Schatten auf seine Wangen warfen.

Ich strich sein Haar glatt, das wild zerzaust war, wo ich ihn gepackt hatte, und brachte alles wieder in Ordnung. Ich hatte Harvey nicht geschadet. Ich würde ihm niemals wehtun, und selbst wenn ich das hier ohne sein Einverständnis oder Wissen getan hatte, galten doch Tante Hildas Worte: *Wahre Liebe bedeutet, dass man einander alles verzeiht.* Ich hatte immer Dinge vor ihm geheim halten müssen. Das hier war nur ein weiteres Geheimnis.

Das Feuerwerk am Himmel war noch in vollem Gange. Während der Rummelplatz und der Wald im Schatten verschwanden, erhellten Feuerräder und Goldregen die Nacht. Es gab grüne Feuerwerkskörper, deren Lichter wellenförmige Pfade wie Schlangen über den Nachthimmel beschrieben. Es gab Feuerwerkskörper, die im leuchtenden Blau des Eisvogels erstrahlten. Es gab Feuerwerkskörper wie die Lichter von Sternschnuppen, die so heftig glitzerten, dass Reste ihres Lichts wie Goldstaub auf Harveys gesenkten Wimpern schimmerten.

Unsere Gondel schaukelte, hoch oben über der Nacht, in Licht getaucht. Dann beugte Harvey sich vor, ganz langsam, um mich noch einmal zu küssen.

Es war einfach zu glauben, dass es heute Abend keine Magie gab, abgesehen von diesem Augenblick.

Was im Dunkeln geschieht

Wenn eine Hexe ausgeht, ist es nicht wie bei einer Sterblichen. Bei einer Hexe ist es wahrscheinlicher, dass sie nachts unterwegs ist, vom Himmel umhüllt oder den Mond küssend.

Harvey wusste das nicht, und auch nicht, dass seine Freundin eine Hexe war, oder dass Hexen real waren. Er plante schon seit Monaten, Sabrina auf den Jahrmarkt auszuführen. Sie waren im Vorjahr dort gewesen, und Harvey hatte nur zum Spaß ein paar Kindern die Gesichter geschminkt, und die Kleinen waren ganz wild darauf gewesen. Mrs. Grabeel hatte netterweise angeboten, wenn er wiederkäme und das Kinderschminken dieses Jahr offiziell übernehmen würde, könnten er und seine Freundin kostenlos auf allen Fahrgeschäften fahren und an sämtlichen Spielen teilnehmen.

Es war das beste Geschäft, von dem Harvey je gehört hatte. Er hatte nicht viel Geld, um Sabrina auszuführen.

Das hatte ihm immer Sorgen bereitet. In diesem Moment konnte er sich nicht vorstellen warum. In diesem Moment konnte er sich nicht vorstellen, sich wegen irgendetwas Sorgen zu machen. Die Welt war so ein schöner Ort.

Es war so ein schöner Tag. Harvey versuchte, sich einen Künstlerblick anzutrainieren und jede Einzelheit zu würdigen, denn es gab viel zu würdigen. Das weiße Riesenrad drehte sich vor dem Hintergrund aus Bäumen wie ein Spitzendeckchen, das auf einem Tisch rotierte. Eine Wolkendecke verdunkelte den Himmel, doch selbst die Wolken waren in abendlichen Sonnenschein getaucht, sodass alles, wo immer Harvey hinblickte, ein von dunstigem Gold gerahmtes Bild war.

Unmengen an Menschen, sogar Fremde, waren zu dem Volksfest in Greendale gekommen, und Harvey betrachtete sie staunend. Da war eine Frau mit einem coolen lila Irokesenschnitt, die enthusiastisch Funnel Cake kaufte. Oder ein Junge in Schwarz, der wie ein geschniegelter Goth mit Haargel-Sucht aussah und seinen kandierten Apfel mit einer Mischung aus Feindseligkeit und Misstrauen beäugte. Und ein Mann in einem teuren Anzug, der mit seinen beiden Mädchen zum Stand kam, um beim Kinderschminken zuzusehen.

Doch der wunderbarste Mensch auf dem Jahrmarkt stand direkt hier neben ihm. Sabrina reichte ihm seine Farben.

»Du kannst schon mal vorgehen und mit den Fahrgeschäften fahren«, schlug Harvey vor. »Du bist eingeladen.«

»Ich warte, damit ich sie mit dir zusammen fahren kann«, erklärte Sabrina und hakte sich kurz bei ihm ein.

Ihre Berührung ging durch ihn hindurch wie Licht durch Wasser und ließ alles, was dunkel gewesen war, auf einmal klar erscheinen.

»Ich schaue, dass ich nicht allzu lang brauche«, versprach Harvey. »Wenn dir langweilig wird, kannst du gern das Spiegelkabinett ausprobieren. Ich habe mich als Kind darin verlaufen und gehe da nicht mehr rein.«

Es waren so viele Spiegel gewesen, die so viele Harveys gezeigt hatten. Im silbrigen Dunkel der Spiegel hatte er das Gefühl gehabt, tausend verschiedene schwache, erbärmliche Versionen seiner Seele zu erblicken, hatte das Gefühl gehabt, sich durch die Augen seines Vaters zu sehen. In jedem Spiegel waren seine Augen voller Angst gewesen.

Wimmernd war Harvey zusammengesunken. Tommy war hereingestürzt und hatte ihn nach draußen geführt. Typisch Tommy, dachte Harvey. Er wusste selbst nicht recht, warum er überhaupt Angst gehabt hatte. Er hätte wissen sollen, dass Tommy immer für ihn da sein würde.

Heute konnte er sich nicht vorstellen, besorgt oder verängstigt zu sein, aber in diesen Saal voller Spiegel und Schatten wollte er trotzdem nicht. Er wollte sich keine Version seiner selbst ansehen. Er wollte nur Sabrina ansehen.

Sie war eine strahlende Konstante am Rand von Harveys Blickfeld, während er die murmelgroßen Kaugummis kaute, die Mrs. Grabeel in der Bude gelassen hatte, und eifrig die Gesichter der Kinder schminkte. Vor seinem Stand hatte sich eine gewaltige Schlange gebildet, und Harvey war sehr zufrieden mit sich selbst. Zu Kindern hatte er schon immer einen guten Draht gehabt: Er hatte einmal jemanden sagen hören, er sei kein bisschen einschüchternd. Eigentlich war es nicht als Kompliment gemeint gewesen, aber Harvey hatte es so aufgefasst. Wer wollte schon einschüchternd sein?

Harvey wusste, wie es sich anfühlte, Angst vor jemandem zu haben, der groß und wütend war. Dieses Gefühl hatte er bei Kindern nie hervorrufen wollen. Es war viel besser, sie zum Lächeln zu bringen.

Als das Ende der Schlange beinahe erreicht war, malte Harvey auf Wunsch grüne und blaue Schmetterlinge über das ganze Gesicht eines sehr kleinen Mädchens in einem rosa Tüllrock. Das Meisterstück war ein großer lila Schmetterling, der die Flügel über ihrem Nasenrücken ausbreitete.

»Ich kann meinen Dad nirgends sehen«, sagte das kleine Mädchen mit leicht gekräuselter Stirn.

»Keine Sorge«, erklärte Harvey ihr. »Meine schöne Assistentin und ich, wir werden ihn schon finden.«

Harvey zeigte dem kleinen Mädchen in dem runden Spiegel die Schmetterlinge, und es streckte ihm kichernd die Hände entgegen. Er hob sie von dem Hocker und wirbelte sie herum, ihr Ballettröckchen ein verschwommener Schweif aus Rüschen, und gab ihr einen Kuss auf die Nasenspitze, bevor er sie Sabrina reichte. Sabrina schloss das kleine Mädchen fest in die Arme, und die pummeligen

Hände des Kindes hielten sich an Sabrinas hübscher grüner Strickjacke fest.

Sabrina zog ihre eigene niedliche Nase vor dem Kind kraus, und während das kleine Mädchen lachte, wirkte es auf Harvey fast so, als würden die schillernden Flügel der Schmetterlinge erbeben, um gleich loszufliegen. Er lachte ebenfalls, und Sabrina fiel mit ein, und einen Moment lang lachten sie alle, die Arme umeinander geschlungen in einem Kreis aus herumwirbelnder Farbe.

Selbst der griesgrämige Junge in Schwarz hielt inne, als er an dem Stand vorüberkam, und seine scharfen dunklen Augen verengten sich ein wenig, während er die gemalten Schmetterlinge musterte.

Harvey ließ den Blick über den Rummelplatz schweifen und fand den Mann in dem teuren Anzug, Hand in Hand mit seiner älteren Tochter. Im Zuge seines neuen, allumfassenden Wohlwollens überlegte Harvey, dass der Mann ein toller Dad sein musste. Seine Kinder schienen überhaupt keine Angst vor ihm zu haben.

»Könntest du Miss Schmetterling zu ihrem Dad bringen, Sabrina?«

»Kein Problem«, willigte Sabrina, das süßeste Mädchen der Welt, ein.

»Noch ein Kuss«, zwitscherte das kleine Kind.

Mit einem Grinsen küsste Harvey abermals die winzige Nasenspitze. Da er schon einmal dort unten war, küsste er auch Sabrinas Nase und kam in den Genuss, ihr strahlendes Lächeln aus der Nähe zu sehen.

Als Harvey wieder auftauchte, sah er, dass der Typ in Schwarz sie immer noch beobachtete, und seine Lippen ebenfalls ein verhaltenes Lächeln umspielte. Sabrina ging los und trug das Kind Richtung Riesenrad.

Normalerweise hätte Harvey sich einem Fremden gegenüber schüchtern verhalten, und ganz gewiss bei so jemandem, einem Gleichaltrigen mit dieser undefinierbaren, aber unverkennbaren Coolness, bei der jeder in der Schule sofort erkennen würde, ob man sie besaß oder eben nicht. Der Typ trug einen langen schwarzen Mantel, der *maßgeschneidert* aussah. Harvey hatte die abgewetzte, mit Schaffell besetzte Jacke seines Bruders an.

Bei jeder anderen Gelegenheit wäre das von Belang gewesen. Heute war die Welt golden, und es schien ganz leicht, den anderen Jungen anzugrinsen und zu sagen: »So süß, oder?«

Dass Harvey im Grunde Sabrinas glänzenden Schopf meinte, der zärtlich über das Kind gebeugt war, brauchte ja niemand zu wissen.

Der Typ in Schwarz schien von seinen Worten ein wenig überrascht zu sein, doch bevor Verlegenheit Harveys strahlenden Mut trüben konnte, war das kurze Zögern vorbei, und das Grinsen des Jungen wurde breiter.

»Ja, tatsächlich«, antwortete er. »Sehr süß.«

Nach einer weiteren Pause, in der Nachdenklichkeit mitschwang, schien der Junge zu einem Entschluss zu kommen, und er schwang sich über die Seitenwand der Bude. Harvey starrte ihn an und warf dann einen nervösen

Blick zu Mrs. Grabeel, die mittlerweile von ihrer Tour über den Rummelplatz zurückgekehrt war und Windmühlen an wartende Kinder in der Schlange verteilte.

»Eigentlich darfst du nicht …«, setzte Harvey an.

Der Junge machte eine wegwerfende Handbewegung. »Regeln der Moral gelten nicht für mich.«

»Was?«, entfuhr es Harvey.

Mrs. Grabeel sah über die Schulter, und der Junge warf ihr ein Lächeln zu. Daraufhin kicherte Mrs. Grabeel tatsächlich albern und strich sich über die Haare.

»Oh, geht schon in Ordnung, wenn einer deiner Freunde dir Gesellschaft leistet, Harvey … Du machst tolle Arbeit!«

Harvey strahlte automatisch, weil ihn das Lob freute, und Mrs. Grabeel hatte sich bereits wieder ihrer Aufgabe zugewandt, bevor ihm einfiel zu protestieren: »Aber ich, ähm, kenne ihn doch gar nicht …?«

»Nick«, stellte der Junge sich vor. »Mach ruhig weiter.«

Nick, so dachte Harvey, hatte kein Verständnis für Grenzen. Er hatte sich einen Hocker geschnappt und blätterte jetzt in den Skizzen, die Harvey als inspirierende Schmink-Vorlagen für die Kinder angefertigt hatte. Dabei verstreute er die Blätter achtlos um sich herum.

»Das Mädchen hat Schmetterlinge von dir gekriegt.«

»Darum hat sie mich gebeten«, erwiderte Harvey.

Nick blickte von den Blättern auf und warf ihm ein weiteres Lächeln zu. Harvey war sich nicht sicher, ob es ein durch und durch nettes Lächeln war. Nick wirkte belustigt, und Harvey wusste, wie sich fiese Witze anfühlten, Witze, die über seinen Kopf hinweg gemacht wurden.

»Für Zweideutigkeiten haben wir keinen Sinn, was? Oder auch Eindeutigkeiten.«

Harvey zuckte unbehaglich die Schultern. Am liebsten wäre es ihm, wenn Nick wieder verschwinden würde. Dieser Tag war so strahlend hell, und der Junge war der einzige dunkle Fleck in der goldenen Landschaft.

Das nächste kleine Kind zupfte an Harveys Ärmel. »Will ein Dinosaurier sein!«

»Oh, ein wilder Dinosaurier? Wie ein *Tyrannosaurus Rex?*« Harvey machte ein *Tyrannosaurus-Rex*-Geräusch.

»Aber ich will nich' aussterben!«

»Auf keinen Fall«, sagte Harvey. »Vielleicht sind die Dinosaurier aber auch gar nicht ausgestorben. Es heißt, sie hätten sich vielleicht zu Vögeln entwickelt.«

»Nein!« Das Kind lachte. »Vögel sehen nich' wie Dinosaurier aus.«

Sorgfältig malte Harvey die mampfenden Zähne eines *Tyrannosaurus Rex* um den Mund des Kindes. »Manche schon. Ich habe gelesen, dass es in Australien einen Vogel mit Namen Kasuar gibt. Manche von ihnen werden einen Meter achtzig groß, und sie haben total scharfe Krallen.«

Harvey tat so, als würde er mit seinen Krallen nach dem Jungen ausholen, und das Kind wand sich entzückt und hüpfte davon, um seiner Mom das Dinosauriergesicht zu zeigen. Nick schenkte Harvey einen seltsamen Blick, wahrscheinlich dachte er, was Harvey doch für ein Loser sei. Zumindest dachten das die Leute in der Schule.

Niemand hatte Nick in die Bude fürs Kinderschminken eingeladen.

»Das mit den Kasuaren stimmt«, verteidigte Harvey sich. »Es gibt viel mehr cooles Zeug auf der Welt, als den Leuten bewusst ist.«

»Oh, da bin ich mir sicher. *Es gibt mehr Ding in der Hölle und auf Erden, als Eure Schulweisheit sich träumt, Horatio*«, murmelte Nick.

Harvey blinzelte. »*Im Himmel und auf Erden.* So lautet das Zitat. Shakespeare, stimmt's? *Es gibt mehr Ding im Himmel und auf Erden …*«

»Wenn du es sagst.« Ansatzweise stellte Nick wieder dieses spöttische Lächeln zur Schau. »Da bin ich wirklich überfragt.«

Gewöhnlich hätte Harvey nicht den Mut gehabt zu sagen, was er dachte, aber in den letzten Tagen kannte er keine Angst. Achtlose, große Gedanken sprudelten ohne die üblichen Zweifel, die ihn sonst hemmten, aus seinem Mund, und er konnte die Flut auch jetzt nicht aufhalten.

»Es gibt Kasuare. Die Polarlichter leuchten manchmal rot und blau und auch grün. Und es gibt Fische, die neonfarben glühen, und all diese Dinge sind real. Es gibt Unglaubliches auf der Welt, Dinge, die wie Wunder wirken und sich nach Fiktion anhören, aber sie sind wahr, und während man darauf wartet, Wunderwerke zu sehen, gibt es genau vor der eigenen Haustür Wunder, die einem ins Gedächtnis rufen, dass sie wahr sind.« Harvey verstummte, spürte jenseits des strahlenden Selbstvertrauens, dass er sich unglaublich töricht angehört haben musste, und murmelte: »Weißt du, was ich meine?«

Nick schüttelte mit Nachdruck den dunklen Schopf. »Nein. Kein bisschen.«

Harvey kam sich noch mehr wie ein Vollidiot vor.

Nick zögerte, eine längere Pause als alle bisherigen. Dann sagte er mit weicher Stimme: »Aber es klingt schön.«

Ermutigt nickte Harvey. »Ja. Du weißt doch, wie einem Dinge manchmal wehtun und man nicht versteht warum, und man nicht weiß, wie man die Teile zusammenfügen soll, damit sie Sinn ergeben?«

Nick biss sich auf die Lippe. »Ich versuche tatsächlich häufig, die Dinge zu durchblicken. Ich bin nicht immer … erfolgreich.«

»Ich fast nie«, räumte Harvey ehrlich ein. »Aber manchmal gehe ich in die Schule und sehe ein Mädchen, und auf einmal wird alles, was trüb war, glasklar. Oder ich gehe nach Hause und rechne damit, dass vielleicht etwas Schlimmes passiert, aber stattdessen sehe ich meinen Bruder. Oder ich gehe durch den Wald, zum Haus eines Mädchens, und die Tür geht auf, und es ist egal, ob es neblig ist oder regnet. Alles ist vollkommen klar. Alles leuchtet.«

Einen Moment schwieg Harvey und war in Gedanken bei seinem Bruder. Es gab da etwas, das ihn wirklich beunruhigt hatte, aber er schien keine einzige Sorge festhalten zu können. Jetzt gab er sich alle Mühe, so sehr, dass ihm vor Anstrengung der Kopf schmerzte, und trotzdem wollte es ihm nicht einfallen.

Nicks Stimme verlor ihre Weichheit, die irgendwie sowieso nicht zu ihm gepasst hatte, und kehrte zurück zum Zynismus. »Oh, ein Mädchen?«

»*Das* Mädchen«, verbesserte Harvey.

»Es gibt viele Mädchen«, stellte Nick fest. »Ich an deiner Stelle würde mich da nicht einschränken wollen. Und wenn wir schon von Wundern sprechen, die die Welt zu bieten hat: Die Welt ist voll von sehr vielen überaus attraktiven …«

»Nicht wie diese eine«, sagte Harvey im Brustton der Überzeugung. »Ein Mädchen, das die Welt verändert. Liebe bringt erst Sinn in die Welt. Man müsste schon ein Idiot sein, wenn man nicht den Schlüssel zu jedem Geheimnis im Universum haben möchte.«

»Du magst sie also, weil sie dir alle Antworten geben wird?«

»Sie ist die Antwort«, sagte Harvey. »Es geht nicht darum, was sie mir gibt.«

Ein kleiner Junge zog ungestüm an Harveys weiter, abgetragener Jeans. Er hatte den Gesichtsausdruck von jemandem, der wohl schon eine ganze Weile gewartet hatte, während ein Loser eine seltsame, hochemotionale Rede über Liebe zum Besten gegeben hatte.

»Entschuldige!« Harvey schämte sich in Grund und Boden. »Was möchtest du denn?«

Die Laune des Kindes hob sich augenblicklich. »Tiger!«

Harvey begann, dem Kind einen Tiger ins Gesicht zu malen, ein großer Klecks Orange und dicke schwarze Striche.

»Wow, okay! Hey, Sterblicher, sprichst du immer so mit Fremden?«, fragte Nick matt, das Bissige war wieder aus seiner Stimme verschwunden.

»Nein«, antwortete Harvey geistesabwesend. »Mit Fremden zu reden macht mich nervös.«

»Das kannst du mir nicht weismachen!«, entfuhr es Nick. »Ich meine, ein tiefschürfendes philosophisches Gespräch über, na ja, Gefühle vom Stapel zu lassen … Ich habe normalerweise nur Sex mit Leuten oder verfluche sie, weißt du, normaler Kram eben …«

Zwar war Harvey gerade darauf konzentriert, ein Tigergesicht zu malen, und passte eigentlich nicht sonderlich gut auf, aber ihm war sehr wohl aufgefallen, dass dieser eigenartige Junge eben das Wort *Sex* vor *einem Kind* ausgesprochen hatte. Er warf Nick einen entrüsteten Blick zu.

»Was?«, erkundigte der sich. Nick wirkte irgendwie durcheinander. »Ich meine, es ist in Ordnung. Es ist gut. Es gefällt mir. Glaube ich. Es ist nur so, dass du es nicht kapierst. Es gibt Leute, die Herzen haben, so hart und kalt wie die höchste Steinmauer.«

»Entschuldige«, sagte Harvey. »Aber das ist Müll. Herzen sind keine Mauern. Du baust vielleicht Mauern ums eigene Herz, um nicht verletzt zu werden, aber das ist ganz schön traurig. Es würde bedeuten, dass man gar nichts empfindet.«

Nick biss sich auf die Unterlippe. »Ich hatte schon … Gefühle? Nicht in letzter Zeit. Aber im Leben. Ich hatte – ein paar Gefühle? Ich bin in der Lage, über Gefühle zu reden.«

Er sah weg und machte sich daran, sämtliche Skizzen sorgsam zu ordnen, die er zuvor durcheinandergebracht hatte. Harvey war besänftigt. In seiner derzeitigen Gefühlslage war es schwierig, an irgendwelchen negativen Gedanken festzuhalten. Entsetzen oder Sorge, Ängste oder Zweifel, sie glitten an der glänzenden Oberfläche von Harveys Gedankenwelt ab. Er verpasste dem Tiger, der gut geworden war, den letzten Schliff und fing an, leise vor sich hin zu summen.

»Du wirkst … echt glücklich«, äußerte Nick vorsichtig, wobei er abermals verloren klang.

»Das bin ich auch«, sagte Harvey.

Er trat zurück und zeigte dem Kind sein Tigergesicht. Hinter ihm murmelte Nick etwas, das er nicht verstand.

Der Sonnenschein traf auf den Spiegel. Das Tigergesicht war sogar noch besser, als Harvey gedacht hatte. Es wirkte so echt, dass Harvey im ersten Moment hätte schwören können, er habe die aufgemalten Barthaare zucken gesehen.

Das Kind verzog das Gesicht zu einem ungläubigen Grinsen. Harvey grinste zurück und deutete ein Tigerbrüllen an. Als er den Spiegel weglegte, wurde auch Nicks Spiegelbild darin eingefangen, wie er dem Kind zuzwinkerte und dabei in sich hineinlächelte. Dieses Lächeln war überhaupt nicht gemein. Vielleicht war keines gemein gewesen, dachte Harvey mit diesem neuen allumfassenden Gefühl von Wärme für jeden auf der ganzen Welt.

Harvey hatte nie furchtsam oder misstrauisch sein wollen, niemandem gegenüber. Er hatte bisher einfach nicht anders gekonnt. Doch mit einem Mal fiel es ihm leichter.

Vielleicht war Nick nur einsam, oder unglücklich. Harvey hielt den Spiegel schräg und antwortete ihm mit einem strahlenden Lächeln.

Nick schien sich definitiv zu freuen. »Diese Skizzen sind ziemlich gut. Zeichnest du viel?«

»So oft ich kann.« Das unvermittelte Interesse verblüffte Harvey zwar, freute ihn aber sehr. »Wenn mein Dad nicht hinguckt.«

Nicks Nicken war anerkennend. »Ich mag Rebellen.«

»Zeichnest du?«

»Nicht so. Sigillen für Rituale, solches Zeug. Für die Schule«, erläuterte Nick. »Für die Fortgeschrittenenkurse.«

»Oh, die *Fortgeschrittenen*kurse«, sagte Harvey. »Nerd.«

Sobald er es gesagt hatte, fiel ihm ein, dass man so etwas jemandem, dem man gerade erst begegnet war, vielleicht besser nicht an den Kopf warf. Tommy bezeichnete Harvey oft so, und Harvey mochte es. Aus Tommys Mund klang das Wort weich, liebevoll. Harvey hoffte, dass das Wort sich aus seinem eigenen Mund nicht abfällig angehört hatte.

Er glaubte es nicht.

Nick fuhr sich mit der Hand durch das so gut wie schwarze Haar, immer noch lächelnd. »Wie du meinst, Bauernjunge.«

Harvey hatte keine männlichen Freunde und im Grunde keine Erfahrung darin, was man zu ihnen sagen konnte und was nicht. Die meisten Typen in der Schule verspotteten Harvey, weil er Kunst mochte, nur mit Mädchen befreundet war und nicht über Football reden wollte. Harvey hatte ständig das ungute Gefühl, dass, welchen Makel auch immer sein Dad in ihm sah, die Jungs an der Schule ihn ebenfalls spürten.

Es wäre schön, überlegte er auf einmal hoffnungsvoll, einen Jungen zum Freund zu haben.

»Magst du Football?«, fragte Harvey.

Nick blinzelte. »Was ist Football?«

Harvey grinste. »Mir geht's ganz genauso.«

Die Schlange vor der Bude, die endlos gewirkt hatte, war zu Ende, und auf dem ganzen Rummelplatz liefen nun Kinder mit hübschen Mustern oder fantastischen Malereien im Gesicht herum. Sie hellten den Jahrmarkt auf, und Harvey dachte, dass er vielleicht ihren Tag aufgehellt hatte. Mehr wollte er nicht: der Welt ein klein wenig Licht hinzufügen. Der Himmel verdunkelte sich zwar allmählich, doch das ließ den Horizont zu einer Linie aus reinem Gold werden.

Es war, als sei jeglicher Schatten der Angst oder des Zweifels von Harveys Augen genommen worden, und was immer er erblickte, erstrahlte hell.

Sabrina unterhielt sich gerade beim Riesenrad mit einer ihrer Lehrerinnen. Schatten waren von Blatt zu Blatt gesprungen, bis sie die Bäume völlig verdunkelt hatten, doch das Riesenrad war ein zarter Kreis aus Lichtern. Sie ließen Sabrinas glänzenden Pagenkopf aufleuchten, tanzten in der leichten Brise um ihre Ohren, unterbrochen von dem winzigen Dunkel ihres Haarreifens. Er beobachtete, wie sie verstohlen zum Stand spähte und bemerkte, dass niemand mehr anstand. Im Profil sah er, wie sich ihr Mund zu einem seltsam klugen Lächeln verzog. Sie wusste, dass er bald kommen würde.

»Das ist sie«, erklärte Harvey Nick. »Das einzige Mädchen auf der Welt. Das ist Sabrina. Ist sie nicht die Schönste unter dem ganzen Himmel?«

Nicks Stimme klang ein wenig heiser. »Zur Hölle, ja!« Er trommelte unruhig mit den Fingern an die Seitenwand der Bude. »Das ist also die berühmte Sabrina. Das habe ich mir fast schon gedacht.«

Verwirrt runzelte Harvey die Stirn, doch dann lenkte ihn das jähe Aufflammen von Lichtern ab. Das kleine Mädchen, dem er die Schmetterlinge aufs Gesicht gemalt hatte, stieg mit seiner Schwester in eine der Riesenradgondeln. Als die Gondel sich ruckartig in Bewegung setzte, blühten bunte Lichter drum herum auf und bildeten den Umriss eines Schmetterlings mit ausgebreiteten Flügeln. Die Flügel verschmolzen zu einer rubinroten Rose, deren zarte Blütenblätter sich öffneten.

Die schimmernde Reflexion fiel auf Sabrina, als richtete sich ein Scheinwerfer auf sie, und ihr glattes Haar wurde jäh in ein tiefes Blutrot getaucht. Die Rose wurde zum ersten Stern des Abends, mit sieben kristallklaren Spitzen, die sich wie das Riesenrad drehten, und Sabrinas goldenes Haar war jetzt schneeweiß. Verblüfft sog Harvey tief die Luft ein und kramte nach seinen Bleistiften. Solche Dinge passierten manchmal um Sabrina herum, als veränderte sie die Welt, nur, indem sie sich hindurchbewegte. Sein magisches Mädchen.

Als er nach einem Blatt Papier griff, fiel sein Blick auf Nick, dessen Hand erhoben war, als würde er den Stern mit den Fingern umrahmen. Nicks Augen waren weit aufgerissen, ihr Dunkel angefüllt mit blendend weißem Licht.

Während Harvey seinen verwunderten Atemzug wieder entweichen ließ, sagte er: »Wunderschön! Es ist wie Magie.«

Er setzte den Stift aufs Papier und zeichnete Sabrina unter dem Riesenrad, seine Aufmerksamkeit ganz auf die Bewegung des farbigen Punkts quer über der leeren Seite gerichtet, und verwandelte, was eben noch nichts gewesen war, in ein Abbild der Schönheit.

»Tja …« Nick räusperte sich. »Wie wär's mit Teilen?«

»Was?« Erst jetzt erkannte Harvey, worum Nick ihn bat, und er schob mit der freien Hand die Glasschüssel mit den runden Kaugummis in seine Richtung. »Sicher.«

Nick griff mit einem langsamen, zufriedenen Lächeln nach einem Kaugummi. »Das ist super.«

Über dem Rummelplatz, wo die Kuppel des Himmels hoch oben tiefblau war und sich nach unten grün, kupferfarben und schließlich zu einer Linie aus Gold verfärbte, erblühten Feuerwerkskörper, unvermittelt und stumm wie Blumen im Schatten.

»O mein Gott!«, stieß Harvey begeistert aus.

»Der hat nichts damit zu tun«, murmelte Nick. »Ich begreife nicht, warum er das Lob dafür einstreichen sollte.«

Harvey war abgelenkt durch das überwältigende Spektrum an Farben, den zarten Bogen aus Narzissengelb und die weißen Wolken aus Schleierkraut und die hellblauen Punkte aus Vergissmeinnicht, die sich mit dem Rosenrot und den verschlungenen Linien aus Blattgrün verwoben. Es war, als sei der Abendhimmel ein dunkler Fremder, der mit einem Lichterstrauß in der Hand gekommen war.

»So was hat es voriges Jahr auf dem Jahrmarkt nicht gegeben«, sagte Harvey. »Das ist unglaublich.« Da bemerkte er, dass sogar im dunklen Wald Blumen blühten, ihre Farben funkelnd und überwältigend. Er konnte es nicht fassen, dass sie ihm nicht schon früher aufgefallen waren.

»Du malst ein Bild. Es gefällt dir.« Nick klang froh. »Aber das ist nichts. Ich kann – ich wette, das ganze Riesenrad könnte sich einfach loslösen und auf dem Rummelplatz herumrollen und alles beleuchten.«

Harvey hörte auf, an seinem Bild zu zeichnen.

»Wenn sich das Riesenrad lösen und auf dem Rummelplatz herumrollen würde, dann …«

Nicks Miene war freudig. Aus irgendeinem Grund hatte er die Ärmel hochgekrempelt. »Wäre es aufregend und künstlerisch?«

»Menschen würden zermalmt und getötet werden. Das wäre …«

Nick verzog das Gesicht. »Eine Schweinerei?«

»Eine schreckliche Tragödie!«

»Oh, ach so«, sagte Nick. Mit enttäuschter Miene schob er die Ärmel wieder nach unten. »Dann ist es ja ein Glück, dass es nicht passieren wird.«

Harvey nickte, auch wenn Nicks morbide Fantasie einen kurzen Moment des Entsetzens in ihm auslöste. Das flüchtige Unbehagen verging, wie dieser Tage jede andere Sorge verflog: schnell ausradiert von einer Hand, die die Geschichte seines Lebens zeichnete und keine unharmonischen Makel zuließ. Vielleicht war Nick wie Sabrina, die mit einer tiefen und unerklärlichen Leidenschaft Horrorfilme liebte. Bei dem Gedanken hellte sich Harveys Stimmung auf.

»Möchtest du mitkommen und Sabrina kennenlernen?«, fragte er.

Kurzzeitig lag ein Strahlen auf Nicks Gesicht. »Das würde ich sehr gern. Lass mich kurz darüber nachdenken.«

Harvey nickte. »Keine Eile.« Er stopfte Bleistifte, Farben und Papiere in seine Tasche und dachte immer noch glückselig an Horrorfilme und mögliche Pärchentreffen. Er hatte sich schon oft überlegt, wie toll es wäre, jemand Schlauen und Netten für Roz zu finden. In Anbetracht dessen, was bisher von Nicks Charakter zutage getreten war, ahnte Harvey, dass Roz' Vater Nick wahrscheinlich *nicht* mögen würde, aber vielleicht war das nicht wichtig.

»Hey, bist du Single?«

»Kann ich sein«, sagte Nick leichthin. »Wenn es wichtig ist.«

Harvey zog die Stirn in Falten. »Was soll das heißen?«

Nick gab ein besänftigendes Geräusch von sich, als spräche er mit einem weinenden Kind. »Mach dir deswegen keine Sorgen. Sabrina wartet auf dich.«

Ihr Name rief eine Erinnerung wach. Harvey spürte, wie sich Misstrauen in ihm regte, und dann rann ihm das Misstrauen beinahe wieder durch die Finger, als er den schier überwältigenden Drang verspürte, sich keine Sorgen mehr zu machen und glücklich zu sein. Doch diesmal dachte er an Sabrina, und es gelang ihm, nicht loszulassen.

»Du hast gesagt«, erklärte er Nick langsam. »Du hast gesagt: *Das ist also die berühmte Sabrina.* Was hast du damit gemeint? Was ist hier los?«

»Sei nicht sauer«, erwiderte Nick. »Es ist ja nicht *meine* Schuld, dass du von nichts eine Ahnung hast.«

»Wovon zur Hölle redest du?«

Seine Stimme klang in seinen eigenen Ohren scharf, wie eine Warnung, die Harvey anwies, Angst zu haben. Diese Jahrmarktbude war ein kleiner hölzerner Käfig voller Schatten. Nick erhob sich von seinem Hocker, und eigentlich hätte es nicht bedrohlich sein sollen, denn Harvey war größer als Nick, aber das half nichts. Nick pirschte zielstrebig vorwärts, und Harvey zuckte zurück. Es war, als wäre eine Maske von Nicks Gesicht gefallen, seine Augen wie Tore in die Dunkelheit, und Harvey merkte zu seinem Entsetzen, wie dumm er gewesen war. Dies war kein Freund. Mit kalter, schleichender Gewissheit dachte Harvey: Dies war ein uralter Feind.

»Dabei hat es ausgesehen, als würde es so ein spaßiger Abend werden«, murmelte Nick mit leicht bedauerndem Tonfall. In seinen Augen funkelte kein Licht mehr. »Aber nein, jetzt ist nicht der rechte Zeitpunkt. Sieht mir nach einem Riesendrama inmitten der Zuckerwatte aus. Ich will keinen schlechten ersten Eindruck machen.«

Rauch vom Feuerwerk schien in der Luft zu liegen und ließ Harveys Mund trocken werden. »Das verstehe ich nicht.«

»Das wirst du noch, Bauernjunge«, versprach Nick. »Aber nicht heute Abend. Vergiss!«

»Entschuldige?«, fragte Harvey verblüfft. Als wenn er das könnte.

Nick nickte. »Tut mir auch leid, jedenfalls ein bisschen. Das hier ist eigentlich als Segen gedacht, aber – wie schade für dich – ich hab's nicht so mit dem Segnen.

Mach Geist und Herz für alles blind

Bis schmerzliche Gedanken verschwunden sind.«

»Warte …«, sagte Harvey verzweifelt.

Mit einem Zwinkern warf Nick ihm eine Kusshand zu. Nicks dunkle Belustigung war das Letzte, was Harvey sah, bevor sich eine Decke über seine widerstreitenden Gedanken zu legen schien und alles glättete, indem sie seine Sinne erstickte.

»Was wolltest du gerade tun, bevor du mir begegnet bist?«

Nick stand direkt neben ihm, doch seine Stimme, die beinahe auf träge Weise neugierig klang, schien fast außer

Hörweite zu sein. Irgendwie sah Harvey ihn auch nicht mehr richtig.

Harvey blinzelte heftig gegen die verschwommene Sicht. »Mit Sabrina Riesenrad fahren – ihr sagen, dass ich sie liebe – ich habe es ihr noch nie gesagt …«

»Oh.« Nicks Stimme war sanft. »Dann solltest du das jetzt tun.«

Harvey nickte rasch und ruckartig, eine Marionette, an deren Fäden jemand unachtsam zog. Der suchende, verblüffte Blick verschwand aus seinem Gesicht. Er taumelte von der Jahrmarktbude weg, seine Schritte zuerst zögerlich, dann aber immer sicherer, während er auf Sabrina zuging.

»Bis später«, murmelte Nicholas Scratch. Er wich weiter aus dem Licht und der Erinnerung zurück, grinste ein scharfes, böses Grinsen und kaute seinen Kaugummi.

Wenn eine Hexe ausgeht, kann es gefährlich werden.

DIE UNHEIMLICHEN SCHWESTERN

Der *Zum letzten Tag des Sommers*-Jahrmarkt endete prächtig, und der Rest des Wochenendes war schön. Ich ging mit Roz und Susie ins Café, und bei meiner Rückkehr öffnete Ambrose mir die Tür und Tante Hilda bereitete gerade Tante Zeldas Lieblingsessen zu. Alle wirkten durch und durch fröhlich, überhaupt nicht, als hätte Ambrose Geheimnisse vor mir oder als hätte Tante Zelda vor ein paar Tagen Tante Hilda umgebracht.

Ich versuchte, das alles zu verdrängen, und größtenteils schaffte ich es auch.

Als ich Montag nach unten kam, flirtete Ambrose schon wieder mit der Postbotin. Er trug eine Jeans und ein richtiges T-Shirt, in dem er nicht geschlafen hatte, also gefiel sie ihm wahrscheinlich. Er schenkte mir ein ungewohnt strahlendes Lächeln und winkte eifrig, als ich unsere doppelarmige Treppe herunterkam.

»Hallo, Cousinchen!«

»*Ist* das Ihre Cousine?«, fragte die Postbotin.

»Darum nenne ich sie so, ja«, antwortete Ambrose. »Wäre doch eher ein merkwürdiger Spitzname.«

»Ich meinte nur …« Ihr Gesicht flammte in diesem tiefen Scharlach der Rothaarigen auf, einer roten Flut, die herangestürzt kam, um ihre Sommersprossen zu ertränken. »Weil Sie Afroamerikaner sind.«

Ich bezog an Ambrose' Seite Stellung und löffelte mein Müsli mit konzentrierter Feindseligkeit. »Was soll das denn heißen? Also kann er nicht mein Cousin sein?«

»Das habe ich nicht gemeint«, sagte sie.

Ich aß das Müsli auf und packte Ambrose mit festem Griff am Ellbogen. Ambrose schüttelte mich sanft ab.

»Das ist lächerlich«, sagte er. »Ich bin kein Afroamerikaner. Ich bin *Brite*. In meinem Zimmer hängt ein Union Jack. Den Sie nicht zu Gesicht bekommen werden.«

Darüber regte er sich auf? Ich starrte vor mich hin, während die Postbotin, uns beide ein letztes Mal wütend anglotzend, das Weite suchte. In den nächsten Wochen würde wohl ein beträchtlicher Teil unserer Post verloren gehen, überlegte ich – bis Tante Zelda für einen Briefträgerwechsel sorgte.

Ambrose schlenderte zur Fensterfront hinüber. Ich fragte mich, ob er der Frau nachsah, doch als ich neben ihn trat, merkte ich, dass sein Gesicht himmelwärts gereckt war, die Augen zu Schlitzen verengt. Er hob eine Hand und fuhr mit Zeigefinger und Daumen die Bahn von Vögeln nach, die durch die Luft flogen.

»Wie geht es dir?«, wollte ich wissen.

»Wenn ich je wieder einen Begleiter haben darf«, sagte Ambrose, »will ich vielleicht einen Vogel.«

Der Begleiter einer Hexe war ein Kobold in Tiergestalt, ihr Partner bei jeglicher Magie. Tante Hilda hatte ihre Spinnen. Bei der Lektüre ihrer Liebesromane am Küchentisch krabbelten die Spinnen manchmal in einem schwarzen Strom ihr Handgelenk hoch, das über den Seiten schwebte, und setzten sich auf ihre freie Handfläche, als würden ihre acht Augen ebenfalls von stürmischen romantischen Abenteuern lesen. Zu meiner satanischen Taufe würde ich meinen eigenen Begleiter bekommen. Tante Zelda ließ immer wieder hilfreiche Stammbaumbücher im Haus herumliegen, mit Einmerkern und Hervorhebungen, aber ich hatte mich noch nicht entschieden, was für eine Art Begleiter ich wollte.

Trotzdem freute ich mich schon. Ein Begleiter wäre wie ein weiteres Familienmitglied, jemand, der immer Partei für mich ergreifen, mich nie verlassen und Magie voll und ganz verstehen würde. Ein Begleiter war der ständige Gefährte einer Hexe.

Laut des über ihn verhängten Urteils durfte Ambrose keinen Begleiter haben.

Ich legte die Wange an seine Schulter. »Was für einen Vogel denn?«

»Oh, ich weiß nicht, Cousinchen, ich rede bloß so vor mich hin. Ich wäre mit jeder Art von Begleiter zufrieden. Ich stehe ganz kurz davor, ein Smiley-Gesicht auf einen Stein zu malen.«

Mit diesen Worten schüttelte er mich einfach ab und trat zu einer Steingutvase auf einem Beistelltisch. Er hob sie mit beiden Händen hoch und sprach mit Quietschstimme.

»Hallo, Sabrina. Ich bin Ambrose' neuer Begleiter. Gemeinsam werden wir mächtige Zauber vollbringen!«

Ich kicherte. »Es genügt vielleicht nicht ganz Tante Z.s Ansprüchen.«

»Nun, falls ich jemals wieder einen Begleiter bekommen sollte, wird ihn ganz bestimmt nicht Tantchen Z. für mich aussuchen.« Ambrose stellte die Vase auf den Tisch zurück. »Ich will kein Geschöpf, das in Gefangenschaft herangezüchtet worden ist. Ich weiß nur zu gut, wie sich das anfühlt. Ich nehme keine Gefangenen.«

Ich nickte. »Das ergibt Sinn.«

Bisher hatte ich mir darüber noch keine Gedanken gemacht, aber es ergab *viel* Sinn. Vielleicht würde ich schon bald, sogar sehr bald, wenn ich an der Reihe war, einen Begleiter zu erhalten, auch einen wilden haben wollen. Ein Begleiter, der es sich aussuchte, bei mir zu bleiben.

Ambrose starrte wieder aus dem Fenster. Die letzten Schwalben des Sommers flogen im Zickzack über den Himmel, und die zarten Bogen ihrer schwarzen Flügel bildeten dunkle Linien, die an die Linien auf einer Landkarte erinnerten.

»Vielleicht ein Vogel«, murmelte er.

Ich vergaß ständig, dass Ambrose, hätte er die Wahl, nicht hier bei mir wäre.

»Wie lautete dein Zauberspruch?«

Mir war nicht bewusst, wie scharf die Frage geklungen haben musste, bis ich sah, dass sich Ambrose' Augen verengten.

»Oh, nicht das schon wieder!«, sagte er. »Ich rede nicht darüber! Ich rede über nichts, was mich langweilt.«

»Aber …«

Ambrose richtete den Zeigefinger auf mich und wirbelte dann, als es klopfte, Richtung Tür. Er riss sie theatralisch auf, während er immer noch auf mich deutete. »Ich habe Nein gesagt! Nein zur Langeweile. Ich gehe jetzt in den Balsamierungsraum, wo die ganzen amüsanten Plappermäuler auf mich warten! *›Bis die Straße ins Land der Toten/ Aus dem Sprung in der Teetasse wächst.‹* Und zwar ziemlich genau jetzt!« Er verschwand durch das Bogenportal unter der Treppe. Vielleicht wäre ich ihm gefolgt, bloß standen Harvey und, zu meiner Verblüffung, sein Bruder Tommy im Türrahmen. Aus verständlichen Gründen sahen sie verwirrt aus.

»Hi?«, sagte Tommy.

»Seid ihr sicher, dass ihr Teetassen nach unten in den Balsamierungsraum mitnehmen solltet?«, fragte Harvey.

Als Antwort erhielten beide nur Ambrose' Türknallen. Ich ging zu Harvey und tätschelte ihn am Arm. Mein Mann, stellte immer die richtigen Fragen.

»Ha, ha!«, sagte ich. »Ignorier ihn einfach, Harvey. Hey, Tommy! Jetzt sehen wir uns die Woche schon zum zweiten Mal!«

Tommy zuckte lässig die Schultern. »Ich habe an den nächsten Tagen Frühschicht, also habe ich mir gedacht, ich könnte dich und Harvey zur Schule fahren.«

»Du arbeitest zu viel. Du solltest besser auf dich achten«, sagte Harvey, dessen Miene einen Moment sorgenvoll war. Dann sah er mich an, und sie hellte sich wieder auf. »Und du solltest einfach so perfekt bleiben.«

Ich stellte mich auf die Zehenspitzen, um ihm einen schnellen Kuss zu geben. »Ich versuch's.«

Wir kletterten in Tommys roten Pick-up und brachen zur Baxter High auf.

»Komischer Typ, dein Cousin«, stellte Tommy fest.

Ich war empört. Erst die Postbotin, und jetzt das hier. »Wie meinst du das?«

Tommy klang verblüfft. »Ich meine – er hat einen Witz gemacht? Über Tote, die Plappermäuler sind?«

Da hatte ich wohl was in den falschen Hals gekriegt. »Oh.«

»Wie schon gesagt, komisch.«

»Ja«, murmelte ich. »Er ist zum Schreien. Übrigens war das ein Zitat, über die Teetasse und das Land der Toten, nicht das Gebrabbel eines Wahnsinnigen. Es stammt aus einem Gedicht von W. H. Auden.«

Tommy sah im Seitenspiegel zu Harvey und hob die Augenbrauen.

»Da hast du aber ein schlaues Mädchen. Eine Familie, die einfach mal so im Gespräch Gedichte rezitiert. Lass sie bloß nicht entwischen.«

»So lautet der Plan«, sagte Harvey, den Arm um meine Schultern gelegt.

Ich hatte meinen Arm um seine Taille geschlungen. Auch ich wollte ihn nicht entwischen lassen.

An der Schule lehnte Tommy sich aus dem Fenster, um Harvey zum Abschied zu umarmen. Die beiden hielten sich einen Augenblick fest, mit beiläufiger Zärtlichkeit; sie waren sich des anderen wirklich sicher. Wirklich Familie.

»Pass unter der Erde auf dich auf«, sagte Harvey.

Tommy zwinkerte mir über die Schulter seines Bruders hinweg zu. »Pass du auf ihn auf, Sabrina.«

Harvey legte wieder den Arm um mich, als wir die Treppe in die Eingangshalle hochgingen, wo das Glas der Fensterscheiben das hereindringende Licht leicht grünlich verfärbte, als wären wir unter Wasser. Ms. Wardwell schenkte mir ein winziges Lächeln, als sie vorübereilte, blieb jedoch nicht stehen, um sich zu unterhalten.

Zwischen Harveys Brauen hatte sich eine Furche gebildet. »Ich hasse die Vorstellung von ihm dort unten. Ich hasse diese blöde Mine.«

»Das tut mir leid.«

Harvey sah mich bei diesen Worten an, und die Falte zwischen seinen Brauen wurde weicher. »Du bist wunderschön«, sagte er. »Wie ein Stern, bei dem ich nicht glauben kann, dass ich ihn behalten darf.«

Susie kam zu uns und versetzte ihm einen Kopfstoß gegen die Schulter. »Entspann dich, Romeo.«

Verwirrt blinzelte Harvey sie an. »Aber nichts ist wichtiger als wahre Liebe.«

»Na klar«, sagte Roz, die neben mich trat. »Denk nur an deinen Notendurchschnitt.«

»Seid nicht so streng mit Harvey«, flehte ich, als wir auf der Mädchentoilette waren und ich mir die Hände wusch. »So seltsam benimmt er sich gar nicht.«

»Doch!«, riefen Susie und Roz aus ihrer jeweiligen Kabine. »Er benimmt sich SO seltsam.«

Ich schrubbte mir die Hände mit neu entfachtem Eifer. Die blassrosa Seife aus dem Spender nahm eine unschöne Farbe an, wie mit Blut gesprenkelter Schaum. Hände konnten nie sauber genug sein.

»Ihr versteht das nicht«, sagte ich leise.

Roz kam heraus und trat neben mich, wobei sie ihr Spiegelbild mit schräg gelegtem Kopf betrachtete. Die Art, wie sie sich anstarrte, hatte etwas Seltsames. Sie blinzelte heftig.

»Was verstehen wir nicht?«

»Es ist nichts, alles gut«, erklärte ich ihr. »Wie geht's deinem Kopf?«

Roz drehte rasch den Kopf in meine Richtung. Im ersten Moment wirkte ihr Blick vage, als wüsste sie nicht, was ich meinte.

»Du hattest Kopfschmerzen«, half ich ihr auf die Sprünge.

»Es war nichts«, murmelte sie. »Alles gut.«

Ich konnte nicht sagen: *Ich bin eine Halbhexe, und an meinem nächsten Geburtstag, in gut einem Monat, werde ich meine satanische Taufe durchlaufen und eine richtige Hexe werden. Meine Familie will, dass ich es tue, und ich möchte hexen, aber ich bin mir ziemlich sicher, dass meine Familie von mir erwartet, dass ich mein ganzes sterbliches Leben, einschließlich euch, hinter mir lasse. Ich halte mich, so gut es geht, an Harvey und an euch fest, aber ich bin mir nicht sicher, was ich tun soll. Und das ist neu für mich. Ich bin gewohnt, mir sicher zu sein.*

Susie kam aus ihrer Kabine und wusch sich die Hände, während sie bewusst ihr Spiegelbild vermied. Hoffnungslos starrte ich die beiden an.

Sie würden es nicht verstehen. Ich konnte es ihnen nicht sagen, und ich konnte nicht mit meinen Tanten oder Ambrose über Harvey reden, jedenfalls nicht wirklich. Es gab niemanden auf der Welt, mit dem ich über alles reden konnte.

Ich wünschte, meine Eltern wären hier. Da fiel mir der Geist des Wunschbrunnens ein.

»Eigentlich«, sagte ich, als Harvey mich auf dem Pfad durch den Wald nach Hause begleitete, »kannst du mich hier allein lassen. Ich habe mir überlegt, vielleicht einen Spaziergang durch den Wald zu machen. Okay, tschüss!«

Ich winkte ihm heiter zu und ging im Schnellschritt

zwischen den Bäumen hindurch. Sekunden später hörte ich, wie er mir geräuschvoll nachstürzte. Es gab keine Möglichkeit, außer Magie, um ihn abzuhängen. Meine Beine waren kurz, wie alles an mir.

Als Harvey mich eingeholt hatte, strahlte er. »Ich komme mit!«

»Du wirst dich nur langweilen«, wandte ich verzweifelt ein. »Ich werde … ähm … Blumen pflücken. Und sie in einem Buch trocknen. Dann werde ich viele getrocknete Blumen haben.«

»Blumen für die schönste Rose der Welt.« Harvey lächelte. »Ich würde dich gern beim Blumenpflücken zeichnen. Nichts, was du tust, könnte langweilig sein.«

Ich machte eine ungeduldige Handbewegung. »Hör mal, niemand ist die ganze Zeit über einhundert Prozent faszinierend. Menschen schlafen. Menschen gehen aufs Klo. Niemand ist auf dem Klo faszinierend.«

Harvey wirkte verwirrt. »Nun … ich bin mir sicher … du bist …«

»Wenn ich ehrlich bin, möchte ich diese Diskussion nicht vertiefen!«, erklärte ich ihm rasch. »Ich möchte, dass wir zusammenbleiben, ohne ein Leben lang geistige Narben davonzutragen. Komm schon, gehen wir!«

Wir spazierten Hand in Hand durch den Wald, unter dem gesprenkelten Sonnenschein und dem Schatten der Blätter. Bis ich erspähte, wonach ich suchte: das winzige feuerrote Aufblitzen eines Marienkäfers in einem eingerollten grünen Blatt. Ich trat näher und schüttelte es, bis der

Käfer herauspurzelte, und hielt ihn dann auf der Fingerspitze hoch.

»*Marienkäfer flieg!*«, sagte ich leise vor mich hin, weil Harvey mir zusah. »*Flieg nach Hause, Marienkäfer.*«

»Oh, wow, Sabrina, es tut mir so leid!«, sagte Harvey. »Mir ist eben eingefallen, dass ich nach Hause muss.«

Ich lächelte und küsste ihn. »Tatsächlich?«

Harvey nahm mein Gesicht in die Hände. »Der Wald ist verwandelt, weil du aus Eis und Gold bestehst«, erklärte er mit vollem Ernst.

»Ähm, danke. Danke schön«, erwiderte ich. »Jetzt aber tschüss.«

Nachdem diese Angelegenheit erledigt war, hielt ich auf mein Ziel zu, vorbei an den Schatten des Waldes, hin zur klaren Linie des Bachs.

Doch ich kam nicht bis zur Lichtung oder dem Bach. Kaum hatte ich ein paar Schritte getan, vernahm ich ein vertrautes Geräusch. Wie fallende Blätter, nur lauter.

Sie stürzten vom Himmel, als würden sie wie drei böse, glänzende Äpfel von den Bäumen fallen, doch ich wusste es besser. Hexen kamen vom Himmel, nicht von Bäumen. Ihre drei Schatten fielen auf mich, lang und dunkel.

Prudence, Agatha und Dorcas. Agathas schwarzes Haar flog wie eine Flagge aus Dunkelheit im Wind, und Dorcas' rotes Haar vermischte sich mit ihrem wie eine Flagge aus Flammen. Sie sahen mächtig und fremdartig aus, bildschöne Hexen, doch die wirklich Gefährliche war Prudence.

Prudence' Haare waren beinahe knochenweiß gebleicht, um einen Kontrast zu ihrer makellos dunklen Haut zu schaffen. Ihre Lippen kräuselten sich zu dem spöttischen Lächeln, das Prudence immer zur Schau trug, oder zumindest immer, wenn sie mich sah.

»Der Wald ist verwandelt, weil du aus Ich-fasse-es-nicht-was-ich-eben-gehört-habe und Gold bestehst.« Prudence legte den Kopf in den Nacken und stieß ein Lachen aus. »Oh, Sabrina, Sabrina, was hast du getan?«

Agatha und Dorcas ahmten Prudence' Gelächter nach, wie sie die meisten Dinge an Prudence nachahmten. Ihre schwarzen und roten Köpfe waren zusammengesteckt, schwesterlich und eng vertraut. Eigentlich waren sie keine Schwestern, aber sie bezeichneten sich immer so.

Selbst sie konnten sich der anderen gewiss sein. Und sie waren die schlimmsten Leute, die ich kannte.

»Oooh, Henry, nenne mich noch einmal die schönste Rose der Welt!«, gackerte Agatha.

»Er heißt nicht …«

»Nichts, was du tust, könnte langweilig sein!«, wieherte Dorcas. »Außer dass buchstäblich *alles*, was ihr sterblichen Turteltäubchen tut, langweilig ist.«

Ihre Finger waren miteinander verschränkt, wie bei kleinen Mädchen, die zusammen zum Spielplatz hüpften. Sie trugen Kleidung mit dem gleichen Schnitt, kurze Röcke und hohe Spitzenkrägen, eine Uniform für Hexen. Oder Schwestern.

Prudence löste ihre Finger und spazierte zu einem Baum,

ließ den Arm um den Stamm gleiten und streichelte die Rinde. Einen Moment lang sah sie wie die fieseste Waldnymphe der Welt aus. Als sie mir einen Blick zuwarf, waren ihre dunklen Augen sogar noch schärfer als gewöhnlich.

»Weißt du was?«, sagte sie nachdenklich. »Ich habe viel Erfahrung mit Jungen im Teenageralter. Und normalerweise reden sie eigentlich nicht so. Ich meine, es sind primitive Lebensformen, die kaum grunzen können. Es ist schwierig, auch nur einfache Formulierungen wie *Geile Figur* und *Lass uns mal 'nen Milchshake trinken gehen* zu verstehen. Ich glaube, unsere kleine Sabrina hat ihn möglicherweise mit einem Zauber belegt.«

Dorcas sagte heiser: »Und jetzt gehört er ihr.«

Ich versuchte, an ihnen vorbeizukommen, doch die drei Mädchen verschränkten wieder die Finger und versperrten mir den Weg.

»Oh, wir fällen kein Urteil über dich, Sabrina! Der Weg in die Hölle ist mit gebrochenen Männern gepflastert«, sagte Prudence. »Also eigentlich eine prima Reise und ein prima Reiseziel. Bloß dass ich dachte, Sterbliche wären dir ach so lieb. Fast wie echte Menschen, stimmt's?«

»Du tust immer so herablassend, wenn wir *sterbliche Jungs verhexen und sie ins Unheil stürzen*«, meldete sich Agatha in einem Singsang zu Wort. »Aber letzten Endes bist du genau wie wir.«

Dorcas warf sich das lange Haar wie eine rote Peitsche über die Schulter. »Sie *wünscht* sich, sie könnte wie wir sein.«

Prudence kam auf mich zustolziert, und ihre langen Beine fraßen den Abstand zwischen uns in zwei Schritten. Sie beugte sich herunter, um mir direkt ins Gesicht zu sehen, und stieß dann mit einem langen, schwarz lackierten Fingernagel gegen meine Schulter, bis ich einen Schritt zurückwich.

»Aber das wird sie nie«, sagte sie leise.

Als die Unheimlichen Schwestern mich das erste Mal im Wald heimgesucht hatten, vor ein paar Jahren, war ich so aufgeregt gewesen. Ich kannte keine Hexen außer meinen Tanten und meinem Cousin, jedenfalls nicht richtig. Es schien ideal, drei Mädchen zu begegnen; es war die gleiche Anzahl wie meine drei sterblichen Freunde in der Schule, als könnte ich meine Erfahrungen im sterblichen Leben mit ihrer Hilfe nachbilden. Ich wollte, dass sie meine Freundinnen wären, mir alles über Magie erzählten und außerdem, wie es an der Akademie der Unsichtbaren Künste genau zuging. Zwar war die Vorstellung jetzt lachhaft, aber damals wollte ich sie lieben.

Bloß dass sie mich hassten. Sie suchten mich heim, um mich quälen zu können, und erklärten immer, eine Halbhexe wäre nie gut genug. Sie wollten mich nicht an der Akademie der Unsichtbaren Künste, und ich wusste nicht, ob ich mit Leuten wie ihnen überhaupt zur Schule gehen wollte.

Ich hörte auf zurückzuweichen und starrte Prudence zornig an. »Ich bin kein bisschen wie ihr. Und ich werde niemanden ins Unheil stürzen.«

»Warum hast du es denn dann getan, wenn es nicht darum geht, seinen Verstand und sein Herz zu brechen und ihn deinem Willen gefügig zu machen?« Prudence wirkte aufrichtig verwirrt. »Dein Verhalten ist sinnlos.«

Gewöhnlich zeigte ich keine Schwäche vor den Unheimlichen Schwestern, doch diesmal beging ich einen entscheidenden Fehler. Ich konnte ihr nicht länger in die Augen sehen und senkte den Blick zum Waldboden. Prudence' Gelächter erschallte inmitten der Blätter.

»Du hast bei einem Sterblichen einen Liebeszauber benutzt, damit er *dich ganz ganz doll lieb haben tut?* Sich vielleicht sogar fest an dich bindet? Was wird er tun, dir einen Freundschaftsring geben, wenn du zur Akademie der Unsichtbaren Künste abhaust?« Prudence lachte. »Das ist erbärmlich.«

»Es war kein *Liebeszauber* …«

»Fühlen wir uns ein wenig unsicher wegen unserer satanischen Taufe, Halbhexe? Fragst du dich, ob du deinen Platz unter den Hexen einnehmen und die Sterblichen zurücklassen kannst? Erzähl mir von deinen Problemen«, sagte Prudence. »Ich liebe Geschichten, die mich zum Lachen bringen.«

Bitter wie giftige Äpfel fielen die Worte aus ihrem höhnisch grinsenden Mund. Sie waren umso bitterer, weil sie zutrafen.

»Bleib in der Welt der Sterblichen, wenn du sie so sehr liebst«, sagte Dorcas giftig. »Das wäre besser. Jeder weiß, dass du nicht das Zeug dazu hast, eine Hexe zu sein.«

»Ja, Sabrina«, zwitscherte Agatha. »Ich glaube wirklich, es wäre ein Fehler, wenn du deine satanische Taufe durchläufst und auf unsere Schule kommst.«

»Den Fehler begeht ihr«, antwortete ich. »Ihr steht mir im Weg.«

Ich raste durch die Barriere ihrer Körper und riss Dorcas' und Agathas verschränkte Hände auseinander. Sie waren offensichtlich das schwächste Glied in der Kette, und ich war an ihnen vorbei und stürzte bereits zwischen den Bäumen hindurch, bevor sie mir auch nur einen einzigen Zauber nachschicken konnten.

»Erträgt es nicht, von einem sterblichen Jungen getrennt zu sein!«, rief Prudence mir hinterher, als wäre sie eine Richterin, die ein Urteil verkündete. »Pass auf, Sabrina! Wenn du dich zu sehr nach Liebe *und* Magie sehnst, wirst du dich zwischen zwei Stühle setzen und nichts kriegen. Dann bist du verloren.«

Eine Antwort blieb ich ihr schuldig. Stattdessen rannte ich durch den Wald.

Ich wusste nicht, warum Prudence mich immer ärgerte. Ich wusste nicht, warum sie so war, wie sie war. Ich wusste nicht, warum sie mich schon immer so sehr gehasst hatte.

WAS IM DUNKELN GESCHIEHT

Hexen träumen genauso wie Sterbliche.

Prudence, Agatha und Dorcas kannten sich von Kindesbeinen an. Sie waren nicht erst nach ihrer satanischen Taufe an die Akademie gekommen. Sie waren schon immer dort gewesen, drei winzige Mädchen, die Hand in Hand durch die Säle gingen und mit der hoch emporragenden Statue lebten, zwischen dem Steingemäuer des Gebäudes, das mehr nach einer Krypta als einer Schule aussah. Die Strenge der Akademie formte die Unheimlichen Schwestern, und sie erwarteten vom Leben nichts anderes als Härte.

Dass Sabrina mehr erwartet, ist ihre eigene törichte Schuld. Prudence' Problem ist es nicht. Prudence hat ihre eigenen Probleme, mit denen sie sich herumschlägt.

Hexen leben gefährlich, und Waisenkinder sind keine Seltenheit. Ihr Hohepriester hat sie aufgenommen und kümmert sich seither um sie. Sie hätten Glück, sagt Pater Blackwood ihnen, zumal Hexen nicht gerade rar waren.

Nicht wie Hexer. Jungen finden vielleicht ein Zuhause, aber verwaiste Mädchen niemals.

Sie nennen sich die Unheimlichen Schwestern, und als auch alle anderen anfangen, sie so zu nennen, fühlt es sich wie ein Triumph an. Jeder sagte Prudence, dass sie keine Familie habe, doch jetzt, kraft ihres eigenen Willens, hat sie Schwestern.

Und Schwestern teilen.

»Ich kann schlecht euch allen dreien meinen Highschool-Ring oder meine Schuljacke, oder wie auch immer die Sterblichen dazu sagen, geben«, erklärte der Freund der Unheimlichen Schwestern, der Hexer Nick Scratch, am Sonntag – dem Tag ruheloser Sünde – Prudence im Wald, und mit gekränkter Verblüffung wurde ihr klar, dass er mit ihr Schluss machte.

Mit ihnen allen, durch sie, was die reinste Faulheit war.

Als sie ihm das sagte, schenkte Nick ihr das strahlende, unaufrichtig charmante Lächeln, das sie von Anfang an so anziehend gefunden hatten.

»Müßiggang ist aller Laster Anfang«, erwiderte er. »Also muss ich mich dem totalen Müßiggang hingeben, im Dienste des Dunklen Lords.«

Prudence verdrehte die Augen. Es war erstaunlich, welche Anstrengungen Männer auf sich nahmen, um sich nicht anstrengen zu müssen. Allerdings würden Dorcas und Agatha enttäuscht sein. Sie mochten Nick wirklich. Er bot ihnen eine Abwechslung davon, immer nur sterbliche Jungs zu quälen. Aber, so überlegte Prudence, wer brauchte schon eine Ablenkung davon, sterbliche Jungen zu quälen? Etwas Besseres gab es nicht.

Sie zuckte mit den Schultern. »Natürlich will keine von uns, dass du einen lächerlichen Aktionismus mit Jacken und Ringen wie Sterbliche veranstaltest. Wie kommst du darauf?«

Nick zuckte ebenfalls mit den Schultern. Das war eine seiner besten Eigenschaften, hatte Prudence immer gefunden. Er gehörte zu den wenigen Hexen, die sie kannte, die sich so unglaublich gleichgültig geben konnten wie sie selbst. Manchmal ließ die reine Kraft ihrer gemeinsamen Fassaden sie, wenn sie zusammen waren, beinahe echt erscheinen.

Vielleicht mochte sie Nick auch ein wenig.

»Geht es darum, dass wir all diese total sexy Illusionen erschaffen haben?«, fauchte Prudence. »War es zu sexy für dich?«

»Nichts ist zu sexy für mich. Trotzdem ist es nicht meine Lieblingsbeschäftigung«, gab Nick zu. »Dinge können auch real sein, nicht nur magisch. Aber daran allein liegt es nicht.«

»Woran denn dann?«

»Ich weiß es nicht«, sagte Nick mit sanfter Stimme, und wenn er ein sanftes Weichei wäre, hatte Prudence keine Verwendung für ihn. »Hast du nie das Gefühl, dass es da mehr geben muss?«

»Mehr als ewige Schönheit, unglaubliche Macht und ein gut geführtes Leben am höllenfeuerwarmen Busen Satans?« Prudence grinste höhnisch. »Eigentlich nicht.«

Was immer Nick meinte, es war klar, dass er nicht glaubte, er könnte dieses Mehr bei *ihr* finden.

»Hast du jemanden kennengelernt?«, wollte Prudence wissen. »Hast du *mehrere jemands* kennengelernt?«

Nick lächelte auf eine Art, die ihr nicht vertraut war und auch nicht gefiel. Nick Scratch mit verträumtem Blick zu sehen, verursachte Prudence Übelkeit. »Beinahe.«

»Was meinst du damit?«

»Vielleicht warte ich«, sagte Nick, »auf den Schlüssel zu jedem Geheimnis im Universum.«

Prudence lachte spöttisch. Dann war also Schluss mit ihnen allen. Sie würde es ihren Schwestern später erzählen und sie auf die einzige Art aufheitern, die sie kannte: indem sie jemand anderem wehtat.

Vielleicht kann sie diese Halbhexe aufstöbern.

Sabrina treibt Prudence – Satan sei's geklagt! – zur Weißglut. Jeder an der Akademie redet von ihr: die halbsterbliche Tochter des ehemaligen und verstorbenen Hohepriesters. Wenn Edward Spellman eine seiner eigenen Art geheiratet hätte, hätte sein Kind nach ihm der nächste Hohepriester sein können. Wie die Dinge stehen, ist sie ein Witz. Die Leute schütteln mitleidig den Kopf über sie, mehr als sie es je über Prudence und ihre Schwestern getan haben. Es ist schön, jemanden weiter unten in der sozialen Hackordnung zu haben, allerdings – im Gegensatz zu den dummen Sterblichen in ihrer glückseligen Unwissenheit – mit so viel Erkenntnis, dass sie begriff, wie weit unten sie steht. Die Unheimlichen Schwestern nehmen sich immer gern die Zeit, Sabrina zu verdeutlichen, wie minderwertig sie ist.

Als Prudence Sabrina das erste Mal sah, ging Sabrina gerade Hand in Hand mit ihrer Tante Hilda spazieren. Der Zirkel raunte hinter vorgehaltener Hand über Hilda Spellman: zu sanft, stimmte jeder zu, und ihre Hingabe an den Dunklen Lord war bestenfalls fragwürdig. Diesen Cousin, den sie aufgezogen hatte, hatte sie verhätschelt, und deshalb war er vom Weg abgekommen. Hilda hatte Augen so blau wie der Himmel: einfach scheußlich.

Zweifellos würde die Frau auch das halbsterbliche Mädchen verhätscheln. Sie sahen zu sanft aus, Sabrina in einem gelben Regenmantel und einem gestrickten Schal, wie sie rote und goldene Blätter hochwirbelte. Die Tante machte viel Tamtam um Sabrina und richtete ihren Schal. Prudence lehnte die kalte Wange an eine kalte Baumrinde und schloss die Augen, um nicht noch mehr sehen zu müssen.

Nachdem Nick sich von ihnen getrennt hat, suchte Prudence nach Sabrina, fand sie allerdings erst, als diese bereits um die Straßenbiegung auf das Grundstück der Spellmans ging, vorbei an dem Schild für das Bestattungsinstitut der Spellmans und an dem Baum, der seine Äste über die kleine Ansammlung aus Gräbern vor dem Haus ausbreitete.

Angst hatte Prudence vor nichts, aber sie war nicht dumm genug, um Zelda Spellman in deren eigenem Revier in die Quere zu kommen. Niemand behauptete, dass Zelda zu sanft wäre.

Prudence würde sich Sabrina ein andermal schnappen, zusammen mit ihren Schwestern. Sie wollte sich gerade schon abwenden, da sah sie, wie sich ein Vorhang in einem kleinen Fenster im Obergeschoss dieses Hauses der Schrägdächer und vielen Fenster bewegte. Im Fenster war ein Junge, der nach Sabrina Ausschau hielt.

Prudence vernaschte Jungs als kleinen Snack und hatte anschließend noch Platz für mehrere Äpfel der Erkenntnis, aber der hier war ein Fünf-Gänge-Menü mit Schokoladentorte als Nachspeise. *Gut gemacht, Sabrina*, dachte Prudence einen überraschten Moment lang und fragte sich, warum Sabrina sich mit einem erbärmlichen Menschenjungen abgab, wenn sie doch den dort zu Hause hatte. Da wurde Prudence klar, dass es der widerspenstige Cousin sein musste.

Als der Cousin Sabrina erblickte, verwandelte sich sein Gesicht. Davor hatte er ein wenig traurig ausgesehen.

Unvermittelt brachte es Prudence auf den Gedanken, wie es wohl wäre, jemanden zu haben, der auf einen wartete. So ein Lächeln zu bekommen, breit wie ein Ozean und strahlend wie die Sonne, bloß weil man den Weg entlangspazierte.

Sabrina musste daran gewöhnt sein.

Prudence kam durch die Bäume, wanderte näher, um besser sehen zu können.

Der Cousin ließ die Tür wie beiläufig für Sabrina aufschwingen, als sie die Eingangsstufen hochstieg, auch wenn er sich beeilt haben musste, um in der kurzen Zeit vom

Fenster zur Tür gelangt zu sein. Er hängte sich Sabrinas dumme Schultasche über die Schulter, und sie zupfte an dem kleinen Samtschal um seinen Hals, und die Tür des Spellman'schen Hauses schloss sich hinter ihnen.

Die Küche lag im rückwärtigen Teil des Hauses, ein behaglicher Raum mit Tapete im Totenkopfmuster und von der Decke hängenden Kräutern. Im Heranpirschen erblickte Prudence blaugrüne Schränke, während sie leise durch die auf dem Waldboden verstreuten Zweige und Blätter schlich. Die Tante mit den dümmlich-liebevollen Augen war mit etwas beschäftigt, das auf dem schwarzen gusseisernen Herd vor sich hin blubberte, und als der Cousin und Sabrina hereingewirbelt kamen, strahlte sie, als sei sie freudig überrascht. Am liebsten hätte Prudence geschrien. Der Cousin war im wahrsten Sinne des Wortes verhext und konnte das Haus nicht verlassen. Sabrina hatte ihr ganzes Leben dort verbracht. Der Anblick der beiden konnte unmöglich eine Überraschung sein.

Sabrina schnippte mit den Fingern, und leise Musik setzte ein. Sie und der Cousin schlängelten sich um die Küchenstühle, halb tanzend, halb sich balgend, und duckten sich unter Bündeln getrockneter Kräuter hindurch, während die Tante die Hände in gespieltem Entsetzen hochwarf und über ihre Eskapaden lachte.

»Don't you know I'm only human?«, sang Sabrina, als sei es ein Witz zwischen ihnen, statt einer hässlichen Wahrheit, für die sie sich schämen sollte.

Sabrina hielt immer noch den Schal ihres Cousins fest,

und der Cousin duckte sich, damit sie den Samt ein weiteres Mal um seinen Hals wickeln konnte, ihn an einer Leine führend und rückwärts tanzend, während er ihr die nächste Zeile des Songs vorsang. Etwas darüber, dass er für sie da wäre, und Sabrina drohte ihm mit dem Finger, schelmisch und jung auf eine Art, wie Prudence es nie gewesen war. Dann packte der Cousin die Tante um die Taille, und im nächsten Moment tanzten die drei in einer lächerlichen Polonaise um den Küchentisch.

Mehr, erklang Nicks Stimme in ihrem Kopf, sehnsuchtsvoll, als habe er instinktiv einen Mangel verspürt, der ihr nicht bewusst gewesen war. Nicht, bis sie sah, was ihr fehlte.

Da Prudence die drei auf einmal leid war, wandte sie sich ab und stürmte durch den Wald davon.

Prudence war durch Feuer geschmiedet und durch unzählige Schläge zu etwas Härterem als Stein gehämmert worden, zu dem dunklen Juwel in der Knochenkrone des Zirkels der Kirche der Nacht. Es gab nichts, was Sabrina Spellman hatte, worum Prudence sie beneidete.

Sie kehrte in die Akademie zurück und sang im Infernalen Chor. Sie war schon immer die beste Sängerin gewesen, und jedes Mal glaubte sie, Lady Blackwood würde von ihr beeindruckt sein. Die Gattin ihres Hohepriesters würde erkennen, dass Prudence unglaubliches Potenzial besaß, und sie würde Prudence zu einem besonderen privaten Abendessen mit ihr und Pater Blackwood einladen. Bloß geschah das nie. Jedes Mal starrte Lady Blackwood Prudence zornig an und schien sie nur noch mehr zu hassen.

Prudence verbringt Stunden damit, Pläne auszuhecken, damit ihr Herzenswunsch endlich in Erfüllung geht. Sie will auf einem Thron aus Totenschädeln sitzen, verehrt von ihrem ganzen Zirkel, dunkel und glorreich wie die Mitternacht. Sie will, was eine jede Hexe sich wünscht, aber sie will es heftiger.

Manchmal beim Einschlafen zwischen den kalten Mauern der Akademie, im Kreis der Schlafsaalbetten, erlaubt Prudence es sich, gewisse Dinge einzugestehen, die sie im Wachzustand nicht zugeben kann.

Wenn sie nur einen Wunsch frei hätte, denkt sie bei diesen Gelegenheiten, dann würde sie sich wünschen, Pater Blackwood wäre ihr richtiger Vater, und die Unheimlichen Schwestern ihre richtigen Schwestern.

In dieser Nacht erlaubt Prudence es sich zu träumen, wie es wäre, das zu haben, was Sabrina hat, selbst nur einen Tag lang.

Sie würde die Eingangsstufen des Spellman'schen Hauses hochlaufen, und dieser schöne Junge würde darauf warten, ihr die Tür aufzumachen, mit genau so einem Lächeln. Die Frau mit den sanften Gesichtszügen würde in der Küche kochen und sämtliche ihrer Leibspeisen zubereiten. Bei Einbruch der Nacht würde sie sich unter weichen Decken in diesem eleganten schmiedeeisernen Bett in ihrem eigenen Zimmer einrollen, und ihr wäre warm.

Sie wäre zu Hause.

SPIEGLEIN, SPIEGLEIN

Die Bäume schienen sich zu öffnen, als ich auf die Lichtung zurannte, Äste und Dornen bogen sich für mich nach hinten, unter meinen Füßen war grünes Gras wie ein ausgerollter Teppich, um mich willkommen zu heißen.

Ich stürzte durch die Bäume auf die Lichtung und in die Stille hinein.

Der Geist des Wunschbrunnens lag am Ufer, ihre Röcke auf dem Gras ausgebreitet. Das Gras neigte sich nicht einmal unter ihrem Körper. Ihre Kleidung schien aus dem gleichen Material zu bestehen wie ihre Haut, irgendeine magische, wie Tränen glänzende Flüssigkeit, nur eine Spur fester und undurchsichtiger als Wasser.

Ich blieb stehen und sagte verdutzt: »Du bist gar nicht in deinem Brunnen.«

»Ich habe auf dich gewartet«, erklärte mir der Wunschbrunnengeist mit ihrer zittrigen, silbrigen Stimme. »Ich hatte gehofft, du würdest kommen.«

Sie winkte mich schimmernd heran, und mich überkam das gleiche heftige Verlangen wie in dem Spiegelkabinett. Ich setzte mich neben sie. Ihr Lächeln war mondhell, als hätte der Mond sich entschieden, nur auf mich herabzuscheinen.

»Ich bin so froh, dass du hier bist«, sagte der Geist. »Aber du siehst traurig aus. Woran liegt das?«

Ich zögerte. Sie streckte den Arm aus und nahm meine Hand in ihre. Ihre Haut war kühl, aber Mondschein war auch kühl, und der war für Hexen gemacht.

Ihre Stimme spülte über mich hinweg wie ein Fluss über einen Stein auf dem Flussbett, der von der Strömung mitgerissen wurde. »Raus mit der Sprache!«

Da sprudelten alle Geheimnisse aus mir heraus: der Zauber von Ambrose und mir, meine eigenen Zweifel, mein Wunsch, eine Hexe zu sein, aber trotzdem an dem geliebten sterblichen Leben festzuhalten, dass meine Tanten immer redeten, als wäre das unmöglich, die Behauptung der Unheimlichen Schwestern, ich hätte nicht, was man bräuchte, um eine von ihnen zu sein. Harvey und meine Eltern: dass meine Eltern einen Weg gefunden hätten, und ich wie sie sein wollte, aber nicht wüsste, wie.

Als ich ihr mein Herz vollständig ausgeschüttet hatte, hob ich den Blick zu ihrem Gesicht. Früher hatte ich einmal den Ausdruck *ihre Augen waren wie tiefe Gewässer* gelesen, aber die Augen dieser Frau waren buchstäblich Gewässer: kristallklare Seen und darin gefangen das Abbild meiner Seelenqualen.

»Oh, mein Liebes«, flüsterte der Wunschbrunnengeist. »Es tut mir so leid. Vom ersten Augenblick, als ich dich gesehen habe, wusste ich, dass großes Machtpotenzial in dir steckt, aber nun sehe ich, dass du auch ein großes Herz hast. Natürlich verstehen sie dich nicht.«

»Wer?«, fragte ich.

»Diese unwürdigen Hexenmädchen«, zischte der Geist, ihre Stimme wie ein aufgestauter Fluss, der über die Ufer trat, zornig genug, um fast schon bedrohlich zu sein. »Deine sterblichen Freunde, deine Familie, dein Cousin Ambrose mit seinem kalten, wankelmütigen Herz. Besonders Ambrose. Wenn der Zauber schiefgeht, war es der Zauber deines Cousins, nicht deiner. Seine Schuld, nicht deine. Keiner von ihnen kann dich verstehen, denn keiner von ihnen empfindet wie du.«

»Da ich halb Hexe und halb Sterbliche bin«, flüsterte ich.

»Es ist mehr als das«, sagte der Wunschbrunnengeist. »Du bist mehr als das. Du bist aus edlerem Stoff gemacht als sie. Du bist etwas Besonderes. Du bist in jeder Hinsicht besser.«

Mir fiel wieder ein, wie sie davon gesprochen hatte, ich hätte eine Krone getragen. Als hätte sie mich irgendwie anders gesehen, als ich jetzt war, als hätte sie das Ich gesehen, das die Leute in mir sehen sollten.

Ich fuhr mit der Zunge über meine trockenen Lippen. »Was hast du damit gemeint«, fragte ich, »als du gesagt hast, ich sei dazu geboren, eine legendäre Hexe zu sein?«

Der Geist lächelte ein glänzendes Lächeln und murmelte ein Wort.

»Schau.«

Sie wies auf den Bach, neben dem sie lag, und von ihren Fingerspitzen fielen Tröpfchen, als könnte sie einen winzigen Regenschauer heraufbeschwören. Die Tropfen nieselten in das klare Gewässer und ließen es silbern werden, unterbrachen die schnelle Strömung des Baches und glätteten ihn. Ich beugte mich vor und stellte fest, dass der Bach zu einem Spiegel geworden war.

Nur dass mein Abbild, wie in dem Spiegelkabinett, irgendwie verändert war.

In dem gläsernen Gewässer war ein Mädchen, schön wie das Morgengrauen, aber irgendwie wusste ich, dass ich es war. Dieses Mädchen war groß, wie ich es nie sein würde, mit dem Glamour meiner Tante Zelda und der süßen Sanftheit meiner Tante Hilda und der Märchenprinzessinnenschönheit vom Foto meiner Mutter. Dieses Mädchen ging mit wunderbar hoch erhobenem Haupt durch die Gänge der Baxter High, die Hände umzüngelt von blassem Feuer. Jeder wusste, dass sie eine Hexe war, und man bewunderte sie nur umso mehr. Sie war so stark, dass niemand es je wagen würde, ihren Freunden ein Haar zu krümmen.

Ich rutschte ein Stück näher und fragte: »Wie …?«

In dem Gewässer entstanden leichte Wellen, wie zur Antwort: Auf einmal blühte um die Schönheit, die ich war, eine ganze Welt auf. Jetzt konnte ich meine Freunde an ihrer Seite sehen, Roz mit Augen, die klar waren und vor

Bewunderung glänzten, Susie, die selbstbewusst einherschritt, weil sie sich bei mir sicher fühlte. Und Harvey, der meine Hand hielt, und dessen Lippen sich beim Gehen bewegten und die immer gleichen Wörter formten. Hören konnte ich Harvey zwar nicht, aber ich wusste, dass er *Ich liebe dich* sagte, und es war echt, und es war richtig, und es war perfekt.

»Siehst du es?«, fragte der Wassergeist begierig. »Siehst du, was du sein könntest?«

»Ich sehe …« Ich brach ab.

»Soll ich dir mehr zeigen?«

Das Gewässer kräuselte sich erneut, und die Umgebung der magischen Schönheit veränderte sich. Ich sah mich, wie ich auf dem Pfad durch die Bäume nach Hause ging, und die Unheimlichen Schwestern kamen auf mich zugeflogen, Prudence voran, mit strahlenden Gesichtern zu einem Willkommensgruß für ihre Schwester. Und dann zauberten wir da draußen im Wald, und sie staunten über die Magie, zu der ich fähig war. Zur Mittagszeit konnte ich die Sonne in den Mond verwandeln.

»Möchtest du nicht schön wie der Morgen sein?«, fragte der Geist.

»Ja«, flüsterte ich. »Aber …«

»Möchtest du nicht eine Königin unter den Hexen sein?«

»Ja«, flüsterte ich. »Aber …«

»Sei mutig genug zu wollen«, sagte der Geist. »Wenn du mutig genug bist, könnte dein Herzenswunsch in Erfüllung gehen.«

Diese hochgewachsene, magische, herrlich mächtige Schönheit drehte ihren strahlend weiß-goldenen Kopf zum Pfad zurück, als hörte sie einen Ruf. Dann sprang sie auf und lief durch den Wald zum Pfad zurück. Sie war schnell, als flöge sie, und keiner auf der Welt konnte sie fangen, es sei denn, sie wollte sich fangen lassen. Auf dem Weg, der eine Biegung beschrieb, stand mein Cousin, nicht nur in Jeans und einem Hemd, sondern in Jacke und Stiefeln. Er war frei, kam jedoch nach Hause, weil sein Zuhause bei mir war. Aus Schönheit hatte ich mir nie viel gemacht, aber das hier, sowohl magisch zu sein als auch geliebt zu werden, war alles, was ich wollte. Ambrose zog mich in eine feste Umarmung, und ich wusste auch, was er gerade sagte: *Ich liebe dich, Cousinchen.* Wir gingen zusammen weiter, und ich wusste, was uns hinter der vertrauten Wegbiegung erwartete. Mein Zuhause, mit meinen Tanten, aber nicht nur meinen Tanten. Meine Mutter und mein Vater warteten dort auf mich, so begierig darauf, mich zu sehen, wie ich sie sehen wollte. Sie alle liebten mich, ich wurde so geliebt, weil ich zauberhaft war, weil ich alles Liebenswerte in mir vereinte, und das bedeutete, dass ich alles, was mir lieb und teuer war, behalten konnte.

Das Mädchen im Spiegel war all das, was ich nie würde sein können, und hatte alles, was ich nie würde haben können, aber trotzdem war sie irgendwie *ich*.

»So sehe ich dich, und ich sehe die Wahrheit dessen, was du sein könntest. Du könntest das alles haben«, murmelte der Geist. »Wenn du den Zauber mit meinem Wasser durchführst.«

Es ist ein Zauber, den man nur mit dem Wasser des Wunschbrunnens ausführen kann, damit er seine wahre Wirkung entfaltet. Nur wenige Hexen haben die Voraussetzung dafür. Diejenigen mit dem Potenzial für etwas Großes.

Ich wich kaum merklich vor ihr zurück und ließ ihre kühle Hand aus meiner gleiten. »Warum erzählst du mir das alles?«

»Es ist nicht so, dass ich dich auserwählt hätte«, antwortete der Geist. »Das Schicksal hat dich auserwählt. Ich bin nur eine Dienerin des Schicksals. Und von dir. Ich bin nur ein einfacher Geist, aber ich sehne mich danach, Teil von etwas Größerem zu sein und große Taten zu vollbringen. Diese Hexenmädchen, die dich hassen, würden für die Macht, die ich zu bieten habe, über Leichen gehen, würden Ozeane an Blut für einen Tropfen meines magischen Wassers vergießen, aber ich würde es niemals zulassen. Sie könnten niemals würdig sein. Nur du bist es.«

Sie hob die Hand, die ich losgelassen hatte, und berührte mein Haar. Ich sah meine Haarlocke, gehalten von dieser leuchtenden Hand: Mein Haar war von einem gewöhnlichen Blond, doch zwischen ihren Fingern schimmerte die Strähne wie ihre Haut. Ich erinnerte mich an das eisig-goldene Haar des Mädchens, das ich gewesen war, als ich schön wie der Morgen erstrahlt war.

Der Geist lächelte ein schimmerndes Lächeln. »Du musst wohl einzigartig sein, Sabrina Spellman. Eine andere Hexe habe ich noch nie das Wasser aus meinem Brunnen oder Bach verwenden lassen, aber dir würde ich es gestatten. Es wäre mir eine Ehre, Teil deiner Legende zu sein.«

»Nun ja«, sagte ich.

»Wünsche«, ermunterte sie mich. »Wünsche dir nur, was du willst, und dein Wunsch wird in Erfüllung gehen. Tauch deine Hand bis zum Handgelenk in mein Wasser, sprich die Worte, und das, was dein Herz begehrt, wird wahr werden.«

Ich streckte den Arm aus und tauchte die Hand bis über das Handgelenk ins Wasser. Der Bach war so kühl, wie ihre Hand gewesen war, kühl wie Mondschein, der auf eine andere Lichtung in diesem Wald fiel, wo ich geboren worden war und wo ich hingehörte.

»Spieglein, Spieglein«, flüsterte der Geist, wie ein Flehen, wie ein Gebet. *»Lass mich erstrahlen. An Gesicht und Herz.«*

»Spieglein, Spieglein«, flüsterte ich zurück. *»Lass mich erstrahlen. An Gesicht und Herz.«*

Wer wollte denn nicht besser sein, innerlich wie äußerlich? Gesicht und Herz, und die Welt. Die ganze Welt sollte erstrahlen, sollte aufhören damit zu drohen, mich von dem einen oder anderen, was ich liebte, fortzureißen. Wenn ich die Macht hätte, könnte ich alles ändern.

Es war, als spürte ich bereits, wie sich alles änderte. In meinem Blickfeld war ein Schimmern und in meinem Rachen ein süßer Geschmack, als hätte ich eben etwas Köstliches getrunken. Ich spürte, wie die winzigen Härchen an meinem Arm kribbelten und von der Strömung des Wassers um meine Haut besänftigt wurden.

Da brach eine Menschenstimme durch die Geräuschkulisse aus Bäumen und Wind, den letzten kühlen Atem des sterbenden Sommers. Scharf, wo bisher alles so harmonisch gewesen war, rief die Stimme: »*Sabrina!*«

Was im Dunkeln geschieht

Mary Wardwell sehnt sich danach, an Magie zu glauben. Sie liebte schon immer Geschichten, und eine Zeit lang wollte sie Bibliothekarin werden, doch letztlich sagte ihr die Vorstellung, Lehrerin zu sein, mehr zu. In Kindern steckt so viel Potenzial. Dass so viele Augenpaare auf sie gerichtet sind, wenn sie vor der Klasse steht, macht sie zwar nervös, aber sie genießt es zu sehen, wie ihre Gesichter erstrahlen, wenn sie etwas lernten. Kinder sehen wie der Anfang einer Geschichte aus.

Früher einmal war sie selbst jung und voller Versprechen. Als einziges Kind recht betagter Eltern wuchs sie weltfremd und schrecklich schüchtern heran, besonders gleichaltrigen Kindern gegenüber. Viele Freunde hatte sie nicht, aber sie unternahm lange Waldspaziergänge und sagte sich, alles würde anders sein, wenn sie erst einmal erwachsen wäre. Sobald ihre Schulzeit zu Ende war, küsste sie ihre Eltern zum Abschied und brach zu Abenteuern in der Großstadt auf.

Ihre lebhafteste Erinnerung an die Stadt ist eine Fahrt mit dem Zug, der durch die Nacht auf ihr kleines Appartement zuratterte. Sie erinnert sich noch an sich selbst in dem Zug als junges Mädchen, das auf der Kante eines ausgefransten grünen Sitzes hockte, der so abgewetzt war, voller brauner Löcher und Flecken. Der Zug stand über eine Stunde lang in einem Tunnel, und allein durch den Druck der Langeweile hörten die Passagiere auf, einander auf ihrer gemeinsamen Fahrt mit einem öffentlichen Verkehrsmittel zu ignorieren, und kamen ins Gespräch. Mary schräg gegenüber saßen ein Junge und ein Mädchen, etwa in ihrem Alter oder ein wenig älter, mit Farbe in den Haaren und Piercings und dunkel umrandeten Augen, die Mary mit einer Mischung aus Mitleid und Verachtung musterten. Als sich der Zug endlich wieder in Bewegung setzte, sagten sie, sie seien auf dem Weg zu einer Party, und luden sie ein mitzukommen. Die bloße Vorstellung war so schillernd, so aufregend, dass sie zu Furcht einflößend war. Mary lehnte ab. Sie sagte, vielleicht ein anderes Mal.

Aber ein anderes Mal gab es nie. Sie sah diese glamourösen Fremden nie wieder. Sie ging nie auf Partys.

Noch nicht einmal ein ganzes Jahr blieb sie in der Stadt.

Ihre Eltern erkrankten, und sie zog nach Hause zurück, um für sie zu sorgen. Als ihre Eltern schließlich starben, stellte sie fest, dass sie nicht den Mut hatte zurückzukehren. Mary hatte eine Heidenangst davor, Bäume gegen Hochhäuser einzutauschen.

Also wurde sie Lehrerin in Greendale und entschied sich, im kleinsten, einsamsten Haus zu wohnen. Die Liebe stellte sich in ihrem Leben ein, aber sie kam spät. Da eine ferne Liebe und ein kleines Haus einer nach Geschichten hungernden Seele nicht ganz ausreichten, fing sie an, die Geschichten der Stadt zu sammeln. Erinnerungen waren in Büchern verborgen wie getrocknete Blumen, damit ihre Farbe und ihr Duft nicht vergingen, und warteten darauf, von ihr entdeckt zu werden. Greendale war der Ort, an dem sie geboren worden war und zu dem zu gehören sie sich entschieden hatte. Diese Geschichten waren auch ihre Geschichten, und wenn sie sie nicht in Erfahrung brachte, würden sie vielleicht in Vergessenheit geraten.

Mary las einmal irgendwo, Erinnerungen seien das Skelett der Seele. In gewisser Weise, glaubt sie, sorgt das Zusammenfügen der Stadtgeschichte dafür, dass das Fundament von Greendale nicht auseinanderbricht. Manche Geschichten sind einfach unglaublich, aber Mary Wardwell versucht, sie zu glauben. Jemand muss es tun.

Die ältesten Geschichten der Stadt sind bloß Fetzen, die keine vollständigen Erzählungen mehr ergaben, aber Mary findet sie faszinierend. Es gibt einen wunderbaren Aberglauben über Geheimnisse, die in der Mine lauern, über im Wald tanzende Hexen. Es gibt zwei kurze Berichte über ein tapferes Mädchen namens Freya, das seine Familie ernährte, als sie im Eis festsaßen. Es gibt Schilderungen von grimmigen Jägern, die die Stadt retteten. Die Zeiten mussten damals hart gewesen sein.

Mary Wardwell lachte, als sie auf eine uralte hingekritzelte Notiz in einem verstaubten Buch stieß, die lautete: *Geh nie nach Einbruch der Dunkelheit in den Wald.* Sie weinte über die Geschichten von Hexen, die, man mochte es kaum glauben, in ihrer Stadt erhängt worden waren, wie in Salem. Einmal erzählte sie Susie Putnam, dass sie sehr stolz auf einen heldenhaften Vorfahren sein konnte, und Susie war offensichtlich verwirrt, aber ganz genauso offensichtlich auch erfreut.

Mary Wardwell sieht sich gern als diejenige, die der Stadt deren eigene Geschichte erzählt. Die Vergangenheit wird auf Kerzen in die Zukunft getragen, wenn man die Hand ausstreckt, um das Licht entgegenzunehmen.

Sie ist die Archivarin von Berichten, die Archivarin des Glaubens. Sie hat die versponnene Vorstellung, dass in ihrer Stadt nichts wahrhaft Schlimmes passieren kann, solange sie die Bücher und Leben in diesem kleinen Häuschen mitten im wilden Wald aufbewahrt.

DAS KLEINE HAUS IM DUNKLEN WALD

Ungläubig starrte ich meine Lehrerin an, als sie zwischen den Bäumen hervorkam. Dies war eine Lichtung aus silbrigen Schatten, aus mondbeschienener Magie. Jemand in Tweedkostüm und mit Brille wirkte hier völlig fehl am Platz.

»Meine liebe Sabrina! Wenn du nicht achtgibst, könntest du in den Bach fallen. Dann hättest du, bis auf die Haut durchnässt, einen langen Heimweg vor dir. Du könntest dich verkühlen.«

Ich schob mich schuldbewusst vom Ufer weg.

»Ähm, Ms. Wardwell. Hi! Was machen Sie hier?«

Ms. Wardwell blinzelte mich hinter ihren riesigen Brillengläsern an. »Ich wohne in der Nähe und wollte gerade im Wald Blumen pflücken. Ich habe eine umfangreiche Sammlung getrockneter Blumen.«

»Oh.« In meiner Flunkerei Harvey gegenüber lag jetzt eine gewisse Ironie. »Ich wusste gar nicht, dass es tatsächlich noch Leute gibt, die das tun.«

Ich hatte vergessen, dass Ms. Wardwell in diesem einsamen Haus fernab der Stadt wohnte, dem einzigen Haus im Wald. Wie seltsam musste es für eine Sterbliche sein, dort zu leben. Ich fragte mich, ob Ms. Wardwell je die Schreie feiernder Hexen hörte. Wahrscheinlich redete sie sich ein, es seien Füchse.

»Du bist weit weg von zu Hause, Sabrina«, stellte Ms. Wardwell fest. »Bist du allein unterwegs? Es ist schon fast dunkel. Vergiss nicht, es ist nicht mehr Sommer.«

»Bloß … ein Spaziergang in der Natur«, antwortete ich.

Ms. Wardwell zögerte. »Möchtest du auf eine Tasse Tee zu mir nach Hause kommen, da du nun schon einmal hier bist? Du kannst dich am Feuer aufwärmen, bevor du nach Hause gehst.«

Ms. Wardwell sah so ängstlich aus und gleichzeitig so hoffnungsvoll. Es wäre grausam gewesen, ihre Einladung auszuschlagen. Auch wenn ich eigentlich nur zu dem Geist und meinem Zauber zurückwollte.

»Oh, sicher«, erklärte ich. »Vielen Dank.«

Ich folgte Ms. Wardwell, doch bevor ich ging, flüsterte ich ein Versprechen an den Wind und den Geist, der, wie ich wusste, unter der Wasseroberfläche zuhörte:

»Ich komme wieder.«

⛤

Ms. Wardwell wohnte in einem winzigen Häuschen ganz nah am Rand des tiefen Waldes. Ihr Zuhause ließ mich an das Lebkuchenhaus im Märchen denken, in dem wohl eine Hexe wohnte. Bloß dass hier keine Hexe Gäste in ihr Häuschen lockte, sondern eine fremde Hexe dorthin eingeladen wurde.

Über der Tür war ein Hufeisen festgenagelt: ein Stück kaltes Eisen, das Feen fernhalten sollte. Als ich eintrat, sah ich überall solches Zeug.

Das ganze Haus war schrecklich altmodisch. Es gab eine Uhr in Teekannenform an der Wand. Über dem Kamin hing ein Kruzifix mit einem Bild dahinter. Tante Zelda wandte immer bewusst den Blick ab, wenn sie mit, wie sie es nannte, *Abbildern des falschen Gottes* konfrontiert wurde.

Ich rührte den Tee in meiner Tasse mit meinem winzigen Silberlöffel um und sagte verlegen: »Mir gefällt, wie Sie das Haus eingerichtet haben. Danke für die Einladung.«

»Danke für deinen Besuch«, sagte Ms. Wardwell. »Ich habe nicht viele Gäste. Auch wenn ich schon etliche junge Leute in der Dämmerung am Bach gesehen habe und sie sehr wohl auf eine Tasse Tee einlade. Mir will nicht in den Kopf, was sie an diesem Ort finden.«

»Ich schätze, sie wünschen sich etwas bei dem Wunschbrunnen.«

»Ist der Brunnen dort ein Wunschbrunnen?«, erkundigte Ms. Wardwell sich interessiert. »Das ist mir noch nie zu Ohren gekommen. Ich muss es mir notieren. Ich sammle nämlich Legenden der Stadt. Ich betrachte mich als die inoffizielle Stadthistorikerin.«

»Oh, ach so!« Ich kratzte mich am Kopf, wobei mein Haarreifen ein wenig verrutschte, und lächelte. Ich fand sowohl Ms. Wardwell als auch ihr Häuschen ein wenig albern, aber niedlich.

»Oh, ja«, sagte Ms. Wardwell. »Nicht vielen Leuten ist bewusst, dass wir eine lange Geschichte von Hexen in Greendale haben, die den Schilderungen aus Salem in nichts nachsteht.«

Vorsichtig nippte ich an meinem Tee. »Das wusste ich überhaupt nicht. Wie interessant! Und neu! Für mich. Noch nie im Leben davon gehört. Niemals.«

Ms. Wardwell strahlte angesichts meines Interesses. Sie sprang von ihrem Ohrensessel hoch, verschüttete dabei ein wenig Tee und holte ein riesiges, ledergebundenes Buch von einem hohen Regal.

»Möchtest du diesen zeitgenössischen Bericht über eine Hexe hören?«, fragte sie. »Er soll von einem Vorfahren der Putnams verfasst worden sein.«

»Der Putnams im Sinne von meine Freundin Susie Putnam?«, fragte ich verwirrt. »Ja, natürlich!«

»Die junge Hexe kam gestern wieder zu mir«, las Ms. Wardwell laut vor. *»Sie spricht in Rätseln, aber freundlich. Sie sagt, sie werde meine Güte ihrer Art gegenüber mit Güte vergelten. Es sah aus, als würde es dieses Jahr eine Missernte geben, aber jetzt glauben wir, dass die Feldfrüchte spät gedeihen. Vielleicht ist es reiner Zufall, aber überall, wo die Feldfrüchte jetzt wachsen, war die junge Hexe gestern spazieren. Ich kann sie jetzt sehen, Freya mit den langen Haaren und dem Sommerlied, der Saum ihres Gewands vom grünen Gras verschluckt. Gewiss doch hat Gott sie*

erschaffen. Der Teufel könnte nichts derart Schönes hervorbringen.«

Ms. Wardwell stellte das Buch ins Regal zurück und erzählte davon, dass manche glaubten, der Bericht stamme von einem Exzentriker, oder jemandem, der eine Kurzgeschichte verfasst habe, und niemand war sich sicher, welcher der Putnams es gewesen sei, ob Mann oder Frau, und dass andere behaupteten, es sei überhaupt kein Putnam gewesen, der die Schilderung verfasst habe.

Ms. Wardwell wusste nicht, dass die Schilderung real war, ich hingegen schon.

Man stelle sich nur vor, ein Sterblicher wüsste, dass jemand eine Hexe war, hegte den Verdacht, dass sie sogar vor seinen Augen zauberte, und er schrieb trotzdem mit so viel Zuneigung über sie. Man stelle sich Sterbliche und Hexen vor, die in Frieden miteinander lebten.

Ich war mir sicher, so hatte meine Mutter über meinen Vater gedacht. Ich war mir sicher, sie hatte seine Magie geliebt und ihn verstanden. Falls ich Harvey die Wahrheit sagen würde, würde er mir gegenüber so empfinden? Ich hätte es zu gern gewusst.

Hexenjäger hatten den Hexen von Greendale den Garaus gemacht. Meine Tanten sagten dauernd, ich dürfe keinem Sterblichen die Wahrheit sagen, und ich hatte es auch nie getan. Aber ich wollte es.

»Verzeihung, Sabrina«, sagte Ms. Wardwell, die wieder Platz nahm. »Ich komme vom Hundertsten ins Tausendste, wenn ich von meinen Hobbys erzähle. Was hast du dir denn gewünscht, als du zum Wunschbrunnen gegangen bist? In der Schule wirkst du immer so glücklich. Ich hätte mir gedacht, du seist wunschlos glücklich.«

Ich dachte an die Visionen, die mir der Wunschbrunnengeist gezeigt hatte. Ich stellte mir vor, eine große Hexe zu sein, so mächtig, dass ich den Mond zur Mittagsstunde zum Scheinen bringen konnte, und sämtliche Liebe und Magie zu besitzen, die ich haben wollte.

Langsam sagte ich: »Ich habe etliche Wünsche. Es gibt da einen Jungen …«

»Harvey Kinkle«, ergänzte Ms. Wardwell. »Netter Junge. Sollte natürlich im Unterricht nicht so viel zeichnen.«

»Harvey«, sagte ich. »Und meine Freundinnen. Und meine Familie. Ich wünschte, ich wüsste, wie es ihnen damit ginge, wenn sie alles über mich wüssten, was es zu wissen gibt. Ich muss demnächst eine große Entscheidung treffen, und meine Familie erwartet von mir, dass ich sie mit Stolz erfülle, aber ihnen ist nicht klar, wie viele Zweifel ich deswegen habe. Ich habe es ihnen nicht gesagt. Außerdem habe ich so viele Geheimnisse vor Harvey und meinen Freundinnen, und das kann nicht richtig sein, aber es wäre falsch, sie einzuweihen. Ich denke ständig darüber nach, was ich tun soll, weil ich mir wirklich nicht sicher bin. Ich bin mir bei überhaupt gar nichts mehr sicher. Dabei bin ich mir sonst immer sicher.«

Es war nicht das Gleiche, wie mit dem Wunschbrunnengeist zu sprechen. Ihr hatte ich alles anvertrauen können. Sie hatte alles verstanden und mich trotzdem als jemand Großen sehen können. Genau das hatte ich gewollt.

Ms. Wardwell sah mich noch nicht einmal als das, was ich war. Sie war eine liebe, einfältige Frau, die Hexen für Märchengestalten hielt und eine Teekannenuhr besaß. Ich begriff nicht, warum ich es auch nur versuchte.

Doch Ms. Wardwell überraschte mich, indem sie von ihrem Sessel glitt, meine Hände in ihre nahm und sich zu meinen Füßen hinkniete. Ihr Gesicht war nicht glatt und makellos wie das des Wunschbrunnengeists, und undurchsichtig schimmernd war es auch nicht. Das tiefe Mitgefühl und die Sanftheit in ihren grünen Augen erschreckten mich. Da fiel mir auf, dass Ms. Wardwell tatsächlich sehr schön war. Vielleicht wusste Ms. Wardwell das selbst nicht.

»Es tut mir leid, Sabrina«, murmelte sie. »Natürlich muss es ein schreckliches Gefühl sein, so im Ungewissen herumzustolpern. Besonders wenn dies das erste Mal ist, dass du dir so richtig unsicher bist.«

Ich nickte, während ich mit den Tränen kämpfte.

»Aber meine Liebe, welch wunderbare Gabe du doch besitzt!«, sagte Ms. Wardwell. »Sich fast immer sicher zu sein. Die meisten Menschen sind sich bei gar nichts sicher. Doch wenn ich diese Macht besäße, wenn ich mir derart sicher sein könnte, hätte ich das Gefühl, einen Schlüssel zur Magie zu haben.«

Das Feuer im Kamin war warm und tröstlich, genau wie die Berührung der Hände meiner Lehrerin. Während sich hinter den Fenstern Dunkelheit zusammenbraute, erschien mir das kleine Häuschen gar nicht mehr absurd. Es war gemütlich und einladend, ein kleiner, leuchtender

Zufluchtsort vor den dunkelsten Tiefen des Waldes. Sogar eine Hexe konnte sich hier willkommen fühlen.

»Ich bin keine sonderlich kluge Frau«, gestand Ms. Wardwell. »Es gibt keinen speziellen Grund, weshalb du auf mich hören solltest. Aber wenn ich dir einen Ratschlag geben darf, dann folgenden: Habe keine Angst, du könntest nicht genügen. Das ist die einzige Angst, die dich aufhalten kann.« Sie zögerte. »Hört sich das dumm an?«

»Nein«, murmelte ich. »Nein, es hört sich ganz und gar nicht dumm an, Ms. Wardwell. Vielen Dank.«

⛤

Ich ging durch den stockfinsteren Wald nach Hause. Ms. Wardwell hatte sich erst nicht davon abbringen lassen wollen, mich zu begleiten, aber ich hatte ihr versichert, dass ich den Weg kannte.

Ich erzählte ihr nicht, dass ich im Wald auf die Welt gekommen war. Keine Sterbliche kannte diesen Wald so wie ich.

Doch ich trug Ms. Wardwells freundliche Worte in mir, als ich ging. Auf meinem Heimweg blieb ich kurz an der Stelle stehen, wo ich hätte abbiegen müssen, um zum Bach und der Lichtung und dem Brunnen zurückzukehren.

Ich entschied, nicht dorthin zu gehen. Nicht heute Nacht.

Stattdessen schlug ich einen anderen Pfad ein und durchquerte den tiefsten Teil des Waldes bis zu einem Tal, das im Mondschein erstrahlte, als wäre es eine grüne Tasse voll silberner Flüssigkeit. Vage erinnerte ich mich, dass Tante Hilda mir erzählt hatte, dort würden Kobolde hausen.

Mit einem Seufzen sagte ich: »Ich schwöre, ich würde das Richtige tun. Wenn ich nur wüsste, was es ist.«

Falls die Kobolde mich hörten, antworteten sie nicht.

Ich ging heim. Die schräg abfallenden Dächer meines Hauses waren vor dem Himmel kaum sichtbar, doch jedes Fenster brannte gelb. Ich eilte hinein und hörte die Stimme meiner Tante Zelda oben erschallen, lief die doppelarmige Treppe hinauf und stieß im Korridor vor meinem Zimmer auf meine Tanten und Ambrose. Tante Hilda hielt sich im Hintergrund. Ambrose lag ausgestreckt auf dem Boden. Tante Zelda hielt aus irgendeinem Grund einen Eimer in der Hand und hatte die Spitze ihres Stöckelschuhs auf Ambrose' Rippen.

»Hör endlich auf, Ambrose! Manchmal spielst du den Narren so gut, dass ich mir Sorgen mache, es wäre gar kein Spiel.«

»Keine Sorge, Tantchen Z.«, antwortete Ambrose. »Ich spiele immer.«

Außer Atem von meinem Lauf die Treppe hoch sagte ich: »Hey, Leute, was ist denn los?«

»Ach, Sabrina«, sagte Tante Zelda. »Der Hölle sei Dank, dass du zu Hause bist. Dein kleiner sterblicher Freund hat Ärger gemacht.«

Sofort läuteten sämtliche Alarmglocken.

»Harvey war hier?«, wollte ich wissen. »Als ich nicht da war? Was ist mit ihm? Was habt ihr getan?«

»Es geht nicht darum, was wir getan haben«, fuhr Tante Zelda mich an. »Es geht darum, was dieser lächerliche Sterbliche getan hat. Er stand unter deinem Fenster und hat versucht, dir ein Ständchen zu bringen.«

Mir stand der Mund offen. »Hat er nicht!«

Mein schüchterner Harvey würde so etwas niemals machen.

»Es tut mir leid, das sagen zu müssen, aber er hat es getan«, erklärte Tante Zelda. »Dein sterblicher Verehrer besitzt keine melodiöse Stimme. Anfangs habe ich geglaubt, das Geräusch stamme von Katzen, die auf Leben und Tod miteinander kämpfen, doch dieser glückliche Traum wurde zerstört, als ich die Wörter verstand. Erzähl es ihr, Ambrose.«

Ambrose lag weiterhin ausgestreckt auf dem Boden da. Er schien tatsächlich vor Lachen zu weinen.

»Er hat ein Lied gesungen«, bestätigte er. »Ich kann es dir vorsingen, wenn du willst. Du sollst auf keinen Fall das Gefühl haben, du hättest etwas verpasst, Cousinchen. Ich kann mich an jedes wunderbare Wort erinnern. Ich werde sie nie vergessen. Sie haben sich in feurigen Lettern in mein Herz gebrannt. Soll ich anfangen? *O Sabrina, o Sabrina, ich bin dein treuer Diener …*«

Ich schlug mir die Hand vor den Mund.

»Sei still, Ambrose!«, befahl Tante Zelda.

»Aber ich bin noch nicht mal bei der Stelle angelangt, wo seine Liebe einer gelben, gelben Narzisse gleicht!«

»Pssst, Liebes«, murmelte Tante Hilda. »Das ist nicht nett.«

»Bitte lasst mich ihr zumindest von dem Teil erzählen, wo er gesungen hat, sie sei der Puderzucker auf seinem Donut, und wäre sie eine Abfalltonne, dann wäre er ein Fuchs!«

Tante Zeldas Tonfall war drohend. »Ich kann diesen Eimer noch einmal füllen und ihn über dir ausschütten, und falls ich gezwungen sein sollte, mir dieses Lied noch einmal anzuhören, werde ich es auch tun!«

»Ich fand es eigentlich sehr romantisch«, murmelte Tante Hilda. »Sein kleines Gesichtchen war so traurig und überrascht, als du den Eimer aus dem Fenster gekippt hast.«

Mir wurde klar, was meine Tanten da gerade sagten.

»Du hast einen *Eimer Wasser* über Harvey ausgeschüttet?«, knurrte ich.

Tante Zelda spitzte die Lippen. »War es Wasser oder Schweineblut? Weißt du es noch, Ambrose? Wie dem auch sei, danach hat er jedenfalls Ruhe gegeben.«

»O nein«, hauchte ich. »Ich muss ihn anrufen.«

»Das ist eine ausgezeichnete Idee, Sabrina«, sagte Tante Zelda. »Richte ihm aus, falls er je wieder auf meinem Grundstück singen sollte, werde ich seine Zunge von Eulen auffressen lassen.«

Hilda verzog das Gesicht. »Drück es vielleicht ein bisschen taktvoller aus, Liebes.«

Tante Zelda rauschte in Richtung ihres Schlafzimmers ab, und ihre Absätze verursachten ein wütendes Klackern auf dem Parkettboden. Tante Hilda eilte ihr nach, wobei sie besänftigende Geräusche von sich gab. Ich stieg auf dem Weg in mein Zimmer über Ambrose, doch bevor ich meine Tür hinter mir zuknallen konnte, rollte Ambrose in einem Wirbel aus seidenem Morgenmantel und anhaltendem Gelächter über den Läufer. Er warf mir von unten ein verschwörerisches Lächeln zu, als sei dies ein Witz, als sei Harvey ein Witz für ihn.

»Sieht aus, als würde unser Zauber ein bisschen zu gut funktionieren, Cousinchen.«

Mir fiel wieder ein, was der Wunschbrunnengeist gesagt hatte.

»Es war nicht unser Zauber«, sagte ich kalt. »Es war dein Zauber.«

WAS IM DUNKELN GESCHIEHT

Sie weiß, die Dunkelheit wurde erschaffen, damit schönen Wesen schreckliche Dinge zustoßen können.

Dass Sabrina nicht zurückkehrt, beunruhigt sie nicht weiter.

In Menschen lodert ab und zu wilde Hoffnung auf. Bei bestimmten Mondphasen wächst ihr Selbstvertrauen, sie glauben an Liebe oder Erbarmen, richten ihre Herzen auf die Schönheit der Welt aus, die sie sehen können, oder die Gnade einer anderen Welt, die sie nicht sehen können, und reden sich ein, das sei genug.

Aber wie die Menschen selbst währt die Hoffnung nicht ewig. Früher oder später verblasst das Vertrauen, und Zweifel schleichen sich ein. Sie tut nichts, um es voranzutreiben. Das braucht sie nicht. Die Menschen erledigen das selbst. Sie kommen immer wieder angekrochen und flehen sie um Größe an, wollen unbedingt vor dem Schlimmsten, wofür sie sich halten, gerettet werden.

Sie weiß, was Geduld ist, und nun spielt sie ein Spiel um

einen größeren Preis als je zuvor. Sie hat ihre Befehle. Sie weiß, was zu tun ist. Sie weiß, wie Menschen sind. Keine Seele, die auf Erden wandelt, Hexe oder Sterbliche, ist sich ihrer selbst wirklich sicher. Sie wünschen es sich bloß.

Sie muss nichts weiter tun, als neben dem Bach liegen und abwarten. Mehr nicht.

HERZEN UND ROSEN

Ich frühstückte am Dienstag gerade mit Ambrose und Tante Hilda, als jemand an die Tür klopfte. Das bedeutete – o Schreck! –, dass Tante Zelda aufmachte.

»Ich habe etwas für Musik übrig«, lauteten ihre Begrüßungsworte. »Aber was ich gestern Abend erlebt habe, lässt sich nicht als Musik beschreiben.«

Während eine Jungenstimme verblüfft murmelte, schluckte ich meinen Mundvoll Müsli hinunter und hustete mit Nachdruck.

Auch vor dem Ständchen gestern Abend war Tante Zelda Harvey gegenüber schon das eine oder andere Mal extrem unhöflich gewesen, doch ich hatte mich ernst mit ihr unterhalten und ihr nahegelegt, eine liebenswürdige Gastgeberin zu sein.

»Ich meine, ach ja, hallo, Harvey!«, sagte Tante Zelda würdevoll. »Einen schönen Mond hatten wir letzte Nacht, nicht wahr? Eine Mondsichel erfreut mich doch immer wieder. Sie erinnern mich immer an Dolche.«

Leider war das Tante Zeldas Vorstellung von einer liebenswürdigen Gastgeberin.

Ich schob Schüssel und Stuhl zurück. »Ich muss los.«

»*Wann kommen wir drei uns wieder entgegen?*«, fragte Ambrose, der sich zu seinem Glück nicht bewusst zu sein schien, dass ich sauer auf ihn war. »Oh, richtig, wenn du von der Schule nach Hause kommst. Denn ich verlasse nie das Haus, und Tantchen H. stattet höchstens mal dem Friedhof einen Besuch ab. Tantchen H. und ich sind bereit für einen neuen aufregenden Tag, an dem wir erlesene Papierhubschrauber falten. Papierflieger stellen nämlich schon seit fünfzig Jahren keine Herausforderung mehr dar.«

Tante Hilda drohte ihm mit ihrem Teigschaber.

Ich lief zur Tür. Harvey war gestern Nacht nicht ans Telefon gegangen. Er musste vollkommen gedemütigt sein. Das Letzte, was er jetzt brauchte, war Tante Zelda. Ich musste ihn retten.

Ihn zu retten war nicht das Problem.

Als ich an die Tür kam, stand auf unserer Veranda ein breitschultriger Bergarbeitersohn. Allerdings der falsche.

»Tante Z.!«, rief ich. »Das ist *nicht Harvey!* Das ist sein Bruder Tommy!«

»Ich habe versucht, es ihr zu erklären«, sagte Tommy nachsichtig.

»Oh.« Tante Zelda runzelte die Stirn und winkte dann die ganze Situation mit ihrer Zigarette ab. »Ich dachte mir schon, dass er ein bisschen anders als sonst aussieht.«

Ich packte sie am Ellbogen und zog sie von Tommy und der Tür weg.

»Dass er beispielsweise ein *anderes Gesicht* hat?«, zischte ich.

»Sterbliche sehen für mich alle gleich aus«, erwiderte Tante Zelda im Flüsterton. »Und die beiden tragen einfach grässliche Flanellhemden. Es ist, als würden sie es darauf anlegen, mich zu verwirren.«

»Ich geb's auf«, erklärte ich ihr. »Fahren wir, Tommy!«

Mit diesen Worten stürzte ich nach draußen, griff nach Tommys Flanellärmel und zerrte ihn die Verandastufen nach unten. Tommys Miene war verdutzt. Ich konnte es ihm nicht verübeln.

»Auf Wiedersehen, anderer Harvey!«, rief Tante Zelda.

Ich sah Tommy entschuldigend an.

»Sie ist echt 'ne Nummer, deine Tante«, stellte Tommy fest.

Es schien ihn nicht sonderlich zu beunruhigen, dass meine Tante meinen eigenen Freund nicht wiedererkannte. Wahrscheinlich erwartete die ganze Stadt von uns, dass wir seltsam waren, aber ich schämte mich trotzdem. Tante Zelda und Ambrose taten Harvey immer geringschätzig ab. Tante Hilda war nett zu ihm, aber Tante Hilda war zu jedem nett. Manchmal fragte ich mich, ob sie auf die gleiche Art nett zu Harvey war, wie sie es zu einem Hund wäre.

»Das kannst du laut sagen«, erwiderte ich. »Ähm, nicht dass ich mich nicht freuen würde, dich zu sehen – hi, Tommy! –, aber in den letzten paar Tagen habe ich mehr von dir zu Gesicht gekriegt als die Jahre davor. Darf ich fragen, was du hier machst? Wo ist Harvey?«

Tommy öffnete mir die Tür seines roten Pick-ups. »Harvey hat mich gebeten, dich zur Schule zu fahren. Er meinte, dort würde eine Überraschung auf dich warten. Als Entschuldigung für gestern Abend, hat er gesagt.«

Ich stieg in den Pick-up, von einer frischen Woge an Schuldgefühlen geplagt. »Es ist unnötig, dass er sich bei mir entschuldigt.«

Tommy setzte sich hinters Lenkrad. »Sabrina, was war gestern Abend los? Harvey war eine Weile weg, und als er zurückkam, war sein Hemd …«

»War es Schweineblut?«, fragte ich, überlegte es mir dann aber anders. »Warte, gib mir darauf besser keine Antwort. Vielleicht will ich es nicht wissen.«

Tommys Augenbrauen waren praktisch im Weltall. »Hat das irgendwas mit dem Gefasel deiner Tante über Musik zu tun?«, riet er.

»Vielleicht will ich überhaupt nicht darüber reden.«

Tommy nickte verständnisvoll und fuhr weiter durch den Wald. Ein paar Blätter an den Bäumen verfärbten sich allmählich golden. Es fühlte sich an, als wäre es erst gestern gewesen, dass die Bäume noch ganz sommergrün gewesen waren.

»Harvey ist in letzter Zeit echt seltsam«, ergriff Tommy schließlich leise das Wort. »Ich glaube, es ist meine Schuld.«

Meine Hände verkrampften sich auf meinem Schoß. »Es ist nicht deine Schuld, Tommy. Es ist meine.«

»Oh«, sagte Tommy. »Hattet ihr beide Streit?«

Ich antwortete nicht. Ich wusste nicht, wie ich es erklären sollte. Auf der restlichen Fahrt herrschte betretenes, schreckliches Schweigen, bis wir endlich die Baxter High erreichten und Tommy tief und ungläubig einatmete.

»Oh, nein, nein«, murmelte er. Der Pick-up blieb abrupt stehen, und Tommy packte mich am Ellbogen. Statt seines üblichen, lässig gedehnten Tonfalls hörte er sich eindringlich an. Beunruhigt starrte ich zu ihm hoch. »Sabrina, *bitte* mach nicht Schluss mit ihm! Er ist zu weit gegangen, und ich werde es ihm sagen, aber du bist seine Welt. Bitte brich meinem kleinen Bruder nicht das Herz.«

»Ich würde niemals mit Harvey Schluss machen«, antwortete ich verwirrt.

Tommy schenkte mir ein flüchtiges, gezwungenes Lächeln. »Ich werde dich an deine Worte erinnern.«

Er sprang aus dem Wagen, und ich beugte mich auf dem Sitz vor, um durch die Windschutzscheibe zu spähen. Im ersten Moment sah ich nur das vertraute Backsteingebäude mit den zinnenbesetzten Dächern, dem flachen Mitteldach und seitlich davon den beiden Spitzgiebeln der Baxter High.

Dann fiel mein Blick auf das schwarze Eisengeländer um die Schule, und ich sah, was Tommy gesehen hatte. Im ersten Moment hatte ich das Gefühl, die Helligkeit ließ meine Sicht verschwimmen, als würde ich direkt in die Sonne starren, doch ich blickte nur in ein Blütenmeer.

Der Morgenhimmel war trüb-blau, nicht mehr das strahlend helle Blau des Sommers. Gewöhnlich war der schwarze

Zaun, der die Schule umgab, wie eine klar gezogene Linie, die sich deutlich vor dem roten Gebäude und dem blauen Himmel abzeichnete. Heute waren in jedes Eisenglied bunte Farbkleckse gewunden, karmesinrot und gelb und lila und grün. Weiche Blütenblätter fielen zu Boden, wo Schülergruppen gingen, und um ins Schulhaus zu gelangen, mussten sie unter einem Bogen aus sternenheller Farbe hindurchgehen. Die Zaunglieder waren zu Seidenkordeln geworden, in die unzählige Blütenfarben verwoben waren, und der Stahlrahmen des Zauns war mit Blumen umwunden, so groß und hell, dass sie wie die Rubine, Saphire und Granate in der Halskette einer Frau zu schimmern schienen.

Es gab alle möglichen Blumen, aber hauptsächlich Rosen. Sie sahen wie verzauberte Rosen aus, die einen, wie ich gelesen hatte, trotz ihrer verborgenen Dornen immer in Versuchung führten, sie zu berühren. Ihre langen Stiele waren um die Ketten des Zauns gewunden und lugten durch die Löcher hervor. Hexenrosen schmückten die Fassade unserer Schule. Der ganze Zaun, beinahe die ganze Schule waren in einen Blumenkranz verwandelt worden. Nur für mich.

Harvey stand neben dem farbigsten Punkt seines ganzen bunten Meisterwerks, sein Gesicht so leuchtend und erwartungsvoll wie die Blumen. Roz und Susie standen neben ihm. Sie sahen nicht nur skeptisch oder verblüfft aus. Sondern entsetzt.

Ich fummelte dreimal am Türgriff herum, bevor es mir gelang, aus dem Wagen zu steigen. Zu dem Zeitpunkt war Tommy längst zu den anderen gestürmt und sprach mit

Roz und Susie, wobei er Harvey am Arm hielt. Dann ging Tommy schnurstracks auf den Direktor zu – der die Sache nicht gut aufnehmen würde; Direktor Hawthorne schien mir kein Fan romantischer Gesten auf dem Schulgelände zu sein –, während er gleichzeitig nach der Schulschwester rief.

Ich runzelte die Stirn. Nach der Schulschwester?

Auf dem Boden war auch Farbe, sie schwebte nicht nur um den Zaun in der Luft. Rote Flecken erblühten zu Harveys Füßen. Im ersten Moment gaukelte mein Gehirn meinen Augen vor, es wären Blumen, nur weitere Blumen.

Ich rannte zu Harvey. Seine Augen, die er bei Tommys Herannahen gesenkt hatte, glänzten strahlend, als er mich sah.

»Sabrina! Gefällt es dir? Ich habe es für dich getan.«

Vor Entsetzen blieben mir jegliche Dankesworte im Halse stecken. Stattdessen konnte ich nur an Harveys Ärmel zerren und ihn stolpernd mit mir schleifen, weit weg von allen anderen.

Sobald wir ein Stück von der anwachsenden Menschenmenge entfernt waren, ließ ich seinen Ärmel los. Mit Vorsicht, die zu spät kam, mit schockierter Sanftheit benutzte ich die Fingerspitzen, um Harveys Künstlerhände mit den Handflächen nach oben zu drehen.

Seine Haut war von grausamen Dornenspuren durchzogen, die Handflächen waren aufgeschlitzt. Selbst während ich daraufstarrte, quoll frisches Blut, rosenrot, aus den ausgefransten Wunden hervor.

Ich warf meine Schultasche auf den Boden, kramte darin herum und holte schließlich den Beutel mit getrockneten Kräutern hervor, den ich auf Tante Hildas Geheiß immer bei mir trug.

»Gib mir deine Hände, Harvey«, befahl ich, und er legte seine armen, verletzten Hände vertrauensselig wie ein Kind in meine.

Aus der Nähe erkannte ich die Stellen, wo die Dornen zu tief eingedrungen waren. Sich selbst überlassen könnte Harvey erst wieder nach Wochen ohne Schmerzen zeichnen. Er hatte dies getan, um mich glücklich zu machen, und es war ihm egal gewesen, ob er dabei sein eigenes Glück aufs Spiel setzte. Ich hatte nicht selbstlos an ihn gedacht, ich hatte aus purem Egoismus seiner sicher sein wollen, und nun war er verletzt. Ich gab ihm einen Kuss auf die verkrampften Finger, auf die gleichzeitig eine Träne tropfte. Mein schlechtes Gewissen überwältigte mich, das Ganze tat mir so leid.

In Harveys Stimme schwang aufrichtiges Entsetzen mit. »Sabrina, weinst du etwa?«

»Nein, natürlich nicht.« Ich wischte eine weitere Träne aus meinem Auge, tupfte vorsichtig mit einer Fingerspitze Kräuter auf die Schnittwunden und versuchte, mich zu konzentrieren. »*Minze und Basilikum, Baldrian und Raute. Rettet jeden und heilt alles, wovor mir jemals graute.*«

Harvey sah mir blinzelnd in die Augen. »Was ist das?«

»Es ist – eine Salbe«, erklärte ich ihm. »Ein paar Kräuter. Heilkräuter. Damit deine Schnitte schneller verheilen.«

»Sie tun jetzt schon fast gar nicht mehr weh«, stellte Harvey fest. »Sabrina, es tut mir leid, dass ich dir einen Schreck eingejagt habe, aber schau. Mir ist gar nichts geschehen.«

Sein Gesicht war furchtbar verletzlich, als wollte er unbedingt gefallen und fragte sich nun, weshalb es ihm nicht gelungen war. Es war so leicht, ihm wehzutun, und ich hatte ihm wehgetan, selbst wenn es nie meine Absicht gewesen war. Ich kämpfte meine Angst nieder und zwang meinen Blick von seinen Augen hin zu seinen Händen.

Der Zauber hatte gewirkt. Ich hatte ihn geheilt. Wo eben noch karmesinrot klaffende Schnitte gewesen waren, zogen sich jetzt nur normale Linien kreuz und quer über seine Handflächen, unter der klebrigen, schnell trocknenden Spur an Blut, das mit Kräutern vermischt war. Es war nichts passiert.

Das Aufstampfen von Tommys Stiefeln hallte in Harveys Rücken. Da ich seine Hände hielt, spürte ich, wie er zusammenzuckte, und ich fuhr auf, gepackt von dem jähen Drang, Harvey hinter mich zu schubsen und gegen jeden anzukämpfen, der es wagte, ihn zu bedrohen.

Doch dann legte Tommy die Hände auf Harveys Schultern, sein Griff offensichtlich sanft. Als Harvey sich umdrehte, sah er das Gesicht seines Bruders, und die ganze Anspannung fiel von ihm ab. Wovor auch immer Harvey Angst hatte, sein Bruder war es nicht.

»Lass mich mal deine Hände sehen«, sagte Tommy. Harvey streckte seine Arme vor, Handflächen nach oben, wie um seine Unschuld zu beteuern, und Tommy seufzte erleichtert auf. »Ich dachte – ich habe sie nur ganz kurz gesehen, aber ich dachte, du wärst tatsächlich verletzt. Wo hast du die ganzen Blumen überhaupt her?«

»Die Blumen sind im Wald gewachsen.«

»Oh, na klar«, sagte Tommy. »Im Wald wachsen massenweise wunderschöne Rosen. Bestimmt hat jemand einen riesigen romantischen Waldgarten angelegt. Du steckst in Schwierigkeiten, und ein Idiot bist du auch.«

Beide wussten nicht, dass es im Wald gefährliche Magie gab, dass irgendeine Hexe diese Rosen hatte wachsen lassen und sie dann vergessen haben musste. Beide wussten nicht, dass es Hexen wirklich gab.

»Tut mir leid«, murmelte Harvey. »Ich wollte nur etwas Nettes für Sabrina machen.«

Tommy schloss ihn fest in die Arme. Harvey presste sich ungestüm an ihn, und Tommy legte die Hand an seinen Hinterkopf.

»Du hast da eine ganz blöde Aktion durchgezogen, weiter nichts.« Tommy drückte ihm einen Kuss auf die Schläfe. »Du Riesentrottel. Damit ist jetzt Schluss, alles klar?«

»Alles klar«, antwortete Harvey kleinlaut.

Ich stand hilflos und schweigend da, beobachtete sie, sah zu meinen Freundinnen und der unpassend fröhlichen Blumengirlande.

Beinahe hätte ich Harvey vor Tommy verteidigt, aber ich hätte es besser wissen sollen. Meine Geheimnisse, die ich für mich behalten hatte, trennten uns alle voneinander.

Wenn wir keine Hexen wären, würde ich Tommy gut genug kennen, um ihn zu verstehen. Wenn wir keine Hexen wären, würden Harvey und ich beide die Familie des anderen besser kennen. Harvey könnte zu mir nach Hause kommen und an unserem Küchentisch sitzen, wie er es manchmal wohl gern täte. Tante Hilda könnte ihn betütteln, und wir hätten keine Angst, versehentlich unsere Geheimnisse zu verraten, denn ich hätte keine Geheimnisse vor ihm.

Harveys Bruder war nicht derjenige, der Harvey verletzt hatte. Das waren mein Cousin und ich gewesen.

Im Moment wünschte ich, wir wären überhaupt keine Hexen.

WAS IM DUNKELN GESCHIEHT

Zelda Spellman weiß, dass Satan ihre uneingeschränkte Hingabe verdient. Sie hat die Absicht, sie ihm zu schenken.

Sie kann sich kein Straucheln auf dem Pfad der mitternächtlichen Dunkelheit erlauben. Doch obwohl Zelda versucht vorwärtszumarschieren, werden ihr ständig Hindernisse in den Weg gelegt.

Hexen leben ihr langes Leben immer am Rande der Gefahr. Das Massaker in Salem und das andere Massaker, dasjenige, das sich in ihrer eigenen Stadt ereignete, schweben über den Köpfen sämtlicher Hexen wie ein helles Schwert, das alle ihre herrlichen Schatten niedermähen wird. Hexen sind im Eis verhungert und mussten ihresgleichen essen. Hexenjäger wagten es, in England einen Zweig von Zeldas eigener Familie heimzusuchen, der stolzen, uralten Familie Spellman. Sollten es Hexenjäger auf Zelda Spellman abgesehen haben, sollten sie nur kommen.

Um sich selbst hat Zelda keine Angst.

Es scheint die Leute zu überraschen, dass Zelda Babys liebt. Jahrhundertelang beschäftigt Zelda nun schon die Frage, weshalb die Leute solche Narren sind. Bisher hat sie noch keine Antwort gefunden.

Was ist an Babys denn nicht zu mögen? Babys sind herrlich. Babys enttäuschen einen nicht oder verlassen einen. Sie haben wohlriechende Köpfchen und rundliches, saftiges Fleisch, und endloses Potenzial, um Satan zu dienen. Zelda ist die beste Hebamme, die ihr Zirkel je gesehen hat, und sie gibt sich deswegen oft der Sünde des Stolzes hin. Es ist eine Schande, dass Hilda nicht halb so begabt wie Zelda ist, überlegt sie oft selbstgefällig, während sie nach einer weiteren erfolgreichen Geburt einen neuen kleinen Schatz für den Dunklen Lord liebkost.

Es ist eine bittere Ironie des Schicksals, dass die Ankunft des Babys, das Zelda am meisten liebt, eine Tragödie mit sich brachte. Als ihre Nichte Sabrina durch Magie von dem Absturz wegtransportiert wurde, bei dem ihre Eltern ums Leben kamen, blickte Zelda auf ihr reizendes Gesichtchen hinunter und wusste, dass Sabrinas Vater, ihr Bruder Edward, der ganze Stolz der Familie, tot war.

Die Familie von Sabrinas Mutter wollte das Baby zu sich nehmen. Pater Blackwood, das neue Oberhaupt der Kirche der Nacht, bot an, Sabrina bei sich aufzunehmen und sie zusammen mit den entzückend bösen Waisenkindern in der Akademie der Unsichtbaren Künste großzuziehen. Zelda kommt nicht umhin, Pater Blackwoods Hingabe an Satan zu bewundern, und auch die gute Figur, die er in einem Brokatumhang macht. Der Dunkle Lord hat Pater Blackwood viele Gaben in die Wiege gelegt, einschließlich eines knackigen Hinterns.

Doch Zelda schlug Pater Blackwoods Angebot aus. Dianas Familie sagte sie: *Nähert euch Sabrina nie wieder, oder ich ziehe euch die Gesichter ab, und ihr werdet gesichtslos und unter Schreien sterben.* Hilda musste dafür sorgen, dass Dianas Familie diese Drohungen vergaß, was schade ist, denn Zelda fand sie überzeugend und schön formuliert.

Allerdings war Hilda schon immer die schwache und sentimentale Schwester. Ihr Bruder Edward war so großartig, dass er nicht infrage gestellt werden konnte. Er war sich so sicher, dass der Dunkle Lord zu ihm sprach, dass alle anderen glaubten, wenn Edward Spellman redete, tue er es mit Satans eigener Stimme.

Edward ist tot. Wenn Edward genommen werden konnte, konnte jeden von ihnen das gleiche Schicksal ereilen.

Manchmal kann Zelda nur schlafen, weil Hilda im Bett neben ihrem liegt, Hildas gleichmäßiger Atem ihr Wiegenlied. Manchmal glaubt Zelda, es wäre einfacher, eines der Waisenkinder des Zirkels zu sein. *Ich würde vor Einsamkeit sterben*, denkt sie im nächsten Moment und sagt sich dann, nein, sie wäre in der Lage, dem Dunklen Lord mit unbeirrbarer Hingabe zu dienen.

Sie würde vor Einsamkeit sterben. Das ist ihr Geheimnis. Sie ist nicht die wahre Dienerin Satans, für die der Zirkel sie hält. Sie ist eine Eidbrüchige und eine Abscheulichkeit. Sie liebt ihre Familie mehr als ihn.

Doch das muss niemand je erfahren.

Manchmal funktioniert das Wiegenlied aus Hildas Atem nicht, und Zelda muss sich die Treppe hoch in die Mansarde schleichen, um nachzusehen, ob Ambrose noch am Leben ist. Der verflixte Junge strampelt immer die Decke von sich und verdreht sie, als würde er im Schlaf Henkerschlingen binden oder Seile, um aus Türmen zu entkommen. *Jemand* muss die Decke glattstreichen. Ansonsten könnte Ambrose sich vielleicht erkälten.

Hilda trieb sich eine Ewigkeit in England herum und kehrte mit einem lächerlichen Jungen im Schlepptau zurück, was so typisch ist. Zelda missbilligte Ambrose von Anfang an in höchstem Maße. Er hört nie, man kann ihm nicht vertrauen, er kann nicht stillhalten. Immer lacht er sie aus, und selbst wenn er es nicht tut, macht es den Anschein: Er hat diese lachenden Augen. Er ist ihre Schande, ihre Bürde, das schwarze Schaf in ihrer Familie.

Er gehört ihr, und Zelda würde jeden umbringen, der versucht, ihn ihr wegzunehmen.

Es ist eine entsetzliche Schmach, dass Ambrose ein Verbrechen beging und den Namen der Familie besudelte, aber Zelda hält die Strafe für durchaus angemessen. Satan führte dabei die Hand des Zirkels. So wird Zelda für immer ein Auge auf Ambrose haben können. Es ist besser für ihn, zu Hause zu bleiben.

Als Nächstes stiehlt Zelda sich leise in Sabrinas Zimmer. Es ist nie nötig, Sabrinas Decke glattzuziehen. Sie schläft unter der Decke auf dem Rücken, flach wie eine Leiche oder ein braves Mädchen. Im Schlaf umarmt sie ein großes ausgestopftes Plüschkaninchen. Zelda hat ihr einen wunderbaren echten, ausgestopften Fuchs angeboten, aber Sabrina lehnte ab. Das törichte Mädchen weiß nicht, was gut für sie ist. Zelda bereitet das Sorge.

Als Sabrina klein war, ging Zelda des Nachts durch die Flure und trug sie. Wenn Sabrina die ganze Nacht hindurch gehalten werden wollte, störte das Zelda nicht im Geringsten. Sabrina schlief besser, wenn sie gehalten und gewiegt wurde. Damals klammerte Sabrina sich mit ihren winzigen Fäusten an den Leuten fest, wenn sie versuchten, sie abzulegen, und ihr Griff war erstaunlich stark. Zelda glaubt, Sabrina habe diese Hartnäckigkeit von ihr. Sabrina ist nicht weich wie Hilda, nicht wankelmütig wie Ambrose. Zelda hat sie großgezogen und ihr beigebracht, die perfekte Hexe zu sein.

Mittlerweile steht Sabrina so kurz vor ihrer satanischen Taufe. Zelda will ihren Schlaf nicht stören.

Nachdem Zelda nach Sabrina gesehen hat, geht sie nach draußen und setzt sich auf ungraziöse Art hin, ein Anblick, den sie niemandem gestattet hätte, und vergräbt das Gesicht in den Knien.

Oh, süßer Satan, welch Schmach, wenn es doch einmal jemand sähe! Man würde sie für schwächer als Hilda halten.

Wenn Zelda sich besonders unsicher und gereizt fühlt, bringt sie Hilda zu oft um, das weiß sie. Im Erdboden der Spellmans, in Sicherheit, kann Hilda sie nicht verlassen.

Wenn Zelda Hilda umbringt, ist sie sich kurze Zeit sicher, dass es sonst niemand tun kann. Und wenn Hilda aus der Kain-Grube vor ihrem Haus kriecht, kann Zelda sich manchmal einreden, Edward werde Hilda folgen, und ihre Schwester und ihr Bruder kämen beide nach Hause.

Zelda weiß, sie wird Sabrina in die weite Welt der Schatten, die auf sie wartet, ziehen lassen müssen. Sabrina kann der wiedergeborene Stolz der Familie sein. Das will Zelda mit schrecklicher, kämpferischer Inbrunst. Sie versucht, ihre Angst um Sabrina, die halb sterblich und gänzlich kostbar ist, niederzukämpfen, ihre Heidenangst, Sabrina könnte leichtsinnig sein, ungehorsam, verloren. Sie versucht, die Stimme in ihrem Innern, die ihr zuschreit, Sabrina schwebe in Gefahr, zum Schweigen zu bringen.

Sabrinas satanische Taufe wird wunderbar verlaufen. Sabrina wird Zelda mit Stolz erfüllen.

Manchmal hat Zelda das Gefühl, ihr Herz könnte brechen, aber sie weiß, dass ihr Herz nicht geteilt werden darf.

DEN MOND KÜSSEN

Ich redete wie ein Wasserfall und überzeugte Direktor Hawthorne, dass die Blumen ein Kunstprojekt zur Feier von Greendale seien.

»Wie das Feuerwerk auf dem Jahrmarkt *Zum letzten Tag des Sommers*.«

Direktor Hawthorne runzelte die Stirn. »Ich wusste gar nicht, dass es auf dem Jahrmarkt ein Feuerwerk gegeben hat.«

»Nun, hat es aber«, sagte ich. »Da können Sie jeden fragen. Harvey hat sich die Schule ausgesucht, weil – welchen besseren Ort als die Baxter High gibt es schon, um seine Heimatverbundenheit zu demonstrieren? Stimmt's, Harvey?«

Harvey, ein schlechter Lügner, murmelte mit hochrotem Kopf: »Stimmt.«

»Da hast du dir schnell was einfallen lassen, Sabrina«, lobte Tommy mich anschließend, nachdem wir mit dem Versprechen, sämtliche Blumen selbst herunterzunehmen und zu entsorgen, davongekommen waren. »Jetzt braucht Dad nichts davon erfahren. Aber du und ich, wir werden später noch ein paar Takte darüber reden, Harvey.«

Harvey ließ den Kopf hängen. »Okay.«

Harvey war nicht der Einzige, der den restlichen Tag still war. Susie und Roz stellten mir wegen Harveys Verhalten keine Fragen. Dafür war es wohl zu weit gegangen. Sie waren zutiefst verunsichert, und statt sich an etwas heranzutasten, das sie im Grunde sowieso nicht begreifen konnten, wollten sie die Augen davor verschließen und so tun, als wäre es nie passiert.

Am liebsten hätte ich auch die Augen davor verschlossen, aber die Sterblichen hatten keine Ahnung, wer verantwortlich war. Ich schon.

Ich ließ nicht zu, dass Harvey mich durch den Wald nach Hause begleitete. Und auf dem Heimweg wurde mir klar, dass ich ein ernstes Gespräch mit Ambrose führen musste.

Tante Zelda saß rauchend in einem der Schaukelstühle am anderen Ende der Veranda. Die untergehende Sonne spiegelte sich im Gold ihrer Zigarettenspitze, und das Gold zwinkerte mir im Takt mit dem orangefarbenen Auge ihrer brennenden Zigarette zu. »Setz dich einen Augenblick zu mir, Sabrina.«

Ich zögerte, aber ich hatte sowieso keine große Lust, eine Auseinandersetzung mit Ambrose im Balsamierungsraum zu führen, wo wir uns über Leichen hinweg anschreien würden. Vielleicht war mir der Vorwand ganz willkommen, den Moment noch ein bisschen länger hinauszuzögern. Ich sank in den Schaukelstuhl neben Tante Zeldas und wartete ab, was sie zu sagen hatte.

»Ich bitte um Verzeihung, falls ich in letzter Zeit cholerisch gewesen sein sollte.«

Beinahe wäre ich aus meinem Schaukelstuhl gefallen. Tante Zelda entschuldigte sich so gut wie nie.

»Ich weiß, ich habe dich immer wieder angefahren, und die Kirche der Nacht häufiger besucht, und gelegentlich …«

»Tante Hilda umgebracht …«

»Ja, ja.« Tante Zelda verdrehte die Augen. »Lappalien, aber mir ist aufgefallen, dass du in den letzten beiden Tagen in dich gekehrt gewesen bist. Ich weiß, die Monate, bevor man seine Seele dem Dunklen Lord überantwortet, sind eine ganz besondere und sensible Zeit im Leben eines jungen Mädchens. Ich war ein wenig rücksichtslos, fürchte ich, besonders in Anbetracht deiner speziellen Umstände.«

»Weil ich halb sterblich bin, meinst du«, sagte ich leise. »Du machst dir Sorgen, dass mich das schwächen wird.«

Tante Zelda erwiderte: »Selbstverständlich bereitet mir das Kopfzerbrechen.«

Mein Herz rollte zwischen Groll und Schuldgefühlen hin und her. Dass Tante Hilda verletzt wurde, dass Tante Zelda sich Sorgen machte: Beides war meine Schuld, einfach weil ich war, was ich war. War das etwa gerecht?

»Andere Mitglieder der Kirche der Nacht könnten an dir zweifeln«, fuhr Tante Zelda fort. »Der Gedanke an deine

Erbanlagen macht mich tatsächlich nervös, aber ich möchte dir versichern, dass ich dir voll und ganz vertraue. Ich bin davon überzeugt, dass du die Herausforderungen, die von deinem Hintergrund herrühren, meistern wirst. Ich kannte Edward besser als jeder andere. Er war ein unglaublich mächtiger Hexer, der alle um ihn herum inspiriert und in Staunen versetzt hat, und du bist seine Tochter.«

»Das bin ich. Das will ich sein.«

Das wollte ich. Aber bedeutete das, dass ich überhaupt nicht die Tochter meiner Mutter sein konnte?

Wenn ich nicht alle mit meiner fantastischen Macht inspirierte und in Staunen versetzte, wäre ich dann eine Enttäuschung und eine Versagerin?

Die Sonne ging allmählich unter, das letzte Licht verblasste am Himmel. Die Landschaft lag bereits im Schatten. Die Baumwipfel waren längst eine schwarze Masse vor grauen Wolken.

Tante Zelda lehnte sich von mir weg, sodass ihr Stuhl ein wenig nach hinten schaukelte. »Ich hoffe, dieses kurze Gespräch beruhigt dich, Sabrina. Du sollst dich auf nichts als deine satanische Taufe konzentrieren. Ich fände es schier unerträglich, würde noch mehr Schande über unsere Familie gebracht werden.«

»Und das ist deine größte Sorge?« Ich stand auf. »Gut zu wissen.«

Die Kirche der Nacht bezweifelte, dass ich das Potenzial hatte, eine Hexe zu sein. Vielleicht waren sie alle wie die Unheimlichen Schwestern.

Ich könnte eine große Hexe werden und ihnen das Gegenteil beweisen. Ich könnte mich weigern, eine Hexe zu sein, und ihnen zeigen, dass ich sie nicht brauchte.

Am liebsten hätte ich beides getan. Ich wurde in zwei Richtungen gezogen, und es kümmerte niemanden, dass ich in der Mitte auseinandergerissen wurde.

Auf einmal schien ich keine andere Wahl mehr zu haben, als das zu tun, wovor ich mich eben noch gesträubt hatte.

Ich stürmte ins Haus und begann meinen Abstieg in den Balsamierungsraum, die Wendeltreppe hinab und durch den Gang mit den rissigen Steinwänden. Meine flachen Schuhe donnerten über den schwarz-weiß gefliesten Boden.

Ambrose war mit der Arbeit beinahe fertig. Der Stahltisch war leer, die Schränke, in denen Leichen in Kühlfächern aufbewahrt wurden, waren geschlossen. Ambrose stand neben dem Tisch unter der einfachen Neonleuchte und legte Handschuhe und Schutzbrille ab. Die Luft roch nach Kräutern und Chemikalien, und alles war grau und scharfkantig, abgesehen von dem einzelnen Lichtstrahl über seinem Kopf.

»Raus mit der Sprache, was waren die letzten Wörter des Zauberspruchs«, forderte ich. Ich keuchte, als wäre ich eine weite Strecke gerannt, angstvoll durch den ganzen Wald, und nicht bloß die Treppe bei mir zu Hause hinunter. »Was hast du Harvey angetan?«

Ambrose zuckte die Achseln, ein genervtes Rollen der Schultern, als versuchte er, eine Last abzuwerfen.

»Wenn ich gewusst hätte, dass du so viel Tamtam um den dummen Zauber machen würdest, hätte ich nie vorgeschlagen, ihn mit dir durchzuführen. Lies meine Lippen, Cousinchen. Ich verrate ihn dir nicht. Ich habe keine Lust dazu und weiß nicht, warum du in letzter Zeit so eine Spaßbremse bist. Der einzige Zweck der Magie besteht darin, uns das Leben lustiger zu gestalten. Harvey ist nur …«

»Nur *was?*«, spie ich aus. »Nur ein Sterblicher?«

Da umspielte ein Lächeln Ambrose' Lippen. Ambrose spielte immer. »Nun. Ja.«

Als ich Harveys Blut auf dem Boden gesehen hatte, hatte ich kurzzeitig geglaubt, es wären Blumen. Der helle Klang der Stimme meines Cousins ertönte in meinen Ohren wie Glockenläuten. Selbst jetzt hielt er es für einen Witz.

»Was bin dann ich?«

Die Handschuhe, die Ambrose abgestreift hatte, lagen zerknüllt auf dem Stahltisch, immer noch blutverschmiert. Seine Hände waren sauber, und seine Stirn war glatt, völlig sorglos.

»Meinst du, was du in einem existenziellen Sinn bist? Ich finde philosophische Gespräche in nüchternem Zustand höchst ermüdend. Ich weiß nicht, was du bist, Cousinchen. Was bin ich?«

»Du bist ein Krimineller«, erklärte ich ihm.

So etwas hatte ich ihm noch nie an den Kopf geworfen.

Ambrose' Lächeln wurde so glitzernd und gefährlich wie

sein Skalpell. »Ich bin die böse Hexe aus dem Märchen. Sicher.«

Die Welt der Sterblichen, die Welt, in der ich groß geworden war, hatte für ihn keinerlei Bedeutung. Magie konnte Menschen Schaden zufügen, aber Ambrose war das egal. Sterbliche bedeuteten ihm nichts, und vielleicht bedeutete ich ihm auch nichts.

»Es würde dir nichts ausmachen, wenn deine Magie jemanden umbringt, oder?«

»Gibt es da jemanden, den du umgebracht haben möchtest, Cousinchen?«, erkundigte sich Ambrose.

Ich hatte nicht gedacht, dass ich noch wütender werden könnte.

»Nein, es gibt niemanden, den ich umbringen lassen will!«, rief ich. »Und ich heiße Sabrina. Nenn mich bei meinem Namen. Sterbliche sind keine Spielsachen oder Besitztümer. Harvey nicht, und ich auch nicht!«

»Ich weiß, dass Harvey kein Besitz ist«, sagte Ambrose. »Wenn er es wäre, könntest du ihn behalten. Du wirst ihn nicht behalten, und ich dachte, wir beide wollten dafür sorgen, dass deine letzten Wochen mit ihm lustiger sind. Du nimmst die Dinge zu ernst.«

»Du nimmst die Dinge zu leicht. Dies sind nicht meine letzten Wochen mit ihm. Soll ich wirklich mit Harvey spielen, als wäre er ein Spielzeug, und ihn dann wie Müll wegwerfen?«

Ambrose machte eine winzige, wegwerfende Geste. Der Stahldeckel des Abfalls klappte hoch. Seine zerknüllten, blutbefleckten Handschuhe und das glänzende Skalpell flogen durch die Luft und verschwanden darin. Der Deckel schlug zu.

»Warum nicht?«, fragte Ambrose gedehnt.

»Weil Hexen so kalte, wankelmütige Herzen haben?« Ich flüsterte die Worte.

Ich hatte es nicht glauben wollen, aber anscheinend hatte Ambrose die Wahrheit gesagt.

Ambrose zuckte mit den Schultern. »Es gibt viele Gründe. Ich pass bloß auf dich auf, Cousinchen. Ich habe schon mal versucht, es dir zu sagen. Hexen und Sterbliche, das nimmt nie ein gutes Ende. Denk an die Geschichte der Hexen. Anne Boleyn heiratete einen Sterblichen, und er hat ihr den Kopf abgeschlagen.«

Ambrose fuhr mit einem Fingernagel quer über seine eigene Kehle und stieß ein theatralisches Röcheln aus.

»Nach deiner satanischen Taufe wirst du es verstehen. Weißt du, wie man es nennt, wenn Hexen fliegen? Den Mond küssen«, sagte Ambrose. »Frag dich selbst, würdest du lieber den Mond küssen oder ihn?«

Sein Tonfall bei der Frage war grausam. Die Frage selbst war grausam.

»Warum sollte ich eine Wahl treffen müssen?«, wollte ich wissen. »Du findest tatsächlich, dass ich ihn einfach fallen lassen sollte, als wäre er kein Mensch, an dem mein Herz hängt. Nennst du mich deshalb immer *Cousinchen?* Weil dir egal ist, wer ich bin? Bloß das amüsante halbsterbliche Cousinchen, ein Baby, das dir nicht hätte auf die Nerven gehen sollen, indem es heranwächst.«

Ambrose' Lippen zogen sich von seinen Zähnen zurück. »Ich habe keine Ahnung, warum du dir einbildest, du wärst so amüsant. Du warst diejenige, die in deiner Kindheit darauf bestanden hat, mit mir zu spielen, als wäre ich irgendein Haustier ohne Auslauf, das ihr euch haltet.«

»Das stimmt. Tante Hilda und Tante Zelda haben mich großgezogen, aber du hast immer nur mit mir gespielt. Für dich bin ich nichts weiter als ein Spielzeug.«

Ambrose ermunterte mich, Harvey und meine sterblichen Freundinnen einfach so abzuservieren. Würde er das Gleiche mit mir tun, wenn er könnte? Wann würde ich wie Müll weggeworfen werden?

Ambrose brach unseren Blickkontakt, die Augen auf die Wand gerichtet. Die grünen Kacheln und schummrige Beleuchtung des Balsamierungsraums gaben mir das Gefühl, als wären wir nicht unter der Erde, sondern unter Wasser, wo alles um mich herum trüb und unklar war. Ambrose schlüpfte aus seiner blutbefleckten Schürze. Darunter trug er ein abgewetztes T-Shirt mit der Aufschrift BEI GRÜN GEHEN. BEI ROT SCHNELLER GEHEN. Das T-Shirt war rot wie Blut und Rosen.

Tatsächlich lachte Ambrose, auch wenn es gekünstelt klang. »Warum nimmst du die Sache so persönlich?«

Ich trat einen wütenden Schritt auf ihn zu. »Weil es persönlich ist! Weil meine Eltern ein Hexer und eine Sterbliche waren.«

»Nun, Sabrina«, sagte Ambrose kühl. »Ein Happy End gab es nicht gerade für die beiden, oder? Und wenn sie nicht gestorben sind, dann leben sie noch heute, funktioniert nur, wenn man nicht gestorben ist.«

Ich durchquerte den Balsamierungsraum mit zwei Schritten. Meine Hand schnellte vor, um Ambrose zu ohrfeigen, aber er packte mein Handgelenk. Gewaltsam versuchte ich, mich zu befreien und ihn zu schlagen, doch Ambrose ließ nicht locker, seine Finger krallten sich in meine Haut.

»Du bist erbärmlich«, stieß ich hervor. »Du bist neidisch auf mich, weil ich ein Leben habe und du nicht. Willst du das etwa abstreiten?«

»Will ich nicht. Ich *bin* neidisch«, knurrte Ambrose zurück. »Wenn ich eine Chance auf ein Leben hätte, würde ich es hundertmal besser leben als du!«

»Du hast also Harvey mit einem Zauber belegt, der ihm schadet, weil du mein Leben ruinieren willst, und es ist dir egal, wie viele Sterbliche dabei verletzt werden?«

Der Ring aus Weiß um Ambrose' Augen war breiter, als es bei anderen der Fall war. Jetzt rollten seine großen, seltsamen Augen beinahe ins Innere seines Kopfes, schwarz und weiß und wütend. Bisher war mir nie in den Sinn gekommen, dass mein Cousin unheilvoll oder bedrohlich sein könnte.

Nicht mir gegenüber.

»Warum nicht?«, fragte er leise. »Deine kostbaren Sterblichen können meinetwegen verrotten. Ich weiß nicht, warum du von ihnen besessen bist, dir aber nie Gedanken darüber machst, dass ich in einem Käfig lebe!«

Mit einem gewaltsamen Ruck löste ich seinen Griff um mein Handgelenk. »Das hier ist kein Käfig. Es ist unser Zuhause. Und du machst dir nie Gedanken darüber, was es für mich bedeutet, halb sterblich zu sein.«

»Es ist egal, dass du halb sterblich bist. Deine satanische Taufe ist in einem Monat«, sagte Ambrose. »Du wirst deinen Namen ins Buch des Dunklen Lords schreiben, und dann wirst du eine genauso böse Hexe wie alle anderen werden. Oder ist das das Problem, Sabrina? Du machst dir im Grunde gar keine so großen Sorgen um die Sterblichen. Du bist genauso egoistisch wie ich. Du machst dir Sorgen um dich selbst und hast Angst, weil du versagen wirst.«

Meine Stimme durfte nicht zittern, also ließ ich sie stählern klingen. »Und wie kommst du auf den Gedanken?«

Ambrose schien mich nur allzu gern darüber aufklären zu wollen. Er wirbelte von mir weg, um zum Stahltisch zu pirschen, aber ich schob mich zwischen ihn und den Tisch. Ich zwang ihn dazu, mich anzusehen, und er beugte sich herunter und sagte mir die boshaften, grausamen Worte mitten ins Gesicht.

»Du trägst Haarreifen im Bett, Sabrina. Manche davon passend zu deinen Pyjamas. Du bist wie das Mädchen in einer unserer Geschichten, die einer Hexe schwor, nichts Böses anzufassen, und am Ende keine Hände mehr hatte. Du stolzierst herum, trägst deine Haarreifen wie eine Krone und spähst darunter hervor in eine Welt, die du nicht verstehst, die du aber ständig zwanghaft verurteilst. Ich kann mir nur eines vorstellen, was du mit dem Dunklen Lord machen wirst: ihm streng sagen, wie enttäuscht du von seinem ungezogenen Benehmen bist. Was für eine Hexe wirst du sein?«

Du bist ein schrecklich braves Mädchen. Manchmal frage ich mich, wie du jemals eine böse Hexe werden willst. Das hatte er mir gesagt, bevor wir Harvey verzaubert hatten. Ich war in dem Glauben aufgewachsen, dass ich eines Tages eine Hexe sein würde, mit meinem eigenen Zauberbuch wie dem meines Cousins, dass ich zaubern würde und so herrlich wäre wie mein Cousin, aber jetzt sah ich, wie Hexen wirklich waren. Hexen hatten kalte, wankelmütige Herzen. Ambrose glaubte nicht an mich, und ihm lag nichts an mir.

»Ich werde eine bessere Hexe sein als *du*«, schwor ich Ambrose. »Es ist nicht meine Schuld, dass du hier drinnen bei mir festsitzt. Du hast Jahrzehnte, bevor ich überhaupt auf der Welt war, ein Verbrechen begangen! Du bist schwach, du hast Unrecht getan, und du hast dein eigenes Leben ruiniert. Du verdienst es, in einem Käfig zu sein.«

»Und du verdienst es nicht, eine Hexe zu sein!«, rief Ambrose. »Das spukt dir doch ständig im Kopf herum, nicht wahr? Du kannst das leise Flüstern des Zweifels in deinem Kopf nicht ertragen, also versuchst du, es niederzukämpfen. Ich war es nicht, der einen Zauber sprechen wollte, um mir meines Freundes sicher zu sein. Du bist sauer, weil du Angst hast, dass du sogar noch schwächer und erbärmlicher bist als ich.«

Wutentbrannt funkelten seine Augen im trüben grünen Licht des Balsamierungsraums. Seine Worte hörten sich wie ein Fluch an, als könnte er die Worte wahr werden lassen, indem er sie laut aussprach.

Meine Hände waren so fest zu Fäusten geballt, dass sie schmerzten. »Das ist dumm. Ich bin es leid, dir zuzuhören.«

»Ach ja?« Ambrose' Gelächter schlängelte sich durch die Luft, böse und spöttisch, das Gackern einer wahren Hexe. »Nun, ich bin dich leid.«

Meine Brust fühlte sich an, als wäre sie ein Nest voll Schlangen, die sich einrollten und wanden und scharfe Fangzähne in mein Inneres schlugen. Ich hob die Fäuste und sah, dass Ambrose' Hände, die an seinen Seiten herabhingen, ebenfalls zu Fäusten geballt waren. Ich hörte, wie sich die Stahlablagen in den Schränken bewegten, wie die leeren klapperten und diejenigen mit Leichen schaukelten, als wären es Wiegen mit Babys darin, die gleich umkippen würden. Selbst die meergrünen Kacheln und die Backsteine in den Wänden rührten sich. Gleich würde dieser klirrende Raum voller Skalpelle und Leichen sein.

Auf der Wendeltreppe erklang das Geräusch von hochhackigen Schuhen, die so heftig auftraten, dass ich glaubte, es müssten Funken fliegen.

»Kinder!«, donnerte Tante Zelda. »Was in Satans Namen wird hier gespielt?«

Ambrose' Stimme war tonlos. »Wir spielen nicht.«

»Geschwisterrivalität«, murmelte Tante Hilda, die sich betreten hinter Zelda auf der Treppe herumdrückte. »Das … das ist ganz normal, ich habe in Ratgebern zu Kinderpsychologie davon gelesen …«

»Was für einen Unsinn du da nur redest«, fuhr Tante Zelda sie an. »Hör auf, sterbliches Geschwätz zu lesen. Es gibt offensichtlich eine völlig rationale Erklärung. Wahrscheinlich sind sie von Dämonen besessen.«

Mein Schrei schnitt durch das Gezänk meiner Tanten.

»Wie könnte es Geschwisterrivalität sein? Er ist nicht mein Bruder. Wir haben nichts miteinander zu tun. Das hier ist keine *echte* Familie.«

Ich wich vor Ambrose zurück, stolzierte an meinen tief gekränkten Tanten vorbei, stürmte beide Treppen bis zu meinem Zimmer hoch, warf mich auf das Bett voller dummer Plüschtiere und mit Quasten verzierter Kissen und brach in bittere Tränen aus.

Tante Zelda lag nur daran, dass ich keine Schande über die Spellmans brachte. Selbst Tante Hilda ergriff bei Ambrose nicht Partei für mich. Und Ambrose war fertig mit mir, einem Spielzeug, das nicht mehr amüsant war, also war ich fertig mit ihm.

Wenn Hexen einander noch nicht einmal liebten, gab es keinen Grund, eine Hexe zu sein.

Was im Dunkeln geschieht

Die Worte einer Hexe können im richtigen Wind weit reisen. Sie sausen im Wald von einem Blatt zum nächsten wie eine Runde Flüsterpost. Laut einer alten Legende bedeutet das Rascheln fallender Laubblätter um ein Haus, dass Hexen über die dort ansässige Familie tratschen.

Tommy Kinkle steht draußen auf seiner Veranda, ans Geländer gelehnt, und sieht in den tiefen Wald hinaus. Er fragt sich, was Harvey wohl sähe, wenn sein kleiner Bruder, der Künstler, neben ihm stünde. Feen vielleicht? Tommy selbst sieht nur Bäume. Er ist ein unkomplizierter Typ.

Harvey kam nach Hause und plapperte immer noch von Sabrina, als würde er sie nicht jeden Tag den ganzen Tag lang sehen. Der Junge ist einfach unglaublich. Aber Dad verschwand heute nicht schon am frühen Abend in die Bar oder betrank sich zu Hause besinnungslos. Dad sitzt mit einem Bier vor dem Fernseher und starrt zornig in die Glotze, weshalb Harvey mit den Worten, er werde etwas zeichnen, auf sein Zimmer ging. Vielleicht wird Dad bald einnicken und Harvey sich ins Freie wagen. Das hofft Tommy. Mit Harvey zu reden ist der beste Teil seines Tages.

Harvey tut gut daran, Dad aus dem Weg zu gehen. Dad ist unerbittlich streng und schlecht gelaunt, wenn er getrunken hat. Er hat Tommy ein paarmal geschlagen, aber Tommy ist stark genug, um es wegzustecken. Dad hat Harvey noch nie geschlagen und er wird es auch nicht tun. Sollte Dad Tommy totprügeln und dann die Hand Harvey gegenüber erheben, würde Tommy aus seinem Grab auferstehen und sie abfangen.

Er ist gut im Fangen, gut im Erzielen von Treffern; er ist der entschlossene Typ. Damals in der Schule wussten es alle: Quarterback Tommy, der würde den Touchdown hinkriegen. Auf Tommy Kinkle war Verlass. Der Trainer sagte früher immer: *Dieses Spiel ist der Kampf eures Lebens!* In der Mine ist es jetzt das Gleiche. Wenn die anderen Männer zurückweichen oder murmeln, sie würden sich gruseln, wenn es eng und dunkel und heiß wie in der Hölle ist, wenn ihm einfällt, wie der kleine Harvey ihm zu Tode erschrocken eine wilde Geschichte von einem Dämon in der Mine erzählte, dann geht Tommy voraus.

In ihrer Kindheit besuchten sie einmal einen Jahrmarkt. Harvey verlief sich im Spiegelkabinett, in Angst und Schrecken versetzt wegen seines eigenen Spiegelbilds, das sich in ein Ungeheuer verwandelt hatte, das er nicht wiedererkannte. Tommy stürzte sich schnurstracks hinein. Ihm fielen die Spiegelbilder noch nicht einmal auf: Er hatte nur Augen für seinen verängstigten kleinen Bruder. Seine

Gedanken waren einzig und allein darauf gerichtet, Harvey herauszuholen.

Viel Fantasie hat Tommy nicht. Er glaubt, was er sieht, und er weiß, was real ist. Harvey ist derjenige mit der Fantasie und der Nervosität, Harvey, der die dunklen Augen und den tragischen Mund ihrer Mama abbekommen hat. Tommy ist als guter alter Junge auf die Welt gekommen. Sein Dad und sein Opa nennen ihn beide *Tommy, mein Junge*, sie verstehen ihn beide – es gibt nicht viel zu verstehen, denkt Tommy –, aber Harvey verstehen sie nicht, und das macht sie gereizt.

Nach dem Tod ihrer Mutter liegt es an Tommy, Harvey zu verstehen oder es zumindest zu versuchen. Harvey vertraut Tommy all seine Geheimnisse an. Er flüsterte Tommy am ersten Schultag zu, er habe ein Mädchen kennengelernt, das wie eine Prinzessin aussähe, und jeden Tag kommt er seither mit einer weiteren Geschichte von Prinzessin Sabrina nach Hause. Als Harvey klein war, weinte er an den zahlreichen Tagen, wenn ihr Dad und ihr Großvater auf die Jagd gingen, und wollte wissen, ob Tommy sich wegen des armen Wilds nicht furchtbar fühle? Davor hatte Tommy sich keine Gedanken darüber gemacht, doch sobald Harvey es ansprach, konnte Tommy es sehen. Das Wild hat die Augen seines kleinen Bruders, groß und braun und zu leicht verletzbar.

Das Jagen hat bei den Kinkles Tradition. Großvater sagt, das Vermächtnis ihrer Familie sei das Blut, das zu vergießen sie stark genug seien, und die Dunkelheit der Mine.

Sie haben Harvey nie verziehen, dass er als sanfte Seele zur Welt kam.

»Oh, Harvey ist ein sensibles Kerlchen«, höhnte ihr Dad einmal, als sie unten in der Mine waren. »All seine Freunde sind Mädchen, und er malt gern hübsche Bilder. Aber er sollte besser nicht zu sensibel sein, wenn du verstehst, was ich meine.«

Tommy hatte ein aufrichtig verblüfftes Lachen ausgestoßen. »Machst du Witze, Dad? Er hat nichts außer Sabrina im Kopf.«

Der Mund seines Dads ist ständig enttäuscht und nimmt eine verbitterte Form nach der anderen an. »Das Spellman-Mädel. Kann die Spellmans nicht ausstehen. Das sind echt seltsame Leute.«

Die Spellmans mögen seltsam sein. Die Leute behaupten es jedenfalls: Hilda sei dämlich, Zelda eine alte Hexe, und der Cousin ein Sünder.

Es gibt viele seltsame Dinge in Greendale, und viele Bewohner von Greendale, die sich von Dingen einschüchtern lassen, die sie nicht verstehen. Tommy ist keiner von ihnen.

Vor zwei Jahren fing er an, zu Harveys Elternabenden zu gehen. Sein Dad wollte nicht hingehen, hatte keinerlei Interesse. Es war komisch, in die Schule zurückzukehren, wo Tommy vor nicht allzu langer Zeit die Korridore als König durchschritten hatte. Damals hatte jeder sein Freund sein wollen, wollte ein Wort oder ein Nicken von ihm, und es war immer noch dasselbe Gebäude, doch jetzt saß er in einer Reihe klappriger Stühle mit einer Gruppe Eltern in ihren besten Kleidern, die darauf warteten, mit dem Direktor zu sprechen. Er ließ den Kopf hängen, die Hände verlegen gefaltet, und an seinen Stiefeln haftete immer noch der Staub aus der Mine. Er hatte das Gefühl, in Schwierigkeiten zu stecken und hoffnungslos fehl am Platz zu sein. Um ein Haar wäre er gleich wieder gegangen.

Doch Hilda Spellman war da, Sabrinas Tante mit dem buttergelben Haar und dem freundlichen Gesicht. Sie las ein Buch, das aufgeschlagen auf ihrem Schoß lag. Tommys Freundin auf der Highschool hatte auch viel gelesen. Tommy selbst war kein großer Leser, aber irgendwie mochte er den Anblick von Leuten mit Büchern: wie sie im Geiste aus Greendale entkamen. Es überraschte ihn nicht, Hilda mit einem Buch zu sehen. Die Spellmans hatten diese Ausstrahlung: kluge Frauen. Allen anderen weit überlegen. *Sie halten sich für was Besseres als uns einfache Sterbliche*, sagt sein Dad.

Hilda Spellman steckte ihr Buch in ihre Handtasche und winkte ihn zu sich, unterhielt sich mit ihm, bis sie an der Reihe waren, mit den Lehrkräften zu sprechen.

»Es ist schön, Sie hier zu haben«, flüsterte sie ihm zu. »Mir ist immer unbehaglich zumute, weil ich die Einzige bin, die kein Elternteil ist, und Zelda will mich nicht begleiten.« Sie zwinkerte ihm freundlich zu, und ihre hellblauen Augen glitzerten. »Wir tun alle unser Bestes, was?«

Tommy räusperte sich. »Ja, klar.«

Bei seinen Gesprächen mit den Lehrkräften erklärten sie

ihm, dass Harvey sich ziemlich gut in der Schule machte, selbst wenn er mit den Gedanken oft woanders war.

»So ist mein kleiner Bruder eben«, sagte Tommy reuevoll. »Er ist ein Träumer.«

Harvey hält sich nicht für schlau, aber Tommy weiß, dass er es ist. Und jedes Mal, wenn Tommy seitdem zu Elternabenden ging, saß er neben Hilda Spellman. Sie lächelte immer, wenn sie ihn sah, und nahm sich die Zeit für ein Gespräch. Sie war eine echte Lady.

Eines Abends machte Tommy sich Sorgen, weil Harvey noch spät unterwegs war. Harvey hatte gesagt, er wäre bei den Spellmans, und Tommy ging im Schutz der Dunkelheit durch den Wald zu ihnen. Er sah die erleuchtete Veranda und die Silhouetten eines Jungen und eines Mädchens, die dort saßen. Zwar wollte er Harveys Date nicht stören, aber er musste ihn nach Hause holen, also näherte er sich auf leisen Sohlen.

Doch nicht Harvey saß bei Sabrina auf der Veranda. Es war Sabrinas Cousin Ambrose.

In der Stadt zerrissen sich die Leute das Maul über den Cousin. Jede Frau, die je die Post bei den Spellmans zugestellt hatte, war ein bisschen in ihn verliebt. Und ein paar von den männlichen Postboten auch. Er flirtete mit allen, hieß es, als wäre es völlig gleichgültig. Doch er verabredete sich nie außer Haus mit jemandem, also wussten sie, dass es ihm nicht ernst war.

Er war kalt und grausam, hatte Tommy gehört. Nicht nur ein Sünder, sondern auch ein Playboy.

Doch da war sich Tommy nicht so sicher. Vielleicht war Ambrose Spellman einfach eine Nummer zu groß für Greendale. Manchmal sah man ihn, wie er in einem eleganten Morgenmantel an den Grenzen des Spellman'schen Grundstücks auf und ab ging wie ein in einem Käfig gefangener Panther, mit weit ausgebreiteten Armen, als würde er die Winde aus allen vier Himmelsrichtungen willkommen heißen. Dann wieder bekam man ihn monatelang nicht zu Gesicht, und Tommy stellte sich vor, dass Ambrose gerade glamouröse, extravagante Reisen unternahm. Er sah nicht viel älter als Tommy selbst aus, musste aber älter sein, als es den Anschein hatte: Die Geschichten über ihn reichten lange zurück, und man sah ihm einfach an, dass er schon tausend wilde Abenteuer erlebt hatte und ihm ein Kleinstadtleben niemals genügen würde. Tommy ging davon aus, dass Ambrose Spellman wahrscheinlich der coolste Typ war, den Greendale je erleben würde: kein Wunder, dass ihn keiner verstand.

An dem Abend unterhielt Ambrose sich mit tiefer, traumschwerer Stimme mit Sabrina. Er hatte einen britischen Akzent, genau wie Hilda Spellman. Sie hatten genug Zeit in England verbracht, um tatsächlich mit britischem Akzent zu sprechen. Tommy hatte sich noch nicht einmal einen Pass ausstellen lassen und bezweifelte, dass er es je tun würde, aber manchmal sah er sich Karten von fremden Ländern an und stellte sich vor, dass Ambrose Spellman wahrscheinlich schon in allen von ihnen gewesen war. Ambrose hatte beim Reden wild gestikuliert, und er hatte ein Armband getragen – Tommy konnte sich die Reaktion seines Vaters lebhaft vorstellen, sollte Tommy jemals den Verstand verlieren und auf den Gedanken kommen, ein Armband anzulegen, doch es war klar, dass es Ambrose nicht kümmerte, was andere dachten.

Er erzählte Sabrina eine Geschichte, etwas über Hexen und Magie und den tiefen Wald in ferner Vergangenheit. Ambrose sprach, als sei es tatsächlich wahr, und Sabrina antwortete auch, als sei es wahr. Hilda kam mit Kakao für die beiden auf die Veranda heraus, und sie nahm ungezwungen an dem Gespräch teil, als sei es eine alte Gewohnheit. Es war klar, dass sie daran gewöhnt waren, füreinander Geschichten über Magie zu spinnen. Vielleicht war Ambrose Schriftsteller, überlegte Tommy, vielleicht schrieb er Fantasybücher, wie die, die Tommys Mädchen Martha früher immer gelesen hatte: Das würde das Herumstolzieren in seidenen Morgenmänteln und das … ähm … unkonventionelle Künstlerdasein erklären. Schriftsteller waren anders als die übrigen Leute. Das wusste jeder.

Als Tommys Mutter starb, waren sein Bruder und er so jung, dass sie ihnen immer noch Geschichten erzählt hatte, und Tommy hatte keine Ahnung, dass Menschen je aus dem Geschichtenerzählen herauswuchsen. Mutterlose Kinder sind leichte Beute für Hexen.

Tommys Argwohn war nicht geweckt. Er hörte nur gern der Stimme des Jungen zu, der eine Geschichte für seine Cousine spann. Es hörte sich nach einer Familie an.

Tommy blieb länger, als er sollte, so völlig in den Bann gezogen, dass er vergaß, wie unhöflich es war, andere zu belauschen. Er blieb, bis Sabrina einschlief, ihr goldener Schopf auf die in Seide gehüllte Schulter ihres Cousins sank, und Ambrose verstummte.

Insekten flogen auf Sabrinas schmale, zusammengerollte Gestalt zu. Ambrose wedelte hochmütig mit der Hand, und die Insekten flogen davon: nicht nur diejenigen, nach denen er schlug, sondern jedes Insekt auf der Veranda ergriff auf der Stelle die Flucht. Als wäre diese beschützende kleine Geste, die Tommy so nett fand, echte Magie.

Nur ein einziges Glühwürmchen blieb. Als Ambrose die Hand hob, landete die winzige Laterne des Glühwürmchens auf seinem Finger und leuchtete dort.

»Erhelle die Träume meiner Cousine«, flüsterte er.

Wie seltsam und hübsch, so etwas zu sagen, dachte Tommy: was für ein lieber Kerl. Er glaubte kein Wort von dem, was die Leute über die Spellmans sagten, nicht ein Wort.

Ambrose schlief ebenfalls ein, sein dunkler Schopf sank auf Sabrinas, und ihre Tante kam heraus und deckte die beiden zu. Nicht die nette Tante, Hilda, sondern Zelda Spellman, die mit einer Zigarettenspitze in Form eines Dreispitzes herumfuhrwerkte, als würde sie gleich jemandem die Augen ausstechen. Sie deckte die beiden sorgfältig zu, die Steppdecke bis über ihre Schultern und um ihre Füße gezogen, doch sie ließ auch den Blick argwöhnisch durch die Dunkelheit schweifen, und endlich fiel Tommy ein, dass er besser gehen sollte.

Tommy fand heraus, dass Harveys Behauptung, er wäre bei den Spellmans, geflunkert gewesen war, weil Susie und Roz Theatergruppe hatten, und Harvey Sabrina nach Hause begleitet hatte und dann zurückgekehrt war, um auch noch Susie und Roz zu begleiten. In der Schule gab es Jungen, die gemein zu Susie waren und sagten, sie sei eigentlich gar kein richtiges Mädchen. Tommys Vater machte sich aus dem gleichen Grund über Susie lustig.

»Ich wollte es Dad nicht sagen«, beichtete Harvey. »Und ich wollte nicht, dass Sabrina erfährt, dass die Jungen Susie und Roz auf dem Heimweg von der Theatergruppe ärgern. Sie würde ausrasten, Tommy! Und sie muss doch selbst nach Hause. Ihre Tante Zelda bringt ihr nach der Schule Latein bei. Sabrina kann Latein, ist das zu fassen?«

Harvey strahlte jedes Mal, wenn er von ihr erzählte. Er glaubte, Sabrina könne so gut wie alles. Diesen Eindruck erweckte Sabrina für gewöhnlich. Die Bewohner von Greendale sagten, wenn sie untereinander flüsterten, Sabrina sei eine kleine Besserwisserin. Tommy konnte sich lebhaft vorstellen, wie Sabrina Schuljungen, die ihre Freundinnen ärgerten, die Hölle heiß machte.

Doch Harvey wollte nicht, dass Sabrina sich sorgte, und Tommy bezweifelte, dass Harvey allein ausreichen würde, um die Jungen daran zu hindern, seine Freundinnen zu schikanieren. Harvey fand Schlägereien hässlich, und Tommys künstlerischer Bruder ertrug keine Hässlichkeit.

Tommy war auch kein Fan davon, aber er kam damit klar. Am nächsten Tag begleitete er Harvey, Roz und Suzie zu Fuß nach Hause, und als die anderen Jungen Tommy erblickten, trauten sie sich nicht näher heran. Zumindest dafür war Tommys Football-Ruhm, der von Tag zu Tag verblasste, noch gut.

»Mach dir bloß keinen Kopf wegen denen, Susie«, sagte Roz mit Nachdruck. »In ein paar Jahren wirst du in einer Großstadt wohnen, und diese Trottel werden als ehemalige Sportskanonen in Greendale verrotten!«

Ihre dunklen Augen, hinter den großen Brillengläsern, waren zu Tommy gehuscht, sobald sie gesprochen hatte. Roz mochte vielleicht diese dicke Brille tragen, verborgen blieb ihr allerdings nichts.

»Ich habe nicht gemeint …«, setzte sie an.

»Natürlich nicht«, sagte Harvey vehement. »Tommy ist kein Trottel. Und er war Auswahlspieler!«

Jetzt war sein kleiner Bruder stolz auf ihn, aber eines Tages würde Harvey sich vielleicht für ihn schämen. Roz lag nicht falsch. Tommys Dad besaß ein Album mit Fotos von sich selbst, die ihn zeigten, wie er Football spielte und eine Lokalgröße war, aus der nie etwas geworden war. Von Tommy hatte er auch ein Album. Niemand außer Tommys Dad scherte sich um diese uralten Fotos, und schon bald würde sich auch niemand mehr um Tommys Bilder scheren. Es war seltsam zu wissen, dass seine Glanzzeiten hinter ihm lagen, obwohl er kaum über zwanzig war.

So war es eben. Allerdings gab Tommy sich Mühe, kein Trottel zu sein.

Damals auf der Schule hatten die Leute behauptet, er könnte jedes Mädchen haben, das er wollte. Dazu konnte Tommy nichts sagen, aber ein paar Cheerleaderinnen hatten ihm deutlich zu verstehen gegeben, dass sie zu haben seien. Das war egal gewesen. Tommy hatte während seiner ganzen Zeit an der Highschool eine feste Freundin gehabt. Martha hatte er kennengelernt, als sie gemeinsam ein Projekt für Extrapunkte machten, und sie wirkte überrascht, als er seinen Teil der Arbeit tatsächlich erledigte, auch wenn ihm der zündende kreative Funke fehlte, den Martha besaß. Tommy mochte es, wie ihre Augen angesichts eines Buchs süß und verträumt wurden. Er nahm an, dass die Erledigung seines Anteils an dem Projekt ihm einen Extrapunkt bei Martha einbrachte. Sie willigte ein, als er sie um ein Date fragte, obwohl sie überrascht ausgesehen hatte, genau wie ein paar andere an der Schule, und sie waren drei Jahre lang ein Paar. Manchmal kam sie zu Tommy nach Hause und half Harvey bei den Hausaufgaben. Harvey mochte sie fast genauso wie Tommy.

Tommy hatte Martha am Tag ihres Schulabschlusses einen Heiratsantrag gemacht. Es überraschte ihn nicht, als sie ablehnte. Sie wussten beide, dass ihr größere, glänzendere Dinge vorherbestimmt waren als der kleine Diamantring, der alles war, was er sich selbst nach zusätzlichen Schichten in der Mine hatte leisten können. Er bat sie, den

Ring zu behalten und manchmal in der großen Stadt an ihn zu denken. Sie behielt den Ring, aber sie ließ nie mehr von sich hören.

Vielleicht wäre Marthas Antwort anders ausgefallen, wenn er das Football-Stipendium angenommen hätte. Tommy war ein gebührenfreies Studium an einem tollen College angeboten worden. Er hatte mit dem Gedanken gespielt, es anzunehmen. Martha hatte ihn für verrückt erklärt, als er abgelehnt hatte. Harvey hätte es ihm niemals verübelt. Doch Tommy hätte es sich selbst verübelt.

Wann immer Tommy über seine eigene Zukunft nachdachte, sah er sich doch nur in Greendale leben und sterben. Er könnte wegziehen und eine Zeit lang so tun, aber er hatte nicht, was Martha und Harvey und Sabrina besaßen, den zündenden Funken, der sie aus dieser Stadt katapultieren würde. Ihm machte es Angst, den Beweis dafür zu liefern, was er bereits tief in seinem Innern als Wahrheit erkannt hatte: Er hatte nicht das Zeug dazu. Vielleicht würde er sich das Knie verletzen, und es wäre alles für die Katz', und selbst wenn nicht …

Wegzugehen bedeutete, Harvey allein zu Hause zurückzulassen, bei ihrem Dad. Es bedeutete, dass Tommy meilenweit weg wäre, nicht vor Ort, um die Schläge ihres Vaters und dessen Enttäuschung vom Leben auf sich zu nehmen. Harveys sensibler Geist würde zugrunde gehen.

»Nimm das«, hatte ihre Mama gesagt, als sie im Sterben lag, und hatte ein helles Kruzifix in Tommys Hände gedrückt und Harvey in seine Arme. »Nimm ihn. Versprich mir, dass du dich um deinen Bruder kümmern wirst.«

Tommy versuchte, würdevoll zu sprechen, obwohl er jung und verängstigt war. Er wusste, dass das Versprechen heilig war. »Ja, Ma'am.«

Das Stipendium lehnte er ab. Er blieb in Greendale, wo er hingehörte.

Es ist nicht so, als hätte Tommy nicht seine eigenen Träume, aber er weiß, dass es so besser ist. Er wollte im Grunde nicht, dass Martha in der Stadt blieb und ihre Augen so traurig wurden wie die seiner Mutter. Er hofft, dass sie gelegentlich den Ring betrachtet und die Erinnerung an ihn süß ist: der Junge zu Hause, der sie gut behandelt und ihren Wert erkannt hat, selbst wenn manche Narren es nicht taten. Das ist ihm lieber, als wenn sie geblieben wäre und ihre Gedanken an ihn bitter geworden wären.

Es war das Gleiche mit Alison, dem Mädchen mit dem goldenen Haar und dem grünen Mantel, die Tommy in der Bar aufgegabelt und ihm vorgeschlagen hatte, gemeinsam nach L.A. zu ziehen. Lieb wie Martha war sie nicht gewesen, aber Himmel, war sie hübsch, mit leuchtenden Augen wie fernen Großstadtlichtern. Es war nett, mit ihr in ihrem winzigen Hotelzimmer zu sitzen und zu reden und zu träumen, doch Tommy wusste, dass er nirgendwohin gehen würde. Eines Tages, wenn die Fotos in seinem Album noch ein bisschen verblichener wären, würde er nicht mehr der Junge sein, den sich ein hübsches Mädchen auf dem Weg aus der Stadt aussuchte. Er würde nur einer der guten alten Jungs an der Bar sein und über die guten alten Zeiten und die guten alten Träume reden.

Tommy hofft, dass Alison L.A. erreicht hat und es der Ort ihrer Träume ist. Tommy wird nie erfahren, dass sie tot ist, verloren unter dem dunklen Gewässer, und niemals die Stadt verlassen wird.

Tommy versuchte einmal, so mit Harvey zu reden, wie er einst Ambrose mit Sabrina hatte sprechen hören. Er brachte stockend ein paar Sätze über Hexen und Drachen hervor, doch aus Tommys Mund klang nichts davon überzeugend. Harvey blickte sehr besorgt drein. Er bat Tommy, nicht wie Dad mit dem Trinken anzufangen, und Tommy schluckte und schwor, es nicht zu tun.

Als sein Vater sagte, die Spellmans seien seltsam, erinnerte Tommy sich an Hilda Spellman bei den Elternabenden, erinnerte sich an den Abend, als Ambrose Spellman Geschichten erzählt und sich mit einem Glühwürmchen unterhalten hatte, und Tommy sagte: »Ich finde, die Spellmans sind echt nette Leute. Ich bin froh, dass Harvey sie kennt.«

Sein Vater ächzte. »Wohl immer noch besser, als wenn Harvey mit diesem Walker-Mädchen zusammen wäre oder diesem anderen Mädel, das sich wie ein Junge aufführt. Das wäre genauso schlimm, als wenn er so wäre!«

Tommy räusperte sich. »Wenn Harvey so wäre … da ist nichts Schlimmes dabei.«

Dads Gesicht wurde grimmig. Er schwang seine Spitzhacke und zerteilte einen Stein. »Da wäre es mir lieber, wenn mein Junge tot wäre.«

Einmal wollte sich ein Kerl mit Tommy verabreden. Nicht Sabrinas Cousin – Ambrose wusste nicht, dass Tommy überhaupt existierte –, es war ein blonder Typ, den Tommy nicht kannte. Tommy war in der Buchhandlung von Dr. Cerberus und versuchte, ein Buch über Kunst aufzustöbern, das Harvey haben wollte, als der Typ ihn ansprach. Tommy lehnte ab, natürlich. Er formulierte es so nett wie möglich, noch während er sich panisch umsah, ob jemand, den sein Vater kannte, ihn hören konnte. Es war nicht so, dass Tommy den Typen attraktiv gefunden hätte, überhaupt nicht, aber er war beeindruckt, dass der blonde Kerl den Mut aufbrachte, ihn zu fragen. Selbst in Greendale gab es ein paar wenige mutige Menschen. Sie lebten ihr Leben in einer Kleinstadt, als wüssten sie, dass sie eines Tages wegkommen würden.

Vielleicht redet Sabrinas wilder Schriftsteller-Cousin manchmal mit Harvey und erzählt ihm wunderbare Geschichten, die aus seinem Munde wahr klingen. Das hofft Tommy.

Falls Ambrose es getan haben sollte, hat Harvey es nicht erwähnt, andererseits redet er, sobald die Sprache auf die Spellmans kommt, immer nur von Sabrina. Im Grunde hat er nur Augen für sie, und es ist nicht schwer nachzuvollziehen, warum das so ist. Sabrina leuchtet, nicht wie Großstadtlichter, sondern wie eine Sonne. Tommy macht sich um Harvey und seine anderen Freundinnen Sorgen, wenn sie durch den Wald gehen, aber um Sabrina macht er sich nie Sorgen.

Erhelle die Träume meiner Cousine.

Dieses Mädchen trägt die Liebe ihrer Familie in sich wie eine ruhige Flamme, ein warmes Licht, das ihren goldenen Schopf umstrahlt und ihren Füßen einen hellen Pfad weist, dem sie folgen können, ohne zu straucheln. Sie ist ein winziges Ding, doch sie schreitet so stolz und furchtlos aus wie ihr Cousin, spricht mit der Autorität einer Zelda Spellman und ist so nett zu ihren Freunden, wie es Hilda Spellman Tommy gegenüber ist. Sabrina würde sich selbstbewusst ins tiefste Dunkel oder das wildeste Abenteuer stürzen. Tommy hätte diese Selbstsicherheit auch gern. Er würde sie Harvey schenken, der nicht einherschreitet, wie es Sabrina tut, der manchmal wie ein verängstigtes Tier zurückschreckt, wenn ihm Menschen nahekommen. Doch Harvey geht immer an Sabrinas Seite. Vielleicht wird Sabrina sich bei Harvey sicher sein, wie sie es bei den meisten Dingen ist, so sicher, wie sich noch nie jemand bei Tommy gewesen ist. Vielleicht kann sie in Harvey die Größe sehen, die Tommy sieht. Vielleicht wird sie Harvey mitnehmen, wohin sie auch gehen mag.

Das ist alles, was Tommy will. Darum geht es Tommy im Leben.

Ein Klopfen ertönt, sein kleiner Bruder, der an die offene Tür des Kinkle'schen Hauses klopft, um Tommys Aufmerksamkeit zu erregen.

»Was machst du, Tommy?«

Tommy zuckt mit den Schultern. »Mit offenen Augen träumen, schätze ich mal.«

Harveys schüchternes Gesicht hellt sich auf. »Wovon träumst du?«

»Was glaubst du?« Tommy zerzaust ihm die Haare. »Ich träume, dass all deine Träume in Erfüllung gehen, du Nerd.«

Harvey grinst, als würde Tommy einen Witz machen. »Willst du meine Zeichnung sehen?«

»Aber sicher doch«, sagt Tommy. »Veranstalten wir eine Vorbesichtigung, bevor du in den Kunstgalerien landest. Ich komm gleich rein. Und hey, morgen? Da musst du mit deinem Mädel reden.«

Harvey beißt sich auf die Lippe, nickt und läuft dann ins Haus, um das Bild zu präsentieren. Er glüht vor Stolz. Harvey leuchtet nicht mit Sabrinas Selbstsicherheit, aber da ist Licht, selbst wenn es manchmal verblasst oder flackert. Er ist das Hellste in Tommys Leben.

Reverend Walker sagt in seinen Predigten von Blut und Donner und Höllenfeuer: *Was würdet ihr tun, wenn ihr in den Höllenschlund stürzt?* Die Antwort fällt Tommy nicht schwer. Wenn Harvey mit ihm im Höllenschlund wäre, würde er Harvey so schnell wie möglich auf seine Schultern heben. Tommy hat starke Schultern und sichere Hände. Er würde dafür sorgen, dass Harvey rauskommt.

Aus dem Zimmer, in dem ihre Mutter im Sterben lag, aus dem Spiegelkabinett, aus den beengenden Schatten von Greendale.

Dies ist der Kampf eures Lebens!, sagte der Trainer früher bei jedem Spiel, doch Tommy wusste es damals besser, und er weiß es jetzt besser. Football ist nur ein Spiel. Das hier, Harvey, seinen kleinen Bruder, hinauszubringen, ist der Kampf seines Lebens. Tommy schaffte alle Touchdowns, Tommy steckte jeden Schlag ein. Großvater sagt mit Nachdruck, sie hätten Jäger zu sein, also brachte Tommy Harvey bei, besser zu schießen, als Tommy es selbst konnte, aber er lässt nicht zu, dass sie Harvey zum Töten zwingen. Wenn sie raus auf die Jagd gehen, greift Tommy nach der Flinte und schießt auf das Wild, damit Harvey es nicht tun muss, und Tommy trifft die Tiere jedes Mal genau zwischen die Augen. Tommy arbeitet die längsten Schichten, unten in den dunkelsten Stollen der Mine, und versucht, seinem Dad auszureden, dass Harvey endlich eine Schicht übernehmen sollte. Harvey wird nicht dort hinuntersteigen. Mit Harvey wird es nur aufwärts gehen. Dafür wird Tommy schon sorgen. Er hat es seiner Mutter versprochen. Bisher hat er noch nie versagt. Auf Tommy Kinkle ist Verlass. Das weiß jeder.

Durch die grünen Bäume, die ihr kleines grünes Haus umgeben, fährt ein raunender Wind. Er klingt fast wie eine Stimme, fast wie Sabrinas Tante Hilda, diese freundliche Frau. Es ist lächerlich, dass sie von irgendjemandem als Hexe bezeichnet wird.

In einem Haushalt ohne Mutter, wo ein gefühlskalter Mann das Sagen hat, zahlt ein Kind.

»Lass es mich sein«, sagt Tommy Kinkle, der das Verandageländer mit einem leisen Seufzen loslässt.

Er wird zahlen: mit jedem Tag seiner Zukunft, jedem Tropfen Schweiß und Blut, jedem Traum.

Aber nicht Harvey. Nicht sein kleiner Bruder. Er ist der Beste aus ihrer Familie, und Tommy wird ihn retten.

ZAUBERKRAFT IN EUREN LIPPEN

Als ich aufwachte, war der Morgen öde und grau, und ich kroch mit Gliedern, die beinahe so schmerzten wie meine Augen, aus dem Bett. Am Abend zuvor hatte ich mich in den Schlaf geweint. Die Uhrzeit auf meiner Porzellanuhr war zu früh für diesen Unsinn. Als ich in den Spiegel sah, zuckte ich zusammen und war mir nicht sicher, ob das an den gemalten weißen Rosen lag, die meinen Spiegelrahmen zierten, oder an den tiefen Ringen unter meinen Augen.

Ich ermahnte mich, nicht töricht zu sein, zog ein rotes Kleid an und setzte einen schwarzen Haarreifen auf. Dann starrte ich mich im Spiegel an, riss den Reifen aus dem Haar und warf ihn polternd auf meinen Toilettentisch. Ich stand auf, biss mir auf die Unterlippe, bückte mich nach dem Haarreifen und schob ihn mir gewaltsam auf den Kopf, ohne im Spiegel zu überprüfen, wie es aussah.

Mit unglaublich schlechter Laune ging ich nach unten. Tante Hilda fuhr zusammen, als ich eintrat, und ließ ihren

Löffel fallen. Sie hatte Haferbrei gekocht, aber dem Geruch und der dünnen, traurigen Rauchfahne nach zu schließen, die aus dem Topf emporstieg, hatte sie ihn anbrennen lassen.

Tante Zelda genehmigte sich ihre Frühstückszigarette bei Tisch, aber von Ambrose war keine Spur zu sehen. Gewöhnlich machte er sich die Mühe, unten mit mir zu frühstücken, bevor ich in die Schule ging, selbst wenn er die ganze Nacht vor seinem Laptop aufgeblieben war. Darüber hatte ich mir früher nie großartig Gedanken gemacht.

Ich schnappte mir eine Schüssel, ließ mich Tante Zelda gegenüber am Tisch nieder und kaute verärgert auf den angebrannten Klümpchen in meinem Brei herum.

»Du hast die Molchaugen anbrennen lassen«, stellte Tante Zelda kritisch fest. »Molchaugen gehören al dente.«

Ich verschluckte mich an einem der … nein, bloß nicht darüber nachdenken … angebrannten Breiklümpchen und schob die Schüssel weg. Dann stand ich auf, um mir Müsli zu holen, doch Ambrose musste die Packung aufgebraucht haben. Ich knallte die Schranktür zu.

»Du solltest etwas frühstücken«, ermunterte Tante Hilda mich.

»Okay«, sagte ich. »Tante Z., kann ich eine Zigarette haben?«

»Auf keinen Fall!«, fuhr Tante Zelda mich an. »Zigaretten sind äußerst schädlich für Sterbliche. Wohingegen ich meinem Lord Satan meine Ehrerbietung erweise, indem ich mich mit dem Rauch vertraut mache, der zweifellos mit dem Höllenfeuer einhergehen wird.«

Bedrückt wie Tante Hilda wirkte sie zwar nicht, aber sie hatte vor dem Frühstück ungefähr fünf Zigaretten geraucht. Ich fragte mich, ob sie sich darüber Gedanken machte, ich könnte Schande über die Familie bringen.

»Ich bin keine Sterbliche«, fauchte ich. »Aber fast, oder?«

Anscheinend würde sich meine Lunge nach meiner satanischen Taufe verändern, zusammen mit meinem weichen Sterblichenherz.

»Sag nicht so was, oder ich wasche dir den Mund mit Weihwasser aus«, drohte Tante Zelda.

»Nur zu!«

»Fordere mich nicht heraus!« Mit einem nachdrücklichen Klicken legte Tante Zelda ihre Zigarettenspitze ab. »Das hier ist absurd. Ich hole Ambrose nach unten.«

»Ich will ihn nicht sehen!«, rief ich ihr nach, als sie aus dem Zimmer rauschte. Tante Zelda achtete nicht auf mich.

Wir hörten, wie sie beide Treppen hinaufstieg, in Richtung Mansarde. Dann Tante Zeldas lauten Befehlston, und das wütende Grollen von Ambrose' Antworten. Er wollte nicht nach unten kommen. Ich sah, wie Tante Hilda in einem leisen, enttäuschten Seufzen ausatmete, gleichzeitig mit mir.

Im nächsten Moment war ich wütend auf mich. Er war fertig mit mir, und ich war fertig mit ihm. Das bedeutete auch kein Aufstehen fürs Frühstück mehr, bevor ich mich auf den Schulweg machte. Er würde mir nicht mehr die Tür weit aufhalten, wenn ich von der Schule heimkam, bevor ich Gelegenheit hatte, sie selbst aufzumachen, oder auf der Veranda auf mich warten.

Ich schob meinen Stuhl vom Tisch zurück und stand auf. »Ich bin das hier so was von leid.«

»Und wenn du nach oben gehst und mit Ambrose redest, hm, Liebes?«, schlug Tante Hilda vor.

Ich schnappte mir meine Schultasche und meinen roten Mantel. »Ich will nicht mit ihm reden, und er will nicht mit mir reden.«

In dem Haus hielt ich es keine Minute länger aus.

Die Unheimlichen Schwestern trieben sich vor unserer Grundstücksgrenze herum. Genau das hatte mir noch gefehlt. Ihre Schatten fielen auf mich, die Schultern hochgezogen, als lachten sie schon auf meine Kosten. Sie sahen wie eine kleine Rabenschar aus, die auf einem Ast hockte und jeden verspottete, der vorüberkam.

»Einen guten Morgen, *Nicht*-Schwester!«, rief Prudence.

Meine Stimme war steinern. »Was willst du?«

»Wollte nur den schlimmsten Teil des Tages früh hinter mich bringen«, antwortete Prudence. »Ach, siehst du heute Morgen aber fröhlich aus! Die Sterblichen glauben, Hexen würden Milch sauer machen, aber vielleicht hat die Geschichte ihren Anfang wegen deines Gesichts genommen. Wie soll ich es jemals ertragen, wenn du unsere Akademie verschandelst?«

Die kalte Morgenbrise war in meinen Augen und brachte sie zum Tränen. Ich wischte heftig mit dem Ärmelaufschlag meines roten Mantels darüber. »Vielleicht wirst du es nicht herausfinden müssen«, fuhr ich sie an und schob mich gewaltsam an Prudence vorbei, woraufhin die drei in meinem Rücken lautstark protestierten. »Vielleicht will ich gar nicht hin.«

Ich konnte mich nicht mit ihnen herumschlagen. Nicht heute. Sie sollten jemand anderen zu ihrem Vergnügen quälen.

Hinter der Straßenbiegung, unter dem Gewölbe aus Bäumen, deren Blätter allmählich abstarben, stieß ich auf Harvey, der den Weg zu meinem Haus entlangkam.

⛤

Er riss die Augen auf, von meinem Anblick so überrascht wie ich von seinem. Einer der schaffellbesetzten Kragenaufschläge an seiner Jacke klemmte innen, anstatt außen zu sein, sein Haar war sogar noch zerzauster als sonst. Er sah immer noch verschlafen aus und besorgt und absolut lieb, und ich konnte ihm im Moment nicht unter die Augen treten.

»Hey, Brina! Wohin gehst du?«

Ich räusperte mich. »In die Schule. Früher. Ich habe mir gedacht, ich gehe heute früher in die Schule.«

»Du wolltest nicht auf mich warten?« Harvey schluckte die Information hinunter. »Du bist mir wohl doch böse.«

»Nein«, flüsterte ich. »Ich bin dir nicht böse.«

Ich wollte nicht, dass er das glaubte. Doch er senkte das

Kinn und lud die Verantwortung auf sich, die doch gar nicht ihm gehörte.

»Dazu hast du jedes Recht«, sagte Harvey. »Tommy hat mir geraten, dass ich mit dir reden soll. Darf ich?«

»Ich bin dir wirklich nicht böse«, erklärte ich beharrlich. »Du brauchst dich nicht zu entschuldigen. Ich sollte diejenige sein …«

»Lass mich Folgendes sagen«, unterbrach Harvey mich. »Bitte, Brina. Es ist mir wichtig. Ich rede nicht viel mit dir über meine Familie.«

Auch das war meine Schuld. Wenn ich eine Sterbliche wäre, würden wir beide mehr über unsere Familien sprechen. Mit Schuldgefühlen und Schweigen wie Asche in meinem Mund konnte ich nur nicken und zulassen, dass Harvey meine Hand nahm und mich vom Weg zog, sodass wir unter den tief hängenden goldenen Blättern und dem frühmorgendlichen grauen Himmel standen. Mir blieb nichts anderes übrig, als zuzuhören.

»Der Grund, warum ich dir nicht erzähle …« Harvey war derjenige, der hatte reden wollen, doch das Sprechen schien ihm Probleme zu bereiten. Er schluckte und mühte sich weiter ab. »Es ist nicht so, dass ich dir nicht vertraue. Es ist nur so, dass ich nicht gern darüber nachdenke. Wenn ich in der Schule bin, wenn ich mit dir und Roz und Suzie zusammen bin, kann ich so tun, als wäre alles in Ordnung. Dann kann ich mich normal fühlen.«

Mit einem derart trockenen Mund fiel mir das Sprechen schwer. »Das verstehe ich gut.«

Harvey schenkte mir ein winziges Lächeln. »Ich hasse es zu Hause«, beichtete er. »Mein Dad mag mich nicht. Mein Großvater ist genau wie er, nur noch schlimmer. Sie reden von nichts anderem als davon, Bergleute zu sein und Jäger, starke Männer. Sie glauben, es gäbe nur eine Möglichkeit, stark zu sein, und so bin ich nicht, und ich glaube, das führt dazu, dass sie mich – brechen wollen, damit sie mich in eine andere Form ummodeln können. Eine, die ihnen besser gefällt.«

Wut stieg in mir hoch, rot wie Blut. Ich war eine Hexe, und wenn jemand bedrohte, was mir gehörte, würde ich Zerstörung bringen. »Du meinst doch nicht etwa …«

Harvey schüttelte rasch den Kopf. »Nein. Mein Dad tut mir nicht weh oder so was. Er – schreit manchmal. Er hat Wutausbrüche. Aber mehr nicht. Es ist nur, als wäre ich jedes Mal, wenn ich zu Hause bin, ein Fremder, der zu Besuch kommt. Jemand, mit dem er nichts gemein hat, und er weiß nicht, warum ich dort bin, und er will, dass ich verschwinde. Ich rede nicht mit dir darüber, weil ich möchte, dass du glaubst, ich sei – stärker, als ich es bin, und cooler, als ich es bin. Mein Dad will mich nicht. Ich schätze mal, ich hatte Angst, wenn du das wüsstest, dann wäre die Schule kein Fluchtraum mehr, und du würdest vielleicht anfangen, dich zu fragen, warum er so empfindet.«

Ich drückte seine Hände. »Das brauche ich mich nicht zu fragen. Jeder, der dich nicht zu schätzen weiß, ist ein Idiot.«

An meinem ersten Schultag war ich so aufgeregt und nervös gewesen, unter den Sterblichen zu sein. Damals war jedes einzelne der anderen Kinder größer als ich gewesen, und Harvey war einer der Größten. Ich hatte ihn mir gleich ausgesucht. Während ich auf Zehenspitzen gestanden und meinen Hals gereckt hatte, um mich größer zu machen, waren seine Schultern vornübergebeugt gewesen, und er hatte den Kopf eingezogen, um kleiner zu wirken. Ich schob mich durch die Menschenmenge, ging direkt zu ihm und griff nach seiner Hand, und er schenkte mir ein schüchternes, entzücktes Lächeln.

Ich hatte ihn und Roz und Suzie auf Anhieb gemocht, so sehr, aber Harvey mochte ich am meisten. Und von Anfang an wollte ich, dass er mich auch am meisten mochte. Diesen dummen Zauber hatte ich durchgeführt, weil ich diese Gewissheit in meinem Leben haben wollte, weil ich immer noch hoffte, dass er mich mehr als alle anderen mochte.

Ich hatte ihn immer geschätzt. Wenigstens das konnte ich zu meiner Rechtfertigung sagen. Aber ich hätte es nicht tun dürfen.

»Erinnerst du dich noch an das Mädchen in dem grünen Mantel, das wir auf dem Pfad im Wald gesehen haben?«, fragte Harvey. »Ich *habe* sie beobachtet.«

Ich nickte, denn so viel wusste ich. Ich hatte ihn mit einem Zauber belegt, der ihn verletzt hatte, weil es mich verunsichert hatte, nicht seine volle Aufmerksamkeit zu genießen.

»Du hast einen Witz darüber gemacht, dass ich sie ansehe, weil sie hübsch ist«, sagte Harvey. »Mir war klar, dass du eigentlich nicht glauben konntest, ich würde je ein anderes Mädchen anschauen, jedenfalls nicht so. Ich habe gedacht, dass du vielleicht eine Ahnung hattest, was tatsächlich vor sich geht, aber ich wollte es dir nicht sagen, genauso wie ich dir nicht sagen wollte, wie die Dinge zu Hause stehen. Ich wollte es nicht realer machen.«

Harvey holte tief Luft. Ich starrte ihn völlig verwirrt an.

»Das Mädchen hieß Alison«, erklärte er mir. »Sie war eine Touristin, auf dem Weg an einen aufregenderen Ort als der Stadt, aus der sie kam, und aufregender als Greendale. Bloß hat sie Tommy in einer Bar kennengelernt und sich entschlossen, ein bisschen zu bleiben. Ich habe die beiden nicht belauscht, aber ich habe doch mit angehört, wie sie sich die wenigen Male, als er sie nach Hause mitgebracht hat, unterhalten haben. Sie wollte, dass er mit ihr kommt, nach Los Angeles. Sie hat davon geredet, wie unglaublich toll ihr neues Leben sein würde.«

Es folgte ein Schweigen. Ich hätte wohl ein Blatt zwischen uns aufs Gras fallen hören können. Eigentlich hatte ich gedacht, dass Harveys Familiensituation nicht so kompliziert wie meine sein könnte, nicht, wo seine Familie doch sterblich und wenigstens ein Elternteil am Leben war. Alles hatte ich darauf geschoben, dass meine Familie aus Hexen bestand. Ich hatte mich getäuscht.

»Ich weiß, dass du und deine Familie, dass ihr euch nicht viel aus Football macht. Ehrlich, ich auch nicht, aber – Tommy war Captain der Baxter High Ravens, vor ein paar Jahren. Er war der Quarterback, wie Dad früher, aber Dad sagt, Tommy sei besser gewesen, als er es je war. Tommy war echt begabt.

Ich war immer sicher, dass Tommy ein Football-Stipendium an einem guten College bekommen und aus Greendale herauskommen würde. Noch eine richtige Zukunft vor sich hätte, etwas Größeres und Besseres, als in der Mine der Familie zu arbeiten.« Bei der Erwähnung der Mine schauderte Harvey leicht. »Ich hätte ihn verdammt vermisst. Tommy ist der einzige Mensch in der Familie, der sich für mich wie Familie anfühlt. Mom ist gestorben, als ich noch ganz klein war, also kann ich mich nicht richtig an sie erinnern. Tommy war immer genau das, was Dad und Großvater sich gewünscht haben. Er hätte mich ignorieren oder verachten können, wie sie es getan haben. Aber das hat er nicht. Er hat mit mir Ball gespielt, als ich noch klein war, und es hat ihn nie gekümmert, dass ich nicht gut war. Er hat mir mein erstes Set Buntstifte und Farben gekauft, und sagt mir immer noch, dass jedes Bild, das ich zeichne, unglaublich ist. Er ist immer größer und stärker gewesen, und das hat er eingesetzt, damit ich mich sicher fühle. Niemand hat jemals einen besseren Bruder gehabt. Ich hatte solche Angst, dass er mich alleinlässt.«

»Ich weiß, dass du ihn wirklich liebst«, sagte ich leise.

Harvey zögerte einen Moment, bevor er nickte, und fuhr dann schnell mit seiner Erzählung fort.

»Ich weiß nicht, warum niemand Tommy ein Football-Stipendium angeboten hat, aber so war es. Aufs College konnte er nicht gehen. Er hatte eine Freundin an der Highschool, die süß und schlau war, und ich weiß, dass er sie sehr geliebt hat, aber sie wollte nicht mit ihm in Greendale bleiben. Sie ist fortgegangen und nie mehr zurückgekommen. Sie hat noch nicht mal angerufen. Er musste bleiben und bei uns zu Hause wohnen und in der Mine arbeiten. Ich weiß, wie unglücklich und gefangen Tommy sich gefühlt haben muss. Keine Ahnung, was ich tun würde, wenn ich glauben würde, dass ich ewig so leben müsste. Er beklagt sich nie. Er benimmt sich immer, als sei alles okay für ihn. Aber auf einmal war er mit diesem neuen Mädchen zusammen, und sie war echt glamourös, und sie hat Tommy von einem Ausweg erzählt. Ich dachte, er würde ihn nehmen. Ich wusste, dass es für ihn keinen Grund gab zu bleiben.«

»Deshalb warst du letzte Woche so still und unglücklich«, murmelte ich. »Deshalb hast du das Mädchen angeschaut. Weil du sie gekannt hast.«

Ich war so bescheuert gewesen.

Harveys Gesicht war wie der Himmel, völlig offen, ohne die eigene Dunkelheit oder Helligkeit verbergen zu können. Jetzt war er offensichtlich niedergeschlagen. »Dieses Mädchen, Alison, sie ist fort. Tommy hat gesagt, er würde nicht mit ihr weggehen, also ist sie ohne ihn los. Er ist nach seinem letzten Treffen mit ihr nach Hause gekommen, knapp eine Stunde, nachdem wir sie im Wald gesehen haben, und ich wusste es einfach. Er sah so unglücklich aus, und ich war wütend auf mich, weil ich ängstlich und dumm war. Er hat ein Anrecht auf sein eigenes Leben. Er sollte glücklicher sein, als er es jetzt ist. Stattdessen ist er in Greendale geblieben, und ich weiß, dass er meinetwegen geblieben ist. Er hätte es nicht tun sollen.«

»Er ist dein Bruder«, erklärte ich Harvey. »Wenn er geblieben ist, will er es so. Es bedeutet, dass er dich sehr liebt.«

Beinahe war ich eifersüchtig auf diese Liebe, wie ich es zuvor schon gewesen war, und überlegte mir, wie unterschiedlich Tommy und Ambrose doch waren.

Wir standen unter den Bäumen des sterbenden Sommers, die Hände verschränkt, mit den Handflächen aneinander. Gestern hatten Dornen Harveys Hände aufgeschlitzt, die Künstlerhände, die ich liebte, und es war meine Schuld. Heute beichtete er, als wäre es eine Sünde, dass er Angst gehabt hatte, seinen Bruder zu verlieren, und es brach mir das Herz. Auf keinen Fall durfte ich auf Harvey eifersüchtig sein. Ich wollte, dass er alles hatte, Liebe und Güte und fortwährenden Schutz. Er hatte das alles verdient.

Harvey schüttelte den Kopf, offensichtlich immer noch von Zweifeln zerfressen. Der Wind schob sein unordentliches Haar mit unsichtbaren Fingern zurück, als liebte er ihn und wollte sein Gesicht deutlicher sehen. Harvey ließ sich die Haare nicht oft genug schneiden, und es war mir früher nie in den Sinn gekommen, dass er keine Mutter oder Tanten hatte, die ihn daran erinnerten. Ich wollte sein Haar selbst berühren, die besorgte Unsicherheit von seiner Stirn wischen, aber ich wusste nicht, wie ich es bei mir selbst anstellen sollte, geschweige denn bei ihm.

»Dass Tommy geblieben ist, kann ich gut nachvollziehen«, sagte ich beharrlich. »Ich begreife nicht, wieso dein Vater dich nicht wertschätzt. Es macht mich so wütend, dass du gelitten hast und ich nichts wusste, und ich weiß noch immer nicht, wie jemand von dir enttäuscht sein könnte. Was du mir von deinem Vater erzählst, das glaube ich dir zwar, doch es ergibt für mich keinen Sinn. Aber wie Tommy dir gegenüber empfindet, ergibt sehr viel Sinn.

Hör mal, Harvey. Du hast dir Sorgen gemacht, dass ich, wenn ich mehr über deine Situation zu Hause Bescheid wüsste, meine Meinung über dich ändern könnte, aber das werde ich nicht. Nichts an deiner Familie, und nichts an meiner, könnte mich dazu bringen, weniger von dir zu halten. Nichts an deiner Familie, und nichts an meiner, könnte mich dazu bringen, dich verlassen zu wollen.«

Ich packte die schaffellbesetzten Aufschläge seiner Jacke und zog seinen zerzausten Kopf und den süßen, überraschten Mund zu meinem herunter. Ich besiegelte das Versprechen mit einem Kuss.

Als ich mich von ihm löste, waren Harveys Augen weich und fingen, wie Flusswasser, goldenes Licht auf. »Vielleicht ist das der Grund, warum ich nicht begreife, dass Tommy nicht fort ist. Wenn du mich bitten würdest, Greendale mit dir zu verlassen«, murmelte er, »würde ich gehen. Ich würde dir überallhin folgen.«

Bei seinen Worten strömte Wärme durch meine Brust, erstarb dann aber, als mich eiskalt die Erinnerung durchzuckte. Er hatte ein Lied unter meinem Fenster gesungen, unsere Schule mit Blumengirlanden geschmückt, nicht für mich, sondern wegen mir. Weil ich Harvey mit einem Zauber belegt und ihn dazu gebracht hatte, so zu handeln.

Es war der Zauber deines Cousins, nicht deiner, flüsterte der Wunschbrunnengeist in meinem Kopf. *Seine Schuld, nicht deine.*

Ich hätte nicht zusammen mit Ambrose hexen dürfen. Wenn ich bereits eine Hexe wäre, hätte ich mein eigenes Zauberbuch und würde die Zaubersprüche darin kennen. Wenn ich mehr Macht besessen hätte, hätte ich sichergehen können, dass ich Harvey nicht wehtue. Wenn ich stärker als mein Cousin oder die Unheimlichen Schwestern wäre, hätte ich den richtigen Zauber gesprochen.

Macht sollte nicht nur in den Händen derer mit kalten, wankelmütigen Herzen liegen. Wenn ich bessere Magie wollte, musste ich für mich selbst zaubern.

Ich wollte nicht das Hexendasein aufgeben, bloß weil manche Hexen böse waren. Ich konnte besser sein. Ich wollte nicht auf Macht verzichten oder darauf, meine Tanten stolz zu machen, aber auf Harvey wollte ich auch nicht verzichten, und das würde ich auch nicht tun. Ich konnte uns beide durch Magie beschützen.

Harvey hatte das Mädchen in Grün angesehen, nicht weil sie hübsch war, sondern weil sie möglicherweise seinen über alles geliebten großen Bruder wegholen könnte. Er hatte die Unheimlichen Schwestern und deren Hexerfreund angesehen, weil er sie für Touristen wie das Mädchen in

Grün gehalten hatte, Menschen, die leicht aus Greendale entkommen konnten.

»Es tut mir leid, dass du verletzt wurdest«, erklärte ich Harvey. »Ich werde es nie wieder zulassen. Von jetzt an werde ich dich beschützen.«

Harvey lachte leise und betrachtete mich zärtlich. »Ich liebe es, dass du so wild entschlossen bist. Aber du kannst mich nicht vor allem beschützen, Brina.«

»Doch, das kann ich.« Er musste das Versprechen nicht ernst nehmen. Aber ich würde es tun. »Das werde ich.«

Ich würde nicht zulassen, dass er je wieder verletzt wurde. Vielleicht hatte Harvey die ganze Zeit über wirklich Gefühle für mich und nur für mich gehegt, wie ich es mir gewünscht hatte. Wenn ich abgewartet hätte, wenn ich nicht den Zauber mit Ambrose durchgeführt hätte, hätte Harvey mir vielleicht eines Tages gesagt, dass er mich liebte, und ich hätte ihm glauben können.

Jetzt würde ich es niemals erfahren.

Es war meine eigene Schuld. Ich hatte einen schrecklichen Fehler begangen.

Aber ich wusste, wie er sich beheben ließ.

WAS IM DUNKELN GESCHIEHT

In Susie Putnams Zimmer gibt es eine kalte Stelle, wo Spiegel zerbrechen.

Es ist eine Ecke beim Fenster, in Richtung Bett. Wenn der Spiegel nicht da ist, ist Susie schon hindurchgegangen, und die Kälte dort ist heftig. Als würde sich ein Geist dicht zu Susie beugen, um Susie ein Geheimnis ins Ohr zu flüstern, aber Susie hält die Kälte nicht lange genug aus, um stehen zu bleiben und zuzuhören.

Susie versucht sich zu merken, wo die Stelle ist. Susie kommt nicht dahinter, warum Susie es immer vergisst, oder woher der Luftzug kommt, ob es eine Tür ist oder ein Fenster oder gar ein Spalt irgendwo im Fundament von Susies Zuhause. Susies Vater sagt, er spüre die Kälte überhaupt nicht. Doch Susie ist überzeugt, dass das Frösteln nicht nur Susies Einbildung ist. Susie hat Beweise. Die Ecke in Susies Zimmer schreit förmlich nach einem Spiegel, aber nach ein paar Monaten, Tagen oder auch Wochen in der Ecke erscheint jedes Mal ein Haarriss im Glas. Wie ein Sprung in einer Eisschicht, anfangs kaum wahrnehmbar, dann bildet sich ganz schnell quer über der silbernen Spiegeloberfläche ein Riss, der sich auftut und zu einer dunklen Wunde wird.

Eine Zeit lang gelingt es Susie, Vorsicht walten zu lassen. Susie vermeidet die Ecke und stellt den Spiegel irgendwo anders auf.

Aber früher oder später läuft etwas schief.

Manchmal unterhält Susie sich mit ihrem Onkel Jesse mit den traurigen Augen, von dem die Leute behaupten, er sei *sensibel* und *nicht ganz richtig und manchmal sogar kein echter Mann*. Oder Susie wird wütend und versucht, einem kichernden Spieler des Footballteams einen Stoß mit dem Kopf zu verpassen, oder Susie schläft und träumt von unmöglichen Dingen. In Susies Träumen ist Susie an einem anderen Ort als Greendale. Susie befindet sich an einem glamourösen Ort, etwa Susies verschwommener Vorstellung von einer fernen Vergangenheit, oder Susies glänzendem Bild von einer Zukunft, in der alles viel klarer ist. In Susies Träumen gibt es Menschen, die Verständnis und Mitleid haben, und wenn Susie an ihnen vorübergeht, hört Susie Geflüster. Sie kichern nicht über Susie, wie es jeder außer Susies Freunden in der Schule tut. Sie bezeichnen Susie als *attraktiv*.

»Ich weiß, dass du ein braves Mädchen sein wirst«, sagt Susies Dad zu Susie, wenn er das Haus verlässt. Für ihn ist das gar keine Frage, brav zu sein oder ein Mädchen zu sein, und Susie muss beides sein. Im Kopf von Susies

Vater hat Susie keine andere Wahl. Susie weiß, dass er recht hat.

Aus irgendeinem Grund scheint Susie sich nicht merken zu können, wie man die Kälte vermeidet. Früher oder später vergisst Susie es und schiebt den Spiegel in die kälteste Zimmerecke. Früher oder später erwacht Susie aus Träumen, die zu verlockend und zu erschreckend sind, und muss dem Spiegelbild im Bett in die Augen sehen. Früher oder später zerbricht der Spiegel.

Manchmal überlegt Susie, die Ecke nicht zu meiden, oder den Spiegel wegzuwerfen. Manchmal überlegt Susie, selbstbewusst auf den gesprungenen Spiegel zuzugehen und ihn anzusehen, ohne zu befürchten, von dem Makel im Glas verschluckt zu werden. Zu sehen, was es zu sehen gibt.

Bisher hat Susie es nicht getan.

Sabrinas sterbliche Freunde haben eine Lektion gelernt, die Sabrina nicht gelernt hat, noch nicht. Sie haben gelernt, Angst vor sich selbst zu haben. Sie verstehen genug, um die Macht eines Spiegels zu fürchten.

EIN WUNSCH GEHT IN ERFÜLLUNG

Der Himmel wölbte sich über mir, perlgrau und glänzend und opak wie ein beschlagener Spiegel. Ich hatte Harvey zur Schule vorgeschickt und ging allein durch den Wald, zu dem einsamen Bachufer, wo der Geist des Wunschbrunnens wartete.

Sobald ich dort war, sprudelte jedes einzelne Ereignis, seitdem ich sie zuletzt gesehen hatte, aus mir hervor: Ms. Wardwells helles kleines Häuschen, Harveys von Dornen zerfetzte Hände, Ambrose, der nichts mehr mit mir zu tun haben wollte. Dann verstummte ich, beinahe atemlos. Ich rechnete damit, dass sie vielleicht versuchen würde, mich zu trösten, wie Ms. Wardwell es versucht hatte.

Die silbrigen Augen des Geistes sahen mich unverwandt an, stumm und eindringlich. Das Einzige, was ich darin sehen konnte, war das Spiegelbild meines eigenen verzweifelten Gesichts.

»Dann willst du also jetzt den Zauber durchführen?«

Ich holte tief Luft. »Ja. Ich will den Zauber jetzt durchführen.«

Der Geist des Wunschbrunnens murmelte: »Das ist alles, was du sagen musstest.«

Es war ein wenig beunruhigend, aber mir wurde klar, dass sie recht hatte. Worte bedeuteten nicht viel. Wenn ich vorhatte, eine große Hexe zu sein, sollte ich handeln. Unwillkürlich nickte ich.

»Ich erinnere mich noch an den Anfang des Zauberspruchs«, erklärte ich ihr. Ich tauchte die Hand in das undurchsichtige Wasser, bis übers Handgelenk, und spürte, wie die Kälte in mein Blut drang. »*Spieglein, Spieglein, lass mich erstrahlen. An Gesicht und Herz.*«

»Reich mir deine Hände«, drängte der Geist. »Umarme den Fluss. Sprich die Worte mit mir:

Spieglein, Spieglein, lass mich erstrahlen
An Gesicht und Herz, soll alles anders sein.«

Ich zögerte. »Ich will aber nicht, dass alles anders wird.«

»Nur, was du willst«, versprach mir der Geist. »Es ist deine Chance.«

Ich streckte die Arme aus, um den Geist zu umarmen, und als sie zurückwich, fanden meine Hände nur Wasser. Sie schienen unter der Oberfläche zu verschwinden, und ich musste an Ambrose denken, der von der Geschichte über das Mädchen gesprochen hatte, das nichts Böses anfassen wollte und am Ende keine Hände mehr hatte.

Tante Hilda hatte mir die Geschichte auch erzählt. Letzten Endes hatte das Mädchen sich neue Hände machen lassen, Silberhände. Sie waren besser als ihre echten. Ich wollte größer, besser, die bestmögliche Version meiner selbst sein.

Ich würde es Ambrose zeigen. Ich würde es ihnen allen zeigen. Als der Geist einen Singsang anstimmte, sang ich mit ihr, doch ich wollte nicht »soll alles anders sein« sagen. Stattdessen summte ich ein vages Einverständnis, und es schien zu funktionieren. Unsere Stimmen strömten zusammen wie zwei Bäche, die sich zu einem Fluss vereinigten.

»Spieglein, Spieglein, lass mich erstrahlen
An Gesicht und Herz, soll alles anders sein
Mach alles aus mir, was ich erreichen kann.
Zaudere nicht, dann stellt der Ruhm sich ein
Vergiss den Preis, den du geschworen
Sieh nur in diesen Spiegel hinein
Und glaube fest, es sei nichts verloren.«

Die raschelnden Blätter schienen uns die Worte in einem gedämpften Chorus nachzusprechen. *Verloren. Verloren. Verloren.*

Eine einzelne kleine Welle, wie ein Schauder, bewegte sich über die glatte Oberfläche des Baches. Das silberne Gewässer spiegelte die Wolken wider, die tief über dem Wald hingen, und die zitternde Wellenlinie zerriss den Schleier. Im Spiegel des Gewässers verlief ein Riss quer über den Himmel.

Die Welle erreichte meine Handgelenke. Auf einmal brannte das Bachwasser, kälter als Eis.

Ich spürte, dass ich selbst mich veränderte, so wie sich Wasser in Eis oder Dampf verwandeln konnte. Es handelte sich um keine Illusion, wie ich sie zuvor gezeigt bekommen hatte. Meine Knochen fühlten sich an, als würden sie wie Metall eingeschmolzen und zu etwas Neuem geschmiedet. Ich hörte ein Knistern an meinem Ohr, wie das Geräusch von Feuer, und sah dann den silbrigen Wasserfall auf meinen Schultern. Das Knistern war das Geräusch meines eigenen Haars gewesen, das innerhalb von Sekunden um Jahre gewachsen war. Sengende Schmerzen durchzuckten die Knochen in meinen Armen und Beinen, und ich rollte auf dem sterbenden Gras des Bachufers herum und schob meine Füße ins Wasser, um die Schmerzen von dem kühlen Nass lindern zu lassen. Schmerz fuhr meine Schläfen entlang, flammte über meinem Nasenrücken auf und griff bebend auf meine Kieferpartie über. Ich zog die Hände aus dem Bach und ließ mein Gesicht in die nassen Finger sinken.

Als ich das Gesicht von meinen hohlen Händen hob, sah ich, dass sich meine Finger verändert hatten und jetzt lang und schmal und feingliedrig waren. Selbst die Nägel glänzten, perfekte Ovale, wie geschliffene und polierte Edelsteine.

Ich beugte mich vor und blickte in den Spiegel des Gewässers. Mein Haar hing in einem Vorhang aus silbrigem Gold um meine Schultern. Meine Augen waren größer und klarer, Seen aus silbrigem Blau. Mein ganzes Gesicht hatte eine andere Form, wie frisch aus Eis gemeißelt, und leuchtete vor Schönheit, als würde es glitzern, sobald Sonnenschein darauf fiel. Ich sah wie eine Flussgöttin aus, eine aus glänzendem Meeresschaum geborene Prinzessin.

Ich sah überhaupt nicht wie ich aus.

»Warte. Nein«, stieß ich keuchend aus. »Das will ich nicht. Ich will aufhören.«

»Oh, meine Liebe«, murmelte der Geist, die silbrigen Lippen dicht an meinem Ohr. Ihr Atem war kalt wie ein Meereswind. »Es ist viel zu spät, um jetzt noch aufzuhören. Sieh dich an.«

»Es ist schön, aber …«

Ich versuchte, die Füße aus dem Wasser zu ziehen. Doch meine Beine gehorchten mir nicht. Um meine Fußknöchel lagen Fesseln, als hätten sich meine Beine in Wasserkraut verfangen.

»Würde deine Familie dich jetzt wiedererkennen?«, fragte der Geist. »Würde dieser sterbliche Junge, den du begehrst, dich im Gesicht einer Fremden sehen? Als jene, die dir am Herzen liegen, dich sahen, sahen sie eine Ansammlung aus Merkmalen und Makeln. Menschen sehnen sich immer danach, unglaublich schön zu sein, und denken nie darüber nach, dass diese Schönheit sie auch unkenntlich machen wird. Es gibt keinen Weg zurück. Du kannst nur vorwärtsgehen. Mit mir. Tauche deine Hände zurück ins Wasser.«

Schönheit hatte ich aber gar nicht gewollt. Ich hatte eine

Verwandlung zu etwas Großem gewollt und nie auch nur in Erwägung gezogen, dass mich niemand erkennen würde, wenn ich mich verwandelte.

Ich starrte weiter das leuchtende Mädchen im Wasser an. Ich hätte mich selbst nicht wiedererkannt.

Die Erkenntnis traf mich, unvermittelt und bitterkalt. So lang hatte ich mich mit Zweifeln herumgeschlagen, doch jetzt war ich mir wieder sicher. Die Stimme des Geistes war leise, aber unerbittlich. Sie hatte nicht versucht, gütig wie Ms. Wardwell zu sein, weil sie nicht gütig war.

Ich hatte nie gesehen, wie sie aus dem Brunnen gestiegen war. Sie lag immer am Bachufer und wartete auf mich. Sie lag auf der Lauer. Sie lag. Und sie *log*.

»Du bist gar nicht der Geist des Wunschbrunnens. Oder?«

»Nein. Errätst du, wer ich bin?«

Ihr Lachen erinnerte an silberne Glöckchen. Als sie den Kopf schüttelte, flog ihr Haar durch die Luft wie silbrige Tentakel, die von einer Strömung mitgerissen wurden. Tante Hilda hatte mir von Wunschbrunnengeistern erzählt, aber Tante Zelda hatte dafür gesorgt, dass ich Bücher über dunklere Magie las. Tante Zelda hatte mich vor Dämonen gewarnt. Jetzt fielen mir diese Geschichten wieder ein. Nun da ich im Fluss gefesselt war, fielen mir wieder die Illustrationen gefährlicher Wesen ein, die Dunkelheit, die unter der Wasseroberfläche lauern konnte.

»Ich muss nicht raten«, flüsterte ich. »Ich weiß jetzt, wer du bist. Du bist ein Geschöpf wie Melusine, die Dämonenschlange des Flusses, die mit ihrem Kuss tötet. Du bist der Spiegel einer toten Hexenkönigin. Du bist eine Rusalka, die an den Flussufern wartet, kämmst dein Haar und singst, lockst deine Opfer in den Fluss und umschlingst ihre Füße dann mit den Flusspflanzen, die deine Haare sind.«

»Ich singe immer das gleiche Lied«, sinnierte die Rusalka. »Komm zu mir, mein Schatz, du bist etwas Besonderes, du bist auserwählt, du bist einzigartig, genau wie alle anderen. Bei dir hat es funktioniert, nicht wahr? Es funktioniert jedes Mal.«

»Und du hast vor, mich zu ertränken«, stellte ich fest. »Genau wie alle anderen.«

Der Geist, der an meiner Schulter schwebte, fuhr mit einem Finger, kalt wie ein Eiszapfen, über meine Wange. »Nun. Vielleicht bist du ein klein wenig besonderer als manch andere.«

»Wer zweimal auf den gleichen Trick reinfällt, ist selber schuld und wird ertränkt. Die Masche zieht bei mir nicht mehr.«

»Das letzte Mädchen hatte goldenes Haar und einen grünen Mantel«, sagte der Geist träumerisch. »Ich habe ihr die Illusion im Bach gezeigt, von ihrem Gesicht, das nun makellos war, umgeben von Großstadt und Neonlichtern. Sie konnte es gar nicht erwarten, die Hände nach dem Tod auszustrecken, und ich habe sie ertränkt. So läuft es mit den meisten Opfern. Eine kleine, unbedeutende Sache. Warum mehr Magie auf sie verschwenden? Im Grunde tun sie es sich selbst an. Sie werfen sich mir in die Arme. Mir bleibt nichts weiter zu tun, als sie aufzufangen und in die Tiefe zu ziehen. Aber du *bist* anders. Ich habe Magie in dich fließen lassen. Ich habe mich selbst in dich einfließen lassen.«

Goldenes Haar und ein grüner Mantel und Neonlichter, dachte ich mit einem Schaudern. Tommys Freundin Alison, die so plötzlich nach L.A. aufgebrochen war. Letztlich hatte sie es doch nicht aus Greendale hinausgeschafft.

»Bin ich auf eine Art anders, bei der ich dich dazu überreden kann, mich zu verschonen?«

»O nein«, sagte die Rusalka. »Ich verschone keine Opfer. Ich ertränke alle. Aber manche ertränke ich auf andere Art. Sterbliche behaupten, Hexen können nicht ertrinken, weil Hexen einen Pakt mit den Elementen eingehen. Du bist eine Hexe, und ich werde dir eine Wahl lassen. Worin, glaubst du, könnte diese Wahl bestehen?«

Ich musste nicht darüber nachdenken. Mein schimmerndes neues Spiegelbild hatte ich schon gesehen. Sie hatte mir schon zu verstehen gegeben, was sie wollte.

»Du verschmilzt mit mir.«

»Genau«, stimmte mir die Rusalka in ihrem seidenen, silbrigen Flüsterton zu. »Du das Gefäß, und ich das glänzende Wasser darin. All deine Träume können doch noch wahr werden, für den geringen Preis, dass du mit mir zusammenarbeitest. Wenn du diese Lichtung verlässt, strömt mein Fluss durch deinen Blutkreislauf. Nach Hause kannst du nicht gehen, aber es gibt immer noch einen Ort für ein magisches Mädchen, und du weißt, wo dieser Ort ist. Du und ich, wir werden gemeinsam die Akademie der Unsichtbaren Künste besuchen, und jeder wird geblendet sein von dieser fremden Hexe, die in ihrer Schönheit und Macht unwiderstehlich ist.

Sag ja. Die andere Option ist, jetzt zu ertrinken. Meine Wasserpflanzen sind stärker als Ketten. Du kannst ihnen nicht entkommen.«

In Ketten wäre ich so oder so. Ich war mir sehr klar darüber, wie wenig Kontrolle ich noch hätte, wenn dieser Geist erst einmal meinen Körper wie ein Boot auf ihrem Gewässer steuerte. Wenn ich mich von diesem dämonischen Geist in Besitz nehmen ließe, würde meine Familie nie erfahren, was mir zugestoßen war. Sie würden mich für tot halten. Da könnte es genauso gut so sein.

Ich hörte auf, mich zur Wehr zu setzen und um mich zu treten. Stattdessen testete ich die Kraft des Wassers aus, wie eine sterbliche Gefangene vielleicht die Stärke der Knoten, mit denen sie festgebunden war, testen würde, um zu sehen, ob das Seil ein wenig nachgab. Das Wasser war kalt wie Ketten, aber ich spürte es erzittern, als ich mich bewegte.

Ich war stärker, als sie dachte. Ich konnte mich immer noch befreien.

Für die heftige Anstrengung, die nötig war, um zu entkommen, spannte ich sämtliche Muskeln und meine Magie an. Kurz bevor ich mich bewegte, erinnerte ich mich an Tommys Freundin Alison, die am Waldrand neben ihrem Wagen gewartet hatte, und daran, was Ms. Wardwell mir gesagt hatte.

Ich habe schon etliche junge Leute in der Dämmerung am Bach gesehen … Mir will nicht in den Kopf, was sie an diesem Ort finden. Ich erinnerte mich an das besorgte Gesicht meiner Lehrerin hinter ihrer großen Brille und an die warme Zufluchtsstätte ihres Häuschens. Am liebsten wäre ich jetzt dort.

Ich fragte mich, wie viele Menschen Ms. Wardwell vor dem Bach gerettet hatte, ohne auch nur zu ahnen, dass sie sie rettete.

Ich fragte mich, bei wie vielen Menschen es ihr misslungen war. Niemand wusste, dass die Sterblichen in Gefahr schwebten, und wenn sie verschwanden, erfuhr nie jemand, was aus ihnen geworden war.

Bis auf mich. Ich wusste es.

Die Rusalka lockte Sterbliche an ihren Bach, um sie zu ertränken. Sie würde immer mehr anlocken, wenn niemand sie aufhielt, und ich konnte mir vorstellen, wer diese Sterblichen möglicherweise sein würden.

Die Erinnerungen bedrängten mich, fielen dicht auf mich herab wie Laub, wenn der Sommer erstarb. Roz' Augen, die ins Leere starrten, während sie sich im Spiegel betrachtete. Susie, die ihr eigenes Spiegelbild entschieden mied, als wäre es ein Fremder, dem sie nicht begegnen wollte. Mein Harvey, der als Kind im Spiegelkabinett in Angst und Schrecken versetzt worden war und der glaubte, er würde seinen Vater einfach dadurch enttäuschen, dass er war, wer er war. Jeder von ihnen würde sich möglicherweise auf die Chance stürzen, verwandelt zu werden.

Als ich mich an Ms. Wardwells Worte erinnerte, sie habe andere Jugendliche am Bach herumwandern sehen, als ich mir die zukünftige Beute der Rusalka vorstellte, sah ich vor meinem geistigen Auge die sterblichen Gesichter, die mir lieb und teuer waren.

Ein Sterblicher, den ich liebte, war bereits verletzt worden, und zwar meinetwegen.

Heute hatte ich ihm versprochen: nie wieder. Ich würde nicht einfach weglaufen, um mich selbst in Sicherheit zu bringen, und meine sterblichen Freunde der Gefahr überlassen.

Die Stimme der Rusalka war süß wie ein Lied. »Was sagst du? Bist du einverstanden?«

»Ich bin einverstanden«, antwortete ich. Meine eigene Stimme glich sich allmählich ihrer an. Das Läuten von Silberglöckchen schwang darin mit, schwach, aber doch immer näher. »Unter einer Bedingung. Zuerst will ich nach Hause gehen. Ich möchte draußen vor dem Haus meiner Kindheit stehen, um mich von meiner Kindheit verabschieden zu können.«

Die Bitte schien sie zu belustigen.

»Einverstanden. Jetzt aber unter Wasser mit dir, und atme mich ein. Für eine Wiedergeburt braucht man genauso Wasser wie für den Tod.«

Sie glitt neben mir ins Wasser, ohne dass es aufspritzte.

Ich spürte das Zerren der Schlingpflanzen, die sich fest um meine Beine wanden und mich nach unten zogen. Die Erde unter mir verwandelte sich in Schlamm, während ich unaufhaltsam ins Wasser rutschte. Mir blieb nur ein Augenblick.

»Kein Feuer, keine Sonne, kein Mond soll mich versengen
Kein Wasser, kein See, kein Meer soll mich ertränken.«

Meine Finger zeichneten Muster in die Luft, und dann wurde ich unter Wasser gezogen. Ich glaubte schon, bei der eisigen Kälte werde mein Herz stillstehen.

Als meine Füße das Flussbett berührten, knirschten Knochen unter meinen Schuhen. Ich schlug die Augen auf und erblickte die Wahrheit des Baches in den trüben Schwaden unter der glänzenden Wasseroberfläche.

Das Flussbett war weiß mit einer dicken Decke aus Knochen. Knochen hatten sämtliche Flusskiesel unter sich begraben, doch inmitten der grinsenden Totenschädel und gebrochenen Schienbeine lagen andere Bruchstücke der Sterblichkeit: ein wogender, zerfetzter grüner Mantel, das traurige Glitzern eines winzigen Diamantrings, ein Schuh mit offenen Schnürsenkeln, die einsam in der dunklen Strömung flatterten.

Ich trieb vor mich hin und sank entsetzt nach unten. Es war ein Schock, als das anzüglich grinsende Gesicht, durchsichtig wie Meeresschaum, mit offenem Mund und im Rachen glitzernden, spitzen Zähnen auf mich zukam. Meinen Lippen entschlüpfte ein Schrei, ein stummes Silberbläschen, das an der Oberfläche aufplatzen und niemals menschliche Ohren erreichen würde.

Auf einmal schnellte mein Körper durchs Wasser, geschmeidig wie ein Seehund. Ohne die Entscheidung hinauszuklettern getroffen zu haben, stieg ich aus dem Wasser. Ich erreichte das Bachufer, aber ich war es nicht, die mich hinauszog.

Ich habe unsere Vereinbarung nicht vergessen. Die Stimme der Rusalka hallte im Innern meines Schädels wider. *Ein trauriger Abschied vom Haus deiner Kindheit. Dann ergreife ich ganz von dir Besitz, und wir ziehen los.*

Kein Wasser soll mich ertränken. Ich hatte die Worte ausgesprochen. Ich musste meinem Zauberspruch vertrauen, doch das fiel mir schwer, als ich spürte, wie eine eisige Faust mein Herz umklammerte, Kälte meine Knochen umhüllte, der Fluss durch meine Adern strömte. Mein rotes Kleid war vom Flusswasser durchtränkt und klebte an mir, als wäre ich in Blut getaucht.

»Ich kann nicht behaupten, du hättest mich nicht gewarnt. Du ertränkst sie alle«, sagte ich. »Du wirst mich in den Meereskammern meines eigenen Herzens ertränken, unter dem Getöse von Wind und Wasser. Bis ich völlig verstumme.«

Ihr Lachen ließ mein Blut gefrieren.

Ganz aus der Tiefe werde ich vielleicht manchmal deine Schreie hören.

Meine neuen, längeren Beine trugen mich schnell durch den Wald und in die Nähe der Wegbiegung, sodass ich erspähen konnte, was sich jenseits der Bäume befand.

Der Friedhof hinter der Einfriedung, das hohe Haus mit

seinen aufragenden Schornsteinen, dem Dach mit den spitzen Giebeln und den Hexen im Innern. Ich klammerte mich an einen Ast, spähte mit zusammengekniffenen Augen durch die Bäume und starrte hinüber. Zuhause. Ich wollte so unbedingt zu Hause und in Sicherheit sein.

Zeit zu gehen, flüsterte die Rusalka in meinem Kopf.

»Ja«, antwortete ich, ebenfalls im Flüsterton. »Zeit zu gehen.«

Meine Augen brannten vom angestrengten Spähen. Tränen fielen, unmöglich kalt, wo sie doch früher immer warm gewesen waren. Dann löste ich meinen Griff um den Ast und stürzte los, nicht in den Wald, sondern weg davon.

Ich rannte wie wild den Weg entlang, lief verzweifelt nach Hause. Mir war klar, dass es hoffnungslos sein könnte. Warum sollten sie eine Fremde hereinlassen?

WAS IM DUNKELN GESCHIEHT

Früher saß Ambrose häufig auf dem Dach und fütterte die Vögel. Die Baumwipfel flüsterten die Neuigkeiten den Wolken und den Vogelschwärmen zu, wenn sie vorüberzogen. Eine Hexe unter Hausarrest will Geschöpfe um sich haben, die fliegen. Gewöhnlich ziehen Hexen keine Tauben oder Wanderdrosseln an. Stattdessen waren da Bussarde, und sogar ein Geier, der auf Ambrose' Weg über die Schrägdächer um ihn kreiste und, während Ambrose an der Dachkante stand, in der Nähe seines Kopfes schwebte.

Es war nicht dasselbe, als hätte er wieder einen Begleiter oder seine Freiheit, aber es war eben das, was er hatte.

»Werde den Geier los«, befahl Tantchen Z., als Sabrina zu ihnen kam. »Denk an das Baby.«

»Versöhn dich mit Sabrina«, sagte ihm Tantchen Z. heute Morgen, als er nicht zum Frühstück hinuntergehen wollte. »Du bist älter, und du solltest es besser wissen.«

»Und trotzdem«, sagte Ambrose, »tue ich es nie. Sabrina

soll damit aufhören, so eine völlig durchgeknallte Hexe zu sein.«

Er blieb auf seinem Zimmer, auf dem Bett ausgestreckt unter seinen Vorhängen und den Chiaroscuro-Gemälden, und gab sich ganz dem Schmollen hin.

Was Sabrina nicht bedenkt, ist der Umstand, dass sie nicht Ambrose' erste Familie sind. Oder auch nur die zweite. Zuerst kam die Familie, in die er geboren wurde, der Vater, der so jung verstorben war, dass Ambrose nie die Chance haben wird, nicht mehr kindisch zu sein, sich nicht mehr nach der Anerkennung seines Vaters zu sehnen oder sein Missfallen zu fürchten. Dass Ambrose' Vater von ihm enttäuscht war, ist eine ewige, unumstößliche Tatsache, ein in Stein gemeißeltes Urteil, das nicht ausradiert werden kann, und Ambrose hat bisher nichts anderes getan, als dem gerecht zu werden.

Hilda kümmerte sich nach dem Tod seines Vaters um ihn. Mit der süßen Hilda kam die strenge Zelda, die beiden so untrennbar miteinander verbunden, dass sie nie weit voneinander entfernt zu sein schienen und noch in einem Zimmer in getrennten Betten schliefen, auch wenn ein Ozean zwischen ihnen lag. Tantchen Hilda überschüttete Ambrose mit Liebe, verwöhnte ihn, schlug ihm nie etwas ab.

Doch Ambrose wollte immer mehr haben, und dann noch mehr. So bekam er schließlich weniger.

Auf diese Weise kam das mit seiner zweiten Familie zustande. Er begab sich auf die Suche nach einer Vaterfigur und fand einen Anführer, fand Waffenbrüder, und es war im Grunde keine Überraschung, als seine Mitverschwörer ihn zu einem echten Verbrechen anstifteten. Er hinterfragte ihre Ideale nicht, oder das feurige Endergebnis. Als die ganze Sache schiefging, hatte er lodernden Trotz im Sinn, und einen Märtyrertod.

Von Natur aus war er schon immer eher ein explosiver Charakter.

Mit einer Gefangenschaft, die so lange dauern würde, hatte er niemals gerechnet. Wäre er ein Sterblicher, wäre er längst in diesem Haus gestorben. Manchmal überlegt er, dass sein Urteil genial war: dass man gewusst hatte, die eine Bestrafung, die Ambrose unerträglich fände, wäre Trostlosigkeit. Morgen und morgen und morgen kriechen vor ihm hin, in den vier Wänden dieses Hauses, innerhalb der Grenzen dieses Grundstücks. Er wird in diesem engen Raum eingesperrt bleiben, bis seine Seele in ihm verkümmert ist und sein ganzes Feuer verlischt.

Edward Spellman war immer unterwegs, und Ambrose blieb immer genau da, wo er war. Sabrinas Vater hielt nie viel von ihm, ansonsten hätte er versucht, Ambrose zu helfen. Folglich dachte Ambrose nie viel über Edward nach, abgesehen von dem Interesse, das jeder an einem Mann mit diesem kometenhaften Aufstieg und Absturz gehabt hätte. Hohepriester zu werden, die Gesetze der Hexenwelt zu verändern, eine Sterbliche zu heiraten, so bunt schillernd zu leben und zu sterben, was für Ambrose völlig unerreichbar war. Wenn Edward überlebt hätte, denkt

Ambrose, hätte er nicht gewollt, dass seine Tochter sich viel mit Ambrose abgab.

Ambrose hatte nie geplant, irgendetwas mit ihr zu tun zu haben. Sabrina war ein Baby, das im Spellman'schen Hause eintraf und zu viel von Tante Hildas Aufmerksamkeit in Anspruch nahm. Sie wachte zu jeder Nachtstunde schreiend auf, und er konnte das Haus nicht verlassen oder vor ihr entkommen. Doch da er sich langweilte, spielte er immer wieder mit ihr, teils zu ihrer Unterhaltung, teils zu seiner eigenen. Sabrina hatte ein ernstes Gesicht – das ist immer noch so –, doch es gelang ihm stets, ihr ein Lächeln zu entlocken.

Für dich bin ich nichts weiter als ein Spielzeug, sagte Sabrina. Vielleicht hat sie recht. Vielleicht ist sie schlau, und vielleicht ist ihr jetzt klar geworden, was ihr Vater und sein eigener immer wussten: dass Ambrose nie etwas anderes als eine Enttäuschung sein wird.

Sie war süß, aber Ambrose findet Babys nicht allzu interessant. Damals hatte sie es ihm nicht angetan. Das kam später. Sabrina als kleines Mädchen in Hängerkleidchen und Schnallenschuhen. Selbst damals war ihre Stirn ständig leicht gerunzelt, und sie fühlte sich schon verantwortlich für die ganze Welt. Wenn sie mit dem Spielen fertig waren, räumte sie gewissenhaft ihre Spielsachen an ihren angestammten Platz, während Ambrose das Spielzeug auf dem Boden verstreut herumliegen ließ, bis jemand darüber stolperte.

Er zauberte damals für sie, weil sie dann lachte und ihn

ansah, als wäre er ein Wunder, und Ambrose ist anfällig für Schmeicheleien.

Einmal ließ er ihr Schaukelpferd losfliegen und in wildem Galopp durchs Zimmer preschen, und Sabrina fiel herunter und knallte mit dem kleinen Gesicht direkt gegen die Wand.

Sabrina brach in Tränen aus, und Ambrose lag nicht mehr träge herum, sondern war erschrocken in die Hocke gegangen und wollte schon nach Tantchen Hilda oder Tantchen Z. rufen, da kam Sabrina in seine Arme gelaufen. Sie weinte, als würde ihr kleines Herz brechen, Tränen und Rotze an seinem Morgenmantel, kleine Hände fest um seinen Hals geschlossen. Noch während er ihren Rücken tätschelte und sie in den Armen wiegte, sah er sich nach der Person um, zu der sie hätte laufen *sollen*, einer Person, die ihr überhaupt erst gar nicht wehgetan hätte. Jemand, auf den sie sich verlassen konnte.

»Sabrina, Sabrina«, sagte er hilflos in ihr goldenes Haar. »Du begehst einen Fehler. Du bist an den Falschen geraten.«

Als er ein paar Tage später einen lustigen Zauber in der Mansarde vorbereitete, hörte er Tantchen Hilda ausrufen: »Sabrina!« Er war schon halb die Treppe hinunter, das Herz hämmerte ihm bis in die Ohren, die Zauberzutaten links liegen gelassen, bevor er auch nur einen klaren Gedanken fassen konnte. Es war ein ungewohntes Gefühl, wütend zu sein bei dem Gedanken, irgendetwas könnte es wagen, auch nur ein Haar an ihrem goldenen Schopf zu krümmen.

Er fing an, sie *Cousinchen* zu nennen, als bekäme er dadurch mehr Anspruch auf sie, ein Anrecht darauf, Teil ihres Lebens zu sein, wenn er es eigentlich nicht sein sollte. Er hörte auf, so viel Zeit auf dem Dach zu verbringen, und die Vögel suchten sich einen anderen Ort, an den sie flogen.

Tantchen Hilda schlug vor, Sabrina auf die sterbliche Schule in Greendale zu schicken – weil Sabrina halb sterblich war, weil ihre Mutter, Diana, es so gewollt hätte. Ambrose glaubt, dass Sabrinas Mutter außergewöhnlich gewesen sein muss, nicht weil Edward sie liebte, sondern weil Hilda sie genug liebte, um Dianas Wünsche für ihre Tochter ganz genauso zu respektieren wie Edwards. Tantchen Z. war dagegen: Was konnte Sabrina schon in einer profanen Schule lernen? Dort wurde noch nicht einmal Latein unterrichtet, und wenn man Latein nicht im Alter von fünf Jahren erlernte, würde man es niemals richtig fließend sprechen.

Ambrose überraschte seine Tanten und auch sich selbst, indem er bei der Schlacht Stellung auf Tantchen Hildas Seite bezog und als Sieger hervorging. Er wollte nicht, dass auch Sabrina in diesem Haus in der Falle saß.

Als Sabrina in die Schule kam, vermisste er sie mehr, als er erwartet hatte. An ihrem ersten Schultag verbrachte er einen langen Tag in der Mansarde und lauschte auf das Geräusch dieser Schnallenschuhe, wie sie auf dem kurvenreichen Weg rannten, vorbei am Friedhof und dem krummen Baum und ihrem gelben Schild, die Treppen des Hauses hoch und zurück zu ihm.

Bei Sabrinas Rückkehr setzte sie sich zu ihm und erzählte ihm sämtliche Geschichten über ihre Freunde, brandneu, aber schon innig geliebt: Harvey, Roz, Suzie und noch einmal Harvey.

Harvey, Harvey, immer Harvey. Sabrina ist ein Mädchen mit großer Entscheidungskraft, und sie hält ihre Entscheidungen für richtig. Ambrose strebte immer nach der Gewissheit, mit der Sabrina geboren war, ohne sie je erreichen zu können. Sie ist die Tochter ihres Vaters, wie er es nie geschafft hat, der Sohn seines Vaters zu sein. In einer kaputten Welt ist sie jemand, der die Dinge richtet. Sie betrachtet Stürme, ohne je aus dem Gleichgewicht gebracht zu werden.

Ambrose ist ein Sturm, beschränkt auf ein Wasserglas. Es wird ihm nie gelingen, Sabrina von etwas abzubringen, das ihr am Herzen liegt.

Läge ihr am Herzen, ihm zu helfen, glaubt er fast, dass sie es könnte, aber sie macht sich nur Sorgen um ihre Freunde. Sie hat Ambrose nie als etwas anderes als einen Gefangenen in seinem eigenen Zuhause gekannt. Sich Sorgen um ihn zu machen, scheint ihr nie in den Sinn zu kommen, und manchmal hasst er sie dafür.

Aber ist er ihre Sorge wert?

Er kämpfte für sie, damit sie das Haus verlassen und in die Schule gehen konnte, und dann war er neidisch auf sie, weil sie entkam, während es ihm verwehrt blieb. Wenn er ein besserer Mensch wäre, würde er es ihr nicht missgönnen. Wenn er so klug und magisch und erfahren wäre, wie er ihr gegenüber vorgibt, würde er nicht die Fehler begehen, die ihm unterlaufen. Allmählich fängt sie an, hinter das zu kommen, was er die ganze Zeit über schon wusste. Ambrose ist nicht zu trauen.

Die Einzelheiten eines sterblichen Lebens hätten ihn nie gekümmert, wenn er nicht hier in der Falle säße. Er gibt vor ihr an, aber möglicherweise geschieht es aus purer Eitelkeit.

Dies ist seine dritte Familie, und aller guten Dinge sind angeblich drei. Hexen, besonders Ambrose, glauben an magische Zahlen. Aber manchmal ist Magie leer. Manchmal reicht Magie nicht. Eine Familie sollte doch bestimmt etwas Besseres sein als nur zerbrochene Scherben, die mehr schlecht als recht zusammengeleimt sind und die versuchen, ein Ganzes zu bilden.

Früher glaubte Ambrose, er sollte eine echte Familie haben. Er weiß, dass Sabrina eine haben sollte.

Vor langer Zeit gewöhnte Ambrose sich an den Klang eines Turnschuhpaars, das im Staub neben dem entschiedenen Auftreten von Sabrinas Schnallenschuhen einherschlurfte. Harvey, der treue Verehrer, begleitete Sabrina schon Jahre, bevor sie ein Liebespaar wurden, nach Hause. Heutzutage lässt Sabrina Harvey gelegentlich sogar ins Haus kommen, damit er ihre Tanten oder Ambrose begrüßen kann.

Einmal unterhielten sich Sabrina und Harvey mit Tantchen Hilda in der Küche, und Ambrose sah aus seinem Fenster, wie er es häufig tut. Da erblickte er einen anderen

Jungen, der draußen auf Harvey wartete: ein paar Jahre älter als Harvey, mit braunen Locken, deren Farbton sich kaum merklich von Harveys unterschied. Tommy, der große Bruder, von dem Harvey so oft und so ehrfürchtig sprach.

Ehrlich, Ambrose schenkte ihm nur einen zweiten Blick, weil er niedlich war: Footballer-Schultern, große blaue Augen, ein Kruzifix, das an seinem Flanellhemd glänzte. Eher Ambrose' Typ als Harvey, auch wenn beide zu brav wirkten, als dass er sich mit ihnen abgegeben hätte. Doch dann ging die Tür des Spellman'schen Hauses auf, und Harvey trat ins Freie.

Tommys Augen leuchteten auf, und er streckte die Arme aus, als sei es ganz einfach, und Harvey lehnte sich an ihn, als sei es die natürlichste Sache der Welt. Die beiden Brüder gingen gemeinsam die Straße entlang, Harvey beschützt in Tommys Armbeuge. Harvey berührte seinen Bruder auf die gleiche Art, wie Tommy sein Kruzifix trug, mit beinahe gedankenlosem Vertrauen in etwas, das immer da wäre und immer größer als er selbst. Der ideale große Bruder, jemand, auf den man sich verlassen konnte, jemand, der ohne den geringsten Groll gab. Jemand Solides und Verlässliches, nicht wild und heftig schwankend.

Ambrose konnte den Gedanken nicht abschütteln: Das ist die Art Mensch, die Sabrina an ihrer Seite verdient hat. Das ist wahrscheinlich die Art Mensch, die Sabrina an ihrer Seite haben *will*.

Ambrose könnte das nie sein.

Jetzt wirft er sich ruhelos auf dem Bett hin und her, während die Dunkelheit heraufzieht, nur ein Dach zwischen ihm und dem Himmel, so dicht an der Freiheit, und doch so weit davon entfernt.

Sabrina war für Großes geboren, zum Fliegen geboren. Es war immer klar, dass sie eines Tages verschwinden würde wie sein Vater, wie sein Begleiter, wie seine Freunde, wie die Vögel. Es war immer klar, dass er sie enttäuschen würde. Warum nicht jetzt statt später?

Er lauscht nun schon seit Jahren auf ihre Schritte: den kurvenreichen Weg entlang, vorbei am Baum und dem Friedhof. Er kennt das Geräusch in- und auswendig. Er hört ihre Schritte jetzt, zu schnell laufend, beinahe stolpernd. Durch die Nacht und zurück zu ihm.

Sabrina, in Schwierigkeiten.

Es wäre egal, ob der ganze Hexenzirkel oder die Höllenhunde oder Satan selbst hinter ihr her wären.

Im Grunde hat Ambrose nie wirklich geglaubt, er könnte sich für irgendjemanden verantwortlich fühlen.

DIE HEXENJAGD

Ich hastete den Weg entlang, vorbei am Friedhof mit seinem Hügel aus frischer Erde. Staub wirbelte in Wolken unter meinen Absätzen auf, als keuchte die Erde zusammen mit mir. Wie ein Fluss in den Ozean, kam ich nach Hause.

Die Stimme der Rusalka kreischte durch mein Blut, als sie merkte, dass sie mich nicht so fest im Griff hatte, wie sie glaubte. *Was machst du da? Bleib stehen!*

Nichts hätte mich dazu bringen können stehen zu bleiben. Ich rannte um mein Leben.

Ich sah meine Haustür schon. Beinahe hatte ich die Verandastufen mit den Wache stehenden Krötenfiguren erreicht.

Ein kaltes Band schoss meinen Arm hinunter. Einen Moment schien eine silberne Ader direkt aus meinem Handgelenk ausgetreten zu sein. Der Silberstrahl schoss auf die Verandastufen zu und, schnell wie eine Flutwelle, versperrte mir ein großes schimmerndes Spinnennetz den Weg.

Ich hörte nicht auf zu laufen. Ich durfte nicht aufhören. Wenn ich es tat, war ich verloren.

Hinter dem silbernen Schleier wurde die Eingangstür mit zerstörerischer Gewalt aufgerissen. Verschwommen, als wäre da ein Spiegel zwischen uns, erhaschte ich einen Blick auf einen Wirbel aus rotem Samt, und ich hörte einen gebrüllten Zauberspruch. Ein gezackter Riss schnitt durch das Spinnennetz, als sei es mit einem Messer durchtrennt worden.

Ich verlangsamte meine Schritte nicht. Ich brach durch die restlichen Silberfäden und Zauber, flog meine Verandastufen hoch und landete sicher in den Armen meines Cousins. Ich war jetzt zu hochgewachsen, wir waren auf schreckliche Weise gleich groß, doch ich schlang verzweifelt einen Arm um seinen Hals, umklammerte seinen roten Samtmorgenmantel mit der Faust und legte den Kopf auf seine Schulter.

»Bitte, Ambrose«, schluchzte ich. »Bitte hilf mir, bitte erkenn mich. Ich bin Sabrina.«

»Das weiß ich«, sagte Ambrose in mein Haar, seine Stimme erschreckend gelassen. »Ich habe jahrelang auf deine Schritte gelauscht, die den Weg entlang zu unserem Haus kamen. Was ist dieses *Ding?*«

Sein Arm legte sich fest um meine Taille, besitzergreifend und beschützend, und er hielt mich dicht an sich. Ich schluckte ein letztes Schluchzen an dem Samt hinunter und drehte mich im Kreis seines Arms. »Es ist ein Flussdämon. Ich bin ihr an dem Tag begegnet, als ich nach dem Vergissmeinnicht für unseren Zauber gesucht habe, und sie tat so, als wäre sie ein Wunschbrunnengeist, und ich habe mir etwas gewünscht.«

»Sie hat Besitz von dir ergriffen?«, wollte er wissen.

»Noch nicht. Ich habe gezaubert, um sicherzustellen, dass sie mich nicht ertränken kann, aber sie – sie hat mir das hier angetan, und sie bringt Sterbliche um – sie wird mehr umbringen …«

»Nein, wird sie nicht.« Ambrose' Kieferpartie war entschlossen.

Die flatternden, herabhängenden Fetzen des Spinnennetzes waren zum Leben erwacht, winzige Silberfäden verbanden sich erneut und bildeten eine silbrige Masse, die gleich eine neue Gestalt annehmen würde. Mein Cousin und ich standen zusammen auf der Veranda und traten dem, was immer das Geschöpf werden mochte, energisch entgegen.

Eine Stimme erschallte durch unsere offene Tür.

»Ambrose, musst du auf unserer Veranda irgendwelche dahergelaufenen Flittchen umarmen?«, fragte Tante Zelda verärgert.

Meine Tante kam herausstolziert, eine makellose Vision in blaugrüner Wolle, kunstvoller Spitze und Stöckelschuhen, anscheinend zu sehr auf Flittchen konzentriert, um die Zauber und Spinnweben und Tränen zu bemerken.

»Ja, muss ich!«, erklärte Ambrose. »Es ist mein gutes Recht! Aber wie es der Zufall will, handelt es sich bei diesem besonderen Flittchen um Sabrina.«

Tante Zelda sah mich mit zusammengekniffenen Augen

an. Ihr Blick wanderte von meinem Gesicht zu meinem Haarreifen.

»In der Tat. Verzeih mir, mein Schatz. Was ist dir denn Grässliches zugestoßen?«

Ambrose antwortete für mich. »Sie ist in den Wald gegangen, um Zauberzutaten für mich zu suchen, stieß zufällig auf etwas, das sie für einen Wunschbrunnengeist hielt, wünschte sich etwas, und hat die Affenpfote zu spüren bekommen.«

Tante Zelda stieß ein missbilligendes Geräusch aus. »Dann ist das hier also deine Schuld.«

»Ja«, sagte Ambrose.

»Nein«, sagte ich gleichzeitig. »Es ist voll und ganz meine Schuld. Aber – *aufgepasst!*« Der Flussgeist nahm wutschäumend eine makabere neue Gestalt an, halb silberner Panther, halb verschlingender Sturm, der auf uns zuwirbelte.

»Wie kannst du es wagen? Dies ist Spellman'scher Grund und Boden!« Tante Zelda stieß einen Zauberspruch aus.

Die Rusalka erschauderte, wurde von unten her zerfetzt, während ihre ausgefransten Tentakel sich wanden. Ich schrie auf. Schmerzen ließen meine Knie einsacken, doch Ambrose' Arm war eine Eisenstange. Er hielt mich aufrecht. Er würde nicht zulassen, dass ich stürzte.

Sie hat meine Worte gesprochen. Sie ist an mich gebunden, sagte der Geist. *Gebt sie mir, oder bringt sie mit euren Zaubersprüchen um.*

Mein ganzes Leben lang hatte ich mir eingeredet, Magie könnte alles richten.

Ambrose schnitt eine Grimasse. »Magie wird nicht funktionieren. Wir können sie nicht verbannen, ohne auch Sabrina zu verbannen, es sei denn, der Dämon wird zuerst besiegt. Hey, Flussdämon! Ich fordere dich zu einer Partie Scrabble heraus.«

Seine Stimme war ungetrübt und scherzhaft, aber ich spürte die kraftvolle Anspannung des Arms, der mich hielt, und konnte das wilde Hämmern seines Herzens hören.

»Hoffen wir mal, der Dämon merkt nicht, dass du schummelst, um den dreifachen Wortwert zu kriegen«, murmelte ich, und Ambrose lachte. Zum ersten Mal begriff ich wahrhaft, wie mein Cousin sein Leben lebte: mit Gelächter als Schutzschild gegen Schmerz und Angst.

»Wie kämpfen wir ohne Magie?«, wollte Tante Zelda wissen.

»Wie bekämpfen Hexenjäger Magie?«, fragte Ambrose. »Mit ihren Klingen und Gewehren.«

Durch die nachlassenden Qualen hörte ich die höchst besorgniserregenden Worte aus Tante Zeldas Mund: »Sag mir, ob das hier wehtut, mein Schatz.«

Sie nahm ihre glitzernde Zigarettenspitze vom Revers ihres Wolljacketts und stach dann heftig mit den winzigen scharfen Dreispitzenden auf den Flussdämon ein. Der Schrei der Rusalka war wie das Geräusch von Wasser, das von einer Sturmböe aufgepeitscht wird.

»Nein!«, presste ich zwischen den Zähnen hervor. »Es tut nicht weh.«

»Gepriesen sei der gnadenlose Dunkle Lord.« Tante Zelda nickte. »Ambrose, du hast nicht zufälligerweise ein Schwert?«

»Herrje«, stellte Ambrose fest. »Ich glaube, ich habe mein Schwert in der Tasche meines anderen Morgenmantels gelassen.«

Es schien unwahrscheinlich, dass selbst Tante Zelda einen Flussdämon mit ihrer Zigarettenspitze besiegen konnte, und wenn sie es nicht konnte, konnte es keiner. Ich sah mich nach einer Waffe um und merkte, dass Ambrose und Zelda die Umgebung ebenfalls mit den Blicken absuchten. Uns blieb bestimmt nicht genug Zeit, dass einer von uns ins Haus laufen und etwas holen konnte, aber wir mussten es versuchen. Ich ließ Ambrose' Morgenmantel los, den ich immer noch mit den Fingern umklammert gehalten hatte.

»Lass mich los«, flüsterte ich.

»Das habe ich nicht vor, Sabrina«, erwiderte Ambrose mit fester Stimme.

Die Rusalka sammelte sich zu einem weiteren Sprung: diesmal kein Angriff auf meine Tante oder meinen Cousin, dachte ich. Das schimmernde Quecksilber ihres Körpers nahm eine neue Gestalt an, ein großes Mädchen mit langem Haar. Sie hatte es auf mich abgesehen, wollte Besitz von mir ergreifen.

Tante Zelda stellte sich vor mich. Ambrose drehte sich um, seine Schulter an meiner, sein Körper ein Schutzschild für meinen.

Da zerfiel der Geist auf einmal und schrumpfte zu einer

Pfütze aus Silber zusammen, sodass dahinter Tante Hilda zum Vorschein kam, ihr Haar und das Kleid mit Graberde verschmiert. Sie ließ die Schaufel sinken, die sie in den Händen hielt.

»So ein Glück, dass du mich vorhin umgebracht hast, Zelda«, sagte sie atemlos. »Ich wünsche mir immer, du würdest die Schaufel nicht herumliegen lassen, mit der du mich begräbst, aber das ist wohl ganz praktisch gewesen. Sabrina, Liebes! Was hat diese Kreatur mit deinem hübschen Gesicht angestellt?«

»Schnell, wir müssen sie aufhalten!«, rief ich.

Ich verschränkte die Finger mit Ambrose' und zog ihn die Verandastufen hinunter, vorbei an unseren kleinen, Wache haltenden Krötenfiguren, um mich zu Tante Hilda zu stellen und einen Kreis um die Quecksilberlache zu bilden. Tante Hilda hielt meine andere Hand. Sie streckte ihre dreckigen Finger nach Tante Zeldas aus, und Tante Zelda griff danach und nach Ambrose' freier Hand.

»Du hast keinen echten Pakt mit mir geschlossen, Dämon«, sagte ich. »Und ich keinen mit dir. Ich habe nicht ›soll alles anders sein‹ gesagt, weil ich nie alles an mir ändern wollte. Dafür liebe ich mich zu sehr.«

»Liebe …« Die Lache wurde zu einem kleinen Mädchen, einem Strich in der Landschaft, beinahe einem Gespenst. Sie lachte. »Wenn du dich selbst so liebst, lass mich einen neuen Pakt mit dir aushandeln. Such heraus, wer du bist, dann kannst du dich behalten. Such die Falsche heraus, dann behalte ich stattdessen dich.«

Meine Tanten und Ambrose fingen zu protestieren an. Ich schrie sie nieder. »Abgemacht!«

Silbernes Wasser skizzierte Bilder an den Himmel, schöner noch als Harveys Zeichnungen. Eines zeigte eine Hexenkönigin auf einem Thron, eines zeigte ein Mädchen in den Armen ihres Liebsten. Eines zeigte ein kleines Mädchen, das von seiner Mom und seinem Dad an den Händen gehalten wurde. Eines zeigte ein Mädchen mit seinen Tanten und seinem Cousin, lachend und sorglos, eines ein Mädchen mit seinen Freundinnen, die sich Geheimnisse ins Ohr flüsterten.

»Welche bist du?«, fragte der Flussdämon. »*Welche?*«

Ich betrachtete all diese bezaubernden Prinzessinnen in der Luft. Am liebsten hätte ich die Hände ausgestreckt und jedes makellose Abbild gepackt.

Stattdessen zog ich meine, mit Ambrose verschränkte Hand an die Brust. Ich zeigte auf mein eigenes fehlerhaftes und wild schlagendes Herz.

»Die hier«, sagte ich.

Die silbernen Bilder lösten sich auf. Übrig blieb nur die Lache zu unseren Füßen. Meine Beine waren zu lang, mein Gesicht fühlte sich falsch an, aber jede Spur von ihr war aus meinen Adern verschwunden. Sie konnte mir jetzt nichts mehr anhaben.

Uns an den Händen haltend standen wir in einem Kreis um unsere Feindin.

Die Spellman-Hexen, auf Spellman'schem Boden.

»Die Ehre gebührt dir, Sabrina«, schlug Tante Zelda vor.

Ambrose flüsterte mir die Worte ins Ohr. Ich trat vor, nur einen Schritt, damit unser Kreis nicht unterbrochen wurde, und rief die Wörter des Zauberspruchs in den Himmel.

»Von Erde und Luft, unendlich kostbar und rein,
Auch von Feuer und Wasser will ich die Tochter sein.
Bestraft meine Feinde für ihre Sünden
Lasst sie zerreißen von allen vier Winden,
Erst begraben, dann verbrannt,
Für alle Zeit von hier gebannt.«

Die Rusalka stieß ein hohes, dünnes Heulen aus, das Geräusch von Wasser in einem Kessel, kurz bevor es kochte. Die silbrige Lache verdampfte von unserem Boden, stieg in einer breiten grauen Rauchfahne empor, dichter als Dampf. Es war wie der Rauch, der sich von der Flamme einer einzelnen großen Kerze hochschlängelte.

»Mach nur, Liebes«, flüsterte Tante Hilda. »Schließlich ist es schon fast dein Geburtstag.«

Ich sog den Atem ein, zögerte und blies dann fort, was von dem Flussdämon übrig war. In alle vier Winde.

Wir sahen zu, wie der Rauch verschwand und sich fast ganz auflöste, und die letzten grauen Körner über die Baumwipfel schwebten, weg von unserem Wald und weit, weit weg von unserem Haus.

»So viel dazu«, sagte Tante Zelda und steckte ihre Zigarettenspitze weg. »Wir werden demnächst wohl ein ernstes

Wörtchen über Flussdämonen reden müssen, Sabrina, aber lass uns jetzt erst mal alles Nötige sammeln, um dich von dem Zauber dieses schrecklichen Dämons zu befreien, damit du wieder normal wirst.«

Tante Hilda verzog das Gesicht. »Ich muss mich waschen. Furchtbar, wie einem Graberde in die Ohren dringt.«

Tante Hilda stieg die Verandastufen hoch, gefolgt von Tante Zelda.

»Wartet, wartet, Tantchen!«, rief Ambrose. »Überstürzen wir lieber nichts. Die neue Nase ist super. Cousinchen, willst du dir nicht überlegen, die neue Nase zu behalten?«

Er tat so, als finge er meine Nase zwischen den Fingern.

Lachend schüttelte ich den Kopf. »Ich mag meine eigene Nase.«

»Ja, ich eigentlich auch«, räumte Ambrose ein.

Die Haustür schloss sich hinter meinen Tanten, sodass mein Cousin und ich allein draußen vor dem Haus standen. Ich war zu ihm gelaufen und hatte mich an ihn geklammert und an seiner Seite gekämpft, und die ganze Zeit lang hatte ich unseren bitteren Streit vergessen. Jetzt fiel er mir wieder ein.

Ich blickte zu Boden, an die Stelle, wo die Rusalka in Rauch aufgegangen war. »Danke. Ich weiß, dass du nach gestern Abend wütend auf mich sein musst, also – danke.«

»Du hast geglaubt, ich würde zulassen, dass ein Flussdämon von dir Besitz ergreift, bloß weil wir einen kleinen Zank hatten?«, fragte Ambrose nachsichtig. »Scheint mir eine Überreaktion.«

Ich hob das Kinn und sah ihm in die Augen. Sie drehten sich nicht wild und weiß vor Empörung, wie es gestern Abend der Fall gewesen war, oder waren dunkel vor beschützender Wut. Sein Blick fühlte sich jetzt wie eine Frage an.

Also antwortete ich ihm. »Nein, das habe ich keine Sekunde lang geglaubt. Ich hatte alle möglichen dummen Zweifel, aber als ich völlig verängstigt im Wald war, wusste ich, dass ich, wenn ich es zu euch nach Hause schaffe, in Sicherheit wäre. Mir ist klar, dass das hier ein Gefängnis für dich ist, aber für mich ist es mein Zuhause, weil dies der Ort ist, wo du bist und wo meine Tanten sind. Ich bin sauer geworden, weil ich mir wünschte, es wäre für dich auch ein Zuhause, aber ich werde versuchen, mich mehr in dich hineinzuversetzen. Ich kann mir nicht vorstellen, wie es sein muss, in einem Gefängnis festzusitzen.«

Ich wusste nicht recht, was ich sonst noch sagen sollte, und ich konnte hören, dass Tante Zelda nach mir rief. Also nickte ich meinem Cousin verlegen zu und stieg die Verandastufen hoch, die in mein Zuhause führten.

Ambrose' nachdenkliche Stimme ließ mich auf den Stufen verharren. »Kannst du dir vorstellen, wie es ist, in einem Gefängnis zu sein, im Dunkeln eingesperrt, und ein Fenster zu finden? Nur ein kleines Fenster, aber das Licht strömt herein.«

Ich schüttelte den Kopf und runzelte die Stirn. Mir war nicht ganz klar, worauf er hinauswollte.

Ambrose blickte zu mir auf und stieg dann die Stufen zu

mir hoch, wobei sein roter Morgenmantel bei jedem dramatischen Schritt hinter ihm herwehte. Das sonst so amüsierte, schalkhafte Gesicht meines Cousins war ernst. Er hielt kurz auf der Stufe neben mir inne und sprach, den Blick auf die Haustür gerichtet, ohne in meine Richtung zu sehen.

»Du bist nicht nichts für mich. Du bist kein Spielzeug. Aber ich habe mich daran gewöhnt, dich wie ein Kind zu behandeln. Ich wollte dich verhätscheln, dabei hätte ich darauf aus sein sollen, dass du verstehst. Das tut mir leid.«

Mit diesen Worten stieg er die restlichen Stufen hoch, ohne eine Antwort abzuwarten. Ich konnte ihm nur nacheilen.

Bevor wir das Haus betraten, blieb mein Cousin noch einmal stehen. Er streckte, untypisch für ihn, die Hand aus, hob mit einer leichten Fingerberührung an meiner Kieferpartie mein Kinn und blickte in mein seltsames neues Gesicht, als wüsste er immer genau, wer ich war.

»Du bist für mich der Sonnenschein in meinem Gefängnis«, sagte Ambrose. »Harveys Zauber ist nicht das, was du denkst.«

WAS IM DUNKELN GESCHIEHT

Steinmauern hallen von einem Hexenlied wider.

Pater Blackwood, Hohepriester der Kirche der Nacht, Faustus für seine engen Freunde, nickt im Takt, während die Waisenhexe Prudence für den Infernalen Chor probt.

»Wenn Satan mit Donnergrollen und Verheerung
Die Welt in Blut tränkt, mein Herz freudvoll lacht!
Dann neige ich das Haupt in stolzer Verehrung
Und verkünde, Dunkler Lord, deine unendliche Macht!«

Pater Blackwood klatscht Beifall. »Ausgezeichnet, Prudence, ausgezeichnet.«

In dem Steinsaal, inmitten von lichtlosen Kerzen, strahlt Prudence' ungewöhnlich hübsches Gesicht hoffnungsvoll. »Danke, Pater. Glauben Sie – glauben Sie, Lady Blackwood wird dieses Lied gefallen?«

»Ganz bestimmt«, lügt Pater Blackwood. »Und selbst wenn nicht, werden Sie es weiter probieren, nicht wahr?«

Prudence nickt. »Natürlich, Pater Blackwood.«

Pater Blackwood zwinkert ihr zu und tätschelt sie am Arm. Während er das tut, fällt ihm auf, dass seine Fingernägel ein wenig spitzer zugefeilt sein könnten. Es ist wichtig, auf sich zu halten. »Das war mir klar.«

Er stolziert durch die Steingänge der Akademie der Unsichtbaren Künste davon, während Prudence ihm mit etwas, das er als Ehrfurcht erkennt, nachstarrt. Der Großteil seiner Schüler betrachtet ihn auf diese Weise.

Prudence blickt zu ihm auf, wie es all seine Schüler tun, als wäre er ihr Vater. Natürlich *ist* Prudence tatsächlich seine Tochter, aber das spielt keine Rolle. Es ist ja nicht so, als wäre sie sein Sohn, oder ihre Mutter seine Ehefrau. Prudence' Mutter war eine schwache Frau, und das Kind, das sie hinterlassen hat, ist genauso. Prudence kennt die Wahrheit nicht, und das ist auch gut so.

Es ist viel besser, dass Prudence im Unklaren gelassen wird und sie nach Anerkennung heischt, anstatt Zuneigung zu erwarten. Es ist viel besser, dass seine Frau Constance die Wahrheit fürchtet und deswegen Prudence hasst, und nicht ihn. Prudence' Lieder werden sich für Constance immer nach Angst und Trauerglocken anhören, ganz gleich, ob Prudence sich die Kehle wund singt, um ihr zu gefallen.

Die ganze Situation ist ideal. Das Buch *Der Hexenhammer* hat in mancherlei Hinsicht recht: Es ist gefährlich, wenn eine Frau selbstständig denkt. Sobald man einer Frau Zweifel eingeredet hat, kann sie einem von Nutzen sein.

Sicherheit ist die Eigenschaft von Männern. Da ist sich Pater Blackwood ganz sicher.

Dennoch hält er Prudence für eine der besten Schülerinnen an der Akademie. Jedenfalls unter den Hexen, die naturgemäß immer weniger wert sein werden als Hexer. Prudence ist schön, grausam, stolz und mächtig: Blackwood geht davon aus, dass sich da wohl sein Blut in ihr bemerkbar macht. Er mag eine Frau mit Temperament, wenn sich dieses Temperament von ihm zähmen lässt.

Er bleibt auf seiner Runde bei einem weiteren Schüler stehen, der in der Abteilung für gefährliche Bücher lernt, und sagt nachsichtig: »Ach, Nicholas. Fleißig am Arbeiten?«.

Nick hat sich mit schwarzen Kerzen und Stapeln an Büchern umgeben, die die anderen Schüler nicht zu berühren wagen. An der Wand neben ihm hängt ein Kalender mit Tintenkreuzen, die die Tage bis Halloween markieren. Nick Scratch ist ein vielversprechender Schüler, überlegt Pater Blackwood, doch sein größter Makel ist, dass er vielleicht ein bisschen zu intelligent ist. Der Junge studiert immer Edward Spellmans alte Bücher oder wandert durch die Welt, wie es einst der Hexer Kain tat. Bücher und Reisen führen zu Fragen, und das kann dazu führen, dass Befehle hinterfragt werden.

Nick ignoriert ihn, hält den dunklen Schopf über sein Buch gebeugt. Pater Blackwood blickt über Nicholas' Schulter und erspäht die Wörter *Mir scheint Nacht jeder Tag, getrennt von dir.*

»Nicholas«, sagt er völlig entsetzt, »ist das *ein Liebesgedicht*?«

»Es ist Shakespeare«, antwortet Nick kurz angebunden.

»Guter Name, ich glaube aber, ich kenne ihn nicht …« Pater Blackwood hält inne, als ihm ein schrecklicher Gedanke kommt. »Lesen Sie ein Buch, das von einem *Sterblichen* geschrieben wurde? Über … über … ich kann es noch nicht einmal aussprechen. Wie können Sie es wagen, solche Obszönitäten in meine Schule zu tragen? Und wenn es eines der jüngeren Kinder, Satan bewahre, in die Finger bekommt?«

Er schnippt mit den Fingern. Das Buch in Nicks Händen geht in beruhigenden orange und lila lodernden Flammen auf, die über die weiße Seite und die schwarzen Wörter lecken. Eine scharlachrote Feuerzunge leckt über Nicks Handfläche.

Nick springt von seinem Stuhl auf. Pater Blackwood ist kein solcher Tor, dass er glauben würde, Nicks Reaktion wäre auf etwas letztlich so Bedeutungsloses wie körperlichen Schmerz zurückzuführen. Nicholas ist keiner der schwachen Schüler, die gestorben sind, während sie um absurde Dinge wie Mitleid oder das Ende der Schmerzen gefleht haben. Weiche Seelen werden unter dem Gewicht der Akademie zermalmt.

Nicks Gesicht ist starr, hart wie der Stein ihrer Statue des Dunklen Lords. In der Iris seines dunklen Auges flackert eine Flamme, die in satterem Karmesinrot als Blut brennt, ein Widerschein des Höllenfeuers.

Oh, Pater Blackwood liebt wahrhaft sündigen Zorn. Nick ist ein *sehr* vielversprechender Schüler.

Nach einem siedenden Moment lenkt Pater Blackwood ein. »Das ist erledigt, und wir werden kein Wort mehr darüber verlieren. Aber keinen Schund mehr lesen, ja? Lesen Sie etwas Lehrreiches, über Magie und Mord. Seien Sie ein böser Junge. Oder unterhalten Sie sich vernünftig mit den anderen Hexern. Sie verbringen insgesamt zu viel Zeit in Gesellschaft von Hexen. Ich verstehe die Lockungen freizügigen, üppigen Fleisches wie jeder andere Hexer auch, aber das Leben kann nicht nur aus böser Fleischeslust bestehen, nicht wahr?«

»Nein«, antwortet Nick.

Ermuntert durch dieses Zeichen des Gehorsams versetzt Pater Blackwood dem Jungen einen Klaps auf den Rücken. »Leider.«

Er wendet sich mit fliegendem Gewand ab, lässt all seine vielversprechenden und wenig aussichtsreichen Schüler entschieden hinter sich und pirscht durch die Säle der Geister und Magie und Monumente des Bösen, denen er vorsteht, um seine Privatgemächer zu erreichen.

Sobald er sich in seinem unheiligen Allerheiligsten befindet, blähen sich seine Nasenlöcher, und er wirbelt argwöhnisch im Kreis herum. Im ersten Moment wirkt alles ganz normal: rote Samtvorhänge, Lampen mit schwarzen Schirmen, Regale voller Zauberbücher, ein geschmackvolles Krokodil, das von der Decke hängt, ein Feuer, das beinahe aus der Umrahmung eines hohen, schmalen Kamins züngelt.

Dann fällt sein Blick auf die Fähnchen aus orangefarbener Flamme, die sich in einer silbrigen Oberfläche spiegeln.

Vor seinem prasselnden Feuer kauert ein stark geschrumpfter Flussdämon. Sie bietet einen erbärmlichen Anblick, wie ein gebrochenes silbernes Schilfgras.

»Und was hast *du* zu deiner Rechtfertigung zu sagen?«, will Pater Blackwood wissen.

Sie weicht vor ihm zurück, aber das mildert seinen Zorn nicht im Geringsten.

»Du hattest eine Aufgabe! Zu verderben und in Besitz zu nehmen! Das ist der ganze Sinn und Zweck von Dämonen. Die Zeichen und Omen des Dunklen Lords sind ganz eindeutig gewesen.« Pater Blackwood seufzt. »Dieses halbsterbliche Mädchen ist wichtig. Ich hätte sie vollständig unter meine Kontrolle bringen und sie dazu benutzen können, Ruhm für die treuen Hexer der Kirche der Nacht zu erringen. Bloß dass du katastrophal dabei versagt hast, Sabrina in deine Gewalt zu bringen, und all meine Pläne ruiniert hast.«

»Ich bitte um Verzeihung«, murmelt der Flussdämon. »Ich werfe mich Ihnen zu Füßen.«

»Und was habe ich davon? Vielleicht wird der Dunkle Lord sogar jemand anderen in das, was eigentlich mein Reich sein sollte, schicken, um dafür zu sorgen, dass ihm Sabrina sicher ist. Die Aussicht ist schockierend.« Pater Blackwood erschaudert.

Die Vorstellung von einem wichtigen Mädchen behagt ihm überhaupt nicht. Er hatte sich darauf gefreut, dass diese Hexe mit ihrem befleckten Blut an die Akademie kommen und bereits sein Geschöpf sein würde, eine schöne, böse Dienerin ohne eigenen Willen. Er hatte sich ein gebrauchsfertiges Werkzeug in seinen Händen eingebildet. Jetzt würde sie an Halloween kommen, und wer wusste schon, welche Ideen ihr im Kopf herumspukten, und was für Schwierigkeiten sie bereiten würde?

Zum Glück gibt es die Möglichkeiten anderer finsterer Intrigen. Er ist ein ausgesprochen erfahrener Intrigant.

»Allerdings ist nicht alles verloren«, überlegt Faustus Blackwood. »Da ist immer noch Zelda Spellman, die mich so sehr bewundert. Eine kluge Frau, die aber, wie alle Frauen, männliche Anleitung braucht. Sie besucht treu die Kirche der Nacht, und offensichtlich macht sie sich, und das nicht zu Unrecht, Sorgen um ihre widerspenstige Nichte mit unreinem Blut. Zelda ist eine hingebungsvolle Dienerin Satans und respektiert mich in höchstem Maße. Die bei Weitem beste Herangehensweise wäre, Zelda ins Ohr zu flüstern, dass das Oberhaupt der Kirche der Nacht bereitsteht, um ihr bei ihren Familienproblemen unter die Arme zu greifen. Ich gehe davon aus, dass sie vor Dankbarkeit weinen, mir die Füße küssen und ihre Nichte mit köstlicher Garnierung auf dem Silbertablett servieren wird.«

Er nickt zufrieden vor sich hin.

»Der Cousin, Ambrose Spellman, könnte sich auch als hilfreich erweisen«, entscheidet er. »Die Bestrafung für seine kleine Jugendsünde dauert im Grunde schon lang genug an. Welcher abenteuerlustige Hexer hat denn nicht zumindest einmal in Betracht gezogen, verschiedene heilige Stätten in die Luft zu sprengen? Ambrose hat seinen Mitverschwörern gegenüber löbliche Treue gezeigt, indem er sie nicht verraten hat, und ich sehe einen klaren Weg, um diese Treue für mich zu gewinnen. Ich bin mir sicher, dass er diesem Weiberhaushalt unbedingt entkommen will. Verzweiflung ist eine große Motivation. Er wäre dem Wohltäter, der ihm seine Freiheit schenkt, gewiss zutiefst dankbar. O ja, es ist noch lange nicht alles verloren. Nötigung, Verführung, Bestechung … die Möglichkeiten bei der Familie Spellman sind endlos.«

Er reibt die Hände aneinander, sodass sein Rubinring das Licht einfängt.

»Wen soll ich verführen?«, fragt die Rusalka.

»Niemand hat dich darum gebeten, irgendjemanden zu verführen!«, fährt Blackwood sie an. »Ich habe vor, derjenige zu sein, der das Verführen übernimmt. Bezweifelst du etwa meine Verführungskünste?«

»Nicht im Geringsten, Meister!«, sagt die Rusalka hastig. »Ich bin mir sicher, dass Sie sehr verführerisch sein können. Wen planen Sie zu verführen?«

»Wer auch immer mir am nützlichsten erscheint.«

Vorzugsweise Zelda. Pater Blackwood hat schwerwiegende Bedenken, was Hilda betrifft. Einmal wollte er von ihr wissen, was sie von zügelloser Fleischeslust hält, und Hilda antwortete, sie habe nichts für den Pferdesport übrig. Welche Art von Hexe macht lieber Marmelade als Liebe? Es ist geradezu unanständig.

»Ja, Meister«, flüstert der Geist. »Wie kann ich Ihnen bei Ihren Plänen helfen?«

Pater Blackwood zieht eine Augenbraue hoch. »Du? Oh, ich fürchte, dich kann ich gar nicht mehr gebrauchen.«

Ihr bleibt noch nicht einmal Gelegenheit, eine Antwort zu winseln, bevor er sie an der Kehle packt und ihr schwarze Magie ins Ohr flüstert, während sie sich schreiend wehrt. Schmerz verwandelt sich in Todesqualen, Schreie um Erbarmen werden zu Schreien um ein rasches Ende, und schließlich ist der Flussdämon nur noch ein silbriger Fleck am Absatz seines Stiefels aus geschmeidigem Leder.

Wenn Sabrina an die Akademie der Unsichtbaren Künste kommt, hat Faustus Blackwood vor, sie ebenfalls unter seinem Absatz zu zertreten. Die Halbhexe hat keine Ahnung, was sie an Halloween erwartet.

DER HERBST BEGINNT

Ich bat Harvey, sich früh am nächsten Morgen mit mir im Wald zu treffen, und sagte ihm, ich hätte ihm etwas zu beichten. Ich stand vor Sonnaufgang auf, und von meinem Schlafzimmerfenster aus beobachtete ich, wie der Himmel und die Baumwipfel sich von Grau zu Grün in pures Gold verwandelten. Dann schob ich einen schwarzen Haarreifen in mein kurzes blondes Haar, schlüpfte in eine weiche schwarz-weiße Strickjacke, zog meinen roten Mantel über und verließ pfeifend das Haus.

Am Rand unseres Grundstücks wartete eine hochgewachsene Hexe, die an einem Baum lehnte und statt des üblichen mustergültigen schwarzen Kleids hochgeschlossene Sportkleidung trug. Noch unüblicher war, dass sie allein war.

»Du siehst selbstzufrieden aus«, stellte Prudence säuerlich fest. »Ich gehe also davon aus, dass sich das, was immer dir Sorge bereitet hat, in Wohlgefallen aufgelöst hat. Ich dachte, diesmal würdest du vielleicht wirklich in

Schwierigkeiten stecken. Dir fliegt alles so leicht zu, nicht wahr, Sabrina?«

»Das würde ich nicht behaupten. Und da wir beide Hexen sind, sollten wir es nicht lieber unterlassen, einander unschöne Dinge an den Kopf zu werfen? Kein Grund, sich wie in *Der Teufel trägt Prada* aufzuführen.«

»Was?«, fragte Prudence. »Wer, sagst du, hat die große Ehre, vom Dunklen Lord getragen zu werden?«

Ich seufzte. »Vergiss es. Ich stecke nicht in Schwierigkeiten. Danke für die Sorge um mich.«

Prudence schenkte mir ein spöttisches Lachen. »Das ist schade. Ich hatte gehofft, etwas würde dich daran hindern, an die Akademie der Unsichtbaren Künste zu kommen, aber ich sehe schon, ich werde dich einfach schlagen müssen – und zwar in jedem möglichen Sinn des Wortes –, wenn du erst einmal dort bist.«

Sie warf arrogant den Kopf in den Nacken. Es war merkwürdig, Prudence ohne ihre Schwestern zu sehen, und nicht so makellos herausgeputzt wie sonst. Sie war früh hergekommen, ganz allein. Vielleicht, überlegte ich einen seltsamen Moment lang, hatte sie tatsächlich so etwas wie Sorge empfunden.

Ich streckte die Hand aus und legte sie auf Prudence' Arm. »Es muss kein Wettkampf sein, weißt du?«

Prudence stieß meine Hand weg. »Alles muss ein Wettkampf sein. Damit ich gewinnen kann.«

Nun, versucht hatte ich es. Seufzend zuckte ich mit den Schultern und ließ Prudence allein unter dem Baum stehen.

Ich ging bis tief in den Wald, zu dem Ort, den Harvey als Treffpunkt vorgeschlagen hatte.

Er hatte gefragt: »Erinnerst du dich noch an den Wunschbrunnen, den wir letztes Jahr gefunden haben?«, und war verwirrt gewesen, als ich lachen musste. Er wartete auf der Lichtung, wo ich gestern gewesen war, um einen Pakt einzugehen.

Harvey war nicht in der Nähe des silbernen Bandes des stillen Baches. Er stand neben dem Brunnen. Seine Hände waren in den Hosentaschen vergraben, der Kopf leicht geneigt, und seine Schultern wölbten sich ein wenig nach innen. Als er mich hörte, hob sich sein Kinn, und er drückte die Wirbelsäule gerade durch. Obwohl ich mich mit ihm verabredet hatte, lächelte er, als wäre es eine wunderbare Überraschung, dass wir uns trafen.

Kurz fragte ich mich, was Harvey gedacht hätte, wenn er mich so gesehen hätte, wie ich gestern gewesen war.

Ich glaubte nicht, dass er mich so wie jetzt angesehen hätte, und ich wollte auf keinen Fall, dass er mich jemals auf irgendeine andere Art ansah.

»Brina.« Harvey streckte lächelnd die Hand nach meiner aus.

Ich ergriff sie nicht. Stattdessen starrte ich auf das hohe Gras und die Steine um den Brunnen. Wenn ich ihn zu lange ansah, wenn ich darüber nachdachte, wie sehr ich ihn nicht verlieren wollte, würde ich vielleicht nicht über die Lippen bringen, was ich zu sagen hatte.

»Lass mich Folgendes gleich loswerden, bevor ich den

Mut verliere: Ich hatte keine Ahnung, dass das Mädchen in Grün Tommys Freundin war«, platzte es aus mir heraus. »Ich wusste nicht, dass du dir Sorgen gemacht hast. Ich *habe* geglaubt, dass du sie angesehen hast, weil sie schön und glamourös war. Und am nächsten Tag dachte ich, du würdest diese Gruppe von Hexen anschauen, weil sie alle hübsch waren.«

»Ähm«, sagte Harvey. »Einer von ihnen war ein Kerl? Und warum bezeichnest du Leute, die du gar nicht kennst, als Hexen? Ich bin mir sicher, dass sie nett waren.«

»Okay.« Ich seufzte. »Ich war eifersüchtig und dumm. Ich habe eifersüchtige, dumme Sachen gedacht und getan. Es tut mir leid, Harvey. An dich habe ich dabei überhaupt nicht gedacht. Ich habe mir nur ständig Sorgen gemacht, dass sich alles nach meinem sechzehnten Geburtstag ändern würde. Ich weiß schon, dass wir nicht offiziell zusammen sind oder so was, und wahrscheinlich bin ich jetzt voreilig, aber selbst wenn sich alles ändern sollte, möchte ich, dass wir uns weiter sehen.«

Er schwieg. Vielleicht war er entsetzt. Er war doch bestimmt nicht entsetzt, oder?

Ich riskierte einen Blick nach oben. Er war eindeutig entsetzt.

»Wir sind nicht *offiziell* zusammen oder so was?«, hauchte er.

»Ähm«, sagte ich. »Hör mal …«

»Versuchst du mir damit zu sagen, dass du *nicht* meine Freundin bist? Aber ich … ich erzähle den Leuten seit einem

Jahr, dass du meine Freundin bist! Ich habe den Leuten an der Kinderschminkbude erzählt, dass du meine Freundin bist. Ich habe meiner Großtante Mildred erzählt, dass du meine Freundin bist, und sie wohnt in einem Pflegeheim in Florida und fragt jedes Mal, wenn sie anruft, nach dir! Sabrina, ich respektiere deine Entscheidungen voll und ganz, aber wenn du nicht meine Freundin sein wolltest, dann w-wünschte ich, du hättest es schon früher einmal erwähnt.«

Harvey geriet ins Stocken.

»Warte«, sagte ich.

»Möchtest du mit anderen ausgehen?«, fuhr Harvey in immer niedergeschlagenerem Tonfall fort.

»Nein!«, rief ich. »*Nein.* Ich will deine Freundin sein. Bin ich denn deine Freundin? Bist du mein Freund? Ist das so?«

»Ich …« Harvey stockte. »Ich dachte schon.«

»Seit einem Jahr. Warum hast du mich nicht gefragt, ob ich deine Freundin sein will?«

»Warum hast du mich nicht gefragt, ob ich dein Freund sein will?«, schoss Harvey zurück. Dann wurde er weicher, wie immer, weil er sich Sorgen machte, er könnte jemandem selbst mit dem Hauch eines scharfen Kommentars wehtun. Er neigte den Kopf, bis er mir in die Augen sehen konnte, und im nächsten Moment schmolz die Niedergeschlagenheit aus seinem Gesicht. »Brina, ich hatte sogar zu große Angst, um mich richtig mit dir zu verabreden! Letzten Endes habe ich einen Kinobesuch unter Freunden organisiert und dann Roz und Susie angerufen und sie gebeten, nicht mitzukommen. Davor hatte ich es schon ungefähr zehnmal probiert.«

Nun da Harvey es erwähnte, erinnerte ich mich, dass er damals oft vorgeschlagen hatte, ins Kino zu gehen. So ungefähr jeden dritten Tag. Einmal zu einer Naturdokumentation. Ich war jedes Mal mitgegangen. Es hatte mich noch nicht einmal gewundert. Ich hatte bloß gedacht, er wollte, dass wir interessante Fakten über Seelöwen erfuhren.

Ich hatte nur mit ihm zusammen sein wollen.

Vielleicht stimmte es, was er sagte.

Und vielleicht sagte er es wegen des Zaubers, mit dem ich ihn belegt hatte. Ich würde es nie erfahren.

»Das höre ich gern«, sagte ich benommen.

Das winzige, aufmunternde Lächeln verschwand von seinem Mund, weil ich es nicht erwiderte. Forschend betrachtete Harvey mein Gesicht.

»Moment mal!« Er warf seine Schultasche zu Boden und kniete sich in das lange Gras neben dem Brunnen. »Du hast gesagt, dass du dich an diesen Ort erinnerst.«

Mein Blick huschte zum Bach, zu der ruhigen, glänzenden Oberfläche, die den grünen Mantel eines Mädchens und den Diamantring eines anderen verbarg, samt ihren Gebeinen.

»Ähm, ja«, sagte ich. »Vage.«

»Es war so eine Überraschung, als wir diesen Ort bei unserem Klassenausflug entdeckt haben«, erklärte Harvey. »Ich hatte das Gefühl, dass es vielleicht ein Zeichen sein könnte. Als könnte es vielleicht – widersprich mir, wenn sich das hier blöd anhört – ein Wunschbrunnen sein.«

»Das hört sich für mich nicht blöd an.«

Harveys Finger schoben sich durchs Gras und die lockere Erde und vereinzelte Steine. »Ich mochte dich so sehr und wusste nicht, wie ich es dir sagen soll. Ich habe ein Bild von diesem Ort gezeichnet, und du hast gesagt, es würde dir gefallen, also habe ich es dir geschenkt, und du hast gesagt, du würdest es aufheben. Ich dachte, vielleicht würde ich ja endlich den Mut finden, dich zu einem Date einzuladen. Ich habe es mir hier fest gewünscht.«

Harvey erhob sich neben dem kleinen Steinbrunnen und kehrte dann durch das hohe Gras zu mir zurück. Wieder streckte er die Hand aus, doch diesmal wollte er nicht, dass ich sie ergriff.

Diesmal hielt er mir eine Gabe entgegen. In der Mulde seiner Handfläche lag ein kleiner grauer Stein. Langsam streckte ich die Hand aus und nahm den Stein entgegen.

Durch Zeit und Regen eines Jahres war er verwittert, aber ich konnte immer noch erkennen, was in die glatte graue Oberfläche des Steins eingeritzt war. Mein Name, *Sabrina*, und unter dem Namen die rasch hingeworfene Skizze einer Rose. Sie hätte von keinem anderen als meinem romantischen Künstler stammen können.

Zeit und Regen eines Jahres. Mein Name. Sein Wunsch. Der Stein war wie ein Goldnugget in meiner Hand.

Harvey schenkte mir das gleiche schüchterne Lächeln, das er mir vor zehn Jahren geschenkt hatte, als ich an meinem ersten Schultag auf einen fremden Jungen zugegangen war.

»Ich habe versucht, den Stein in den Wunschbrunnen zu werfen, aber ich habe daneben getroffen«, gestand er. »Tommy hat mir immer gesagt, dass ich keinen guten Wurfarm habe. Am Tag zuvor habe ich gekniffen, mich mit dir zu verabreden, und an zu vielen Tagen danach auch. Ich hätte dich ins Kino einladen und sagen sollen, dass es eine Verabredung war, aber auch davor hatte ich zu große Angst. Mir wäre im Traum nicht eingefallen, dass du jemals daran zweifeln könntest, wie sehr ich dich mag. Ich habe mir nur Sorgen gemacht, du würdest *mich* nicht haben wollen.«

Ich schüttelte den Kopf, mir schnürte sich die Kehle zu, und ich blickte durch einen glänzenden Tränenschleier. Ich schloss die Finger fest um den Stein.

»Vor einem Jahr bist du mein einziger Wunsch gewesen«, flüsterte Harvey. »Nach unserem ersten Kuss wusste ich, dass ich niemals eine andere küssen wollen würde. An unserem ersten Schultag bin ich nach Hause gegangen und habe meinem Bruder erzählt, dass ich dich heiraten würde.«

Ich blinzelte. Harvey biss sich auf die Lippe.

»O Gott, das ist seltsam, nicht wahr? Du findest das seltsam. Es tut mir so leid. Ich war fünf. Bitte vergiss nicht, dass ich fünf war! Im Ernst, Sabrina, ich weiß, dass ich mich in der vergangenen Woche merkwürdig benommen habe. Keine Ahnung, was in mich gefahren ist. Es war, als ob … ich vor nichts Angst hatte und alle Risiken eingehen konnte, die ich wollte. Jetzt ist das alles irgendwie verschwommen. Es war wohl eine Reaktion auf meine Sorge, dass Tommy fortziehen könnte, aber ich bin viel zu weit gegangen. Dafür gibt es keine Entschuldigung.«

»Es war nicht deine Schuld«, sagte ich. »Es war m... Moment mal, du glaubst, du bist zu weit gegangen?«

Er hatte heute noch nicht gesagt, ich sei schön wie der Morgen, und gestern auch nicht. Er hatte mich Brina genannt, der Kosename, den er nicht benutzt hatte, während er davon schwärmte, was für eine Göttin ich doch sei. Es war ihm nicht peinlich gewesen, als er das Lied gesungen oder mir überschwängliche Komplimente gemacht oder die Blumenkränze gebunden hatte, aber gestern hatte er sich entschuldigt. Jetzt war es ihm peinlich.

Ich wusste nicht wie, und ich wusste nicht warum, aber eines war sicher: Er war nicht mehr verhext.

»Ich weiß es.« Heftige Röte zog sich über Harveys Wangenknochen. »Das Zeug, das ich da von mir gegeben habe, ich meine, natürlich denke ich diese Dinge jedes Mal, wenn ich dich sehe, aber ich weiß, dass es zu weit geht, sie zu sagen, und es sich lächerlich anhört, und dann waren da die Blumen, und dann noch dieses furchtbare *Lied* – deine Familie hat dir bestimmt von dem Lied erzählt ...«

»Von einem Lied haben sie nichts erwähnt«, log ich mit Nachdruck. »Ich weiß nichts von einem Lied.«

»Oh, gut«, antwortete Harvey. »Vergiss das Lied. Bitte frag mich nie danach. Ich fasse es nicht, dass ich mich so aufgeführt habe. Und ich fasse es nicht, dass du nicht gewusst hast, was ich für dich empfinde, bloß weil ich zu große Angst hatte, es dir ins Gesicht zu sagen. Ab jetzt werde ich anders sein. Ich werde mir echt große Mühe geben, kein Schisser mehr zu sein.«

Ich traf eine Entscheidung.

»Ich werde es auch versuchen«, versprach ich ihm. »Ich werde nicht mehr an dir zweifeln und an mir auch nicht.«

Harvey stieß ein leises Lachen aus. »Du? Du scheinst nie Angst vor irgendwas zu haben.«

»Hast du eine Ahnung!«, sagte ich. »Aber ich werde versuchen, keine Angst mehr zu haben.«

»Dann gehe ich jede Wette ein, dass du nie wieder Angst haben wirst.«

Ich lachte ebenfalls. »Was wäre denn dein Einsatz?«

»Ich würde alles auf dich setzen, was ich habe. Ich bin mir nicht bei vielem sicher«, sagte Harvey. »Aber bei dir bin ich mir sicher. Das war ich schon immer.«

Ich steckte den Stein in die Tasche und streckte Harvey beide Hände entgegen. Er nahm sie in seine und lächelte genau mit dem gleichen Staunen auf mich herab wie an dem Tag, als er verhext gewesen war, mit dem gleichen Staunen, das er schon die ganze Zeit über verspürt hatte. Jetzt war er ein wenig schüchterner, ein wenige zögerlicher, und es war so viel besser, weil ich wusste, dass es echt war.

»Hey, Harvey?«, fragte ich. »Willst du mein Freund sein?«

Lachend beugte Harvey sich herunter und küsste mich. »Ja«, murmelte er an meinen Lippen. »Ja. Das will ich.«

Ich spürte sein Lachen an meinem Mund, wie ein Fluss, wie ein Lied. Ich klammerte mich an seine Jacke und stellte mich auf Zehenspitzen, um ihn zu erreichen, er beugte sich zu mir herunter, und der Bogen unserer Körper war wie der Bogen der Äste über uns. Harveys Blick war zu oft voller Schatten, aber wenn er glücklich war, wenn er mich ansah, wie er es jetzt gerade tat, dann waren da Lichter in seinen haselnussbraunen Augen, die sie golden wie die Blätter über unseren Köpfen aussehen ließen. Ich fragte mich, warum ich je Angst davor gehabt hatte, dass sich die Blätter verfärben würden, wenn doch Gold die Farbe des Sieges war, die Farbe heller, lodernder Freude.

Eines Tages würde Harvey mir vielleicht sagen, dass er mich liebte, und ich würde wissen, dass er es so meinte, und dass es echt war. Eines Tages könnte ich ihm vielleicht sagen, dass ich eine Hexe war, wie er mir die Geheimnisse seiner Familie anvertraut hatte, und er würde mir glauben, und wir würden gemeinsam zu einem neuen Abenteuer aufbrechen.

Auf dem Schulweg ging ich neben meinem sterblichen Freund durch den Wald und trug meinen roten Mantel als Flagge des Trotzes. Eine Herausforderung der Halbsterblichen an alle Dämonen oder Geister oder Hexen, die sich im Dunkeln verbargen, und an die ungewisse Zukunft.

Na los! Kommt doch, und holt mich. Ihr könnt es gern versuchen.

Harveys Bruder holte uns ab und brachte mich in seinem Pick-up nach Hause.

»Nächste Woche wechseln wir zur Winterschicht über«, warnte Tommy, als wir in den Pick-up kletterten. »Dann wirst du nicht mehr durch die Gegend chauffiert, Nerd.«

»Alles besser als nichts«, sagte Harvey. »Den Blick nach vorn auf die Straße, Fahrer!«

Ich boxte Harvey gegen den Arm, und er gab mir einen raschen Kuss, und Tommy hinter dem Steuer lachte. Wir fuhren die kurvenreiche Straße nach Hause, ich unter Harveys Arm, warm, obwohl der Wind einen eisigen Hauch als Vorgeschmack auf den Winter mit sich brachte.

Als der Pick-up vorfuhr, saß Ambrose in seinem roten Morgenmantel und einer schwarzer Jeans auf dem Verandageländer, den Blick auf seinen Laptop gerichtet, und grinste.

»Tommy. Harvey. Danke, dass ihr Sabrina nach Hause gebracht habt. Tantchen Hilda hat ihre berühmte Augapfel-Lasagne gemacht, Cousinchen. Die darfst du dir auf keinen Fall entgehen lassen.«

Ich verzog warnend das Gesicht.

»Hey, Ambrose!« Tommy grinste schüchtern zurück und beugte sich über das Lenkrad. »Kein Problem. Was für eine Lasagne?«

»Auberginen-Lasagne«, verbesserte Ambrose sich hastig. »Ich habe *Aubergine* gesagt. Amerikaner nennen Auberginen Eierpflanze, aber das ist lächerlich. Eier kommen nicht von Pflanzen. Es ist, ähm … ein vegetarisches Gericht.« Er nickte, und sein Lächeln wurde unerträglich breit bei seinem Versuch, charmant und normal zu wirken.

Harvey sah ihn mit verengten Augen an. Tommy, von Natur aus vertrauensselig, grinste immer noch, als hielte er Ambrose für urkomisch und harmlos.

»Okay«, sagte Tommy nachsichtig. »Sie ist bestimmt köstlich.«

»Köstlich ist vielleicht zu viel gesagt«, erwiderte ich. »Aber ich finde Familienessen toll. Tschüss, mein Freund!«

Harvey schenkte mir ein verstohlenes, glückliches Lächeln. »Tschüss, meine Freundin.«

Ambrose stieß ein Würgegeräusch aus, aber auf amüsierte Art. Ich kletterte vom Pick-up, und Ambrose sprang leichtfüßig zu mir herunter auf die Verandastufen, den Laptop unterm Arm.

Einen Moment lang hatten Harvey und Tommy den gleichen Blick in den Augen, Harveys ernst und dunkel, und Tommys sonnig und blau: beinahe sehnsüchtig. Wieder einmal regte sich der Wunsch in mir, ich würde Tommy besser kennen, dass unsere Familien sich besser kennen könnten. Ich wünschte, ich hätte sie beide ins Haus bitten können, damit sie sich zu meiner Familie an den Tisch setzten.

Tante Zelda war nicht gut darin, sich über längere Zeit wie eine Sterbliche zu benehmen. Sie würde es ganz bestimmt nicht zu schätzen wissen, wenn ich ohne Vorwarnung zwei Sterbliche zum Abendessen zu uns einlud.

Harvey kletterte vom Pick-up und stieg vorn bei Tommy ein, und Tommy schlang einen Arm um Harveys Schultern.

Ihnen ging es gut, sagte ich mir. Sie hatten einander. Sie fuhren zusammen nach Hause.

Ich winkte den beiden Brüdern zum Abschied und beobachtete, wie der kirschrote Pick-up um die Straßenbiegung unter den goldenen Blättern verschwand. Eines Tages in der Zukunft, wenn ich Harvey die Wahrheit gesagt hatte, würde ich sie vielleicht zum Abendessen einladen können.

Eines Tages. Vielleicht.

Ambrose, dessen Standardreaktion auf Sterbliche darin bestand, mit ihnen zu flirten oder sie abzutun oder sie flirtend abzutun, drehte sich ohne einen weiteren Blick weg. Ich eilte die Verandastufen hinter ihm hoch ins Haus.

»Hey, könnte ich kurz unter vier Augen mit dir sprechen?«

Ambrose wackelte mit den Augenbrauen. »Hört sich unheilvoll an. Na schön.«

Er wies auf die doppelarmige Treppe, die von unserer Eingangshalle nach oben führte, die eine Seite ein Spiegelbild der anderen. Wir setzten uns nebeneinander auf die mit rotem Teppich ausgelegten Stufen.

»Der Zauber bei Harvey«, sagte ich. »Er ist fort. Ich glaube, er ist schon seit gestern nicht mehr da.«

Ambrose summte vor sich hin. »Das hab ich mir schon gedacht. Ehrlich gesagt überrascht es mich, dass er so lang angehalten hat. Der Zauber wird nämlich durch den Kuss wahrer Liebe gebrochen. Sehr klassisch. Sehr traditionell.«

Der Zauber war nicht gebrochen worden, als Harvey und ich uns auf dem Riesenrad auf dem Jahrmarkt *Zum*

Letzten Tag des Sommers geküsst hatten. Vielleicht hatte ich da immer noch zu viel an mich gedacht.

Ich erinnerte mich an den Tag voll Dornen und Rosen, wie ich Harveys Hände geküsst hatte, und dann daran, wie Tommy einen Kuss auf die Schläfe seines Bruders gedrückt hatte. Vielleicht war ich es gewesen, und vielleicht war es Tommy gewesen, der seinen Bruder gerettet hatte, ohne es zu ahnen, so wie Ms. Wardwell Menschen am Bach gerettet hatte. Es gab so viele Arten von Liebe.

»Aha. Und wie lautete nun die letzte Zeile des Zauberspruchs?«

»*Quos amor verus tenuit, tenebit*«, sagte Ambrose auf. »*Wen wahre Liebe zusammenhielt, die wird sie zusammenhalten*. Wenn er dich die ganze Zeit über schon geliebt hat, dann würdest du es wissen. Wenn nicht … dann auch. Ich war mir ziemlich sicher, dass er dich liebt, nachdem ich seit zehn Jahren mit anschaue, wie er dich mit großen Kuhaugen anhimmelt. Ich dachte, es wäre eine schöne Überraschung für dich. Mit Flussdämonen habe ich nicht gerechnet. Niemand rechnet je mit Flussdämonen.«

Tenebit, nicht *tenebris*. Die ganze Zeit schon hatten die Wörter *zusammenhalten* bedeutet, nicht *Schatten*. Es war der Versuch meines Cousins gewesen, etwas Nettes für mich zu tun. Nicht auf normale Sterblichenart, aber wir waren nun einmal Hexen. Ambrose war, wer er war. Ich hätte ihn nicht anders haben wollen.

Trotzdem war ich kein Kind, mit dem er spielen oder das er verhätscheln konnte, nicht mehr. Und ich musste ihn verstehen, anstatt ihn zu vergöttern oder zu fürchten. Da ich nun heranwuchs, mussten wir einander verstehen lernen, selbst wenn das schwierig war, weil wir so unterschiedlich waren. Wir mussten lernen, Ebenbürtige zu sein.

Aber trotzdem Familie. Immer Familie.

»Ich war stolz auf dich, weil du den Dämon mit deinem kleinen Nicht-ertrinken-Zauber ausgetrickst hast«, sagte Ambrose. »Wo hast du gelernt, so durchtrieben zu sein?«

»Vom Besten«, sagte ich und beobachtete, wie langsam ein Lächeln Ambrose' Gesicht zum Strahlen brachte.

Als Kind hatte ich mir keine Gedanken gemacht, weil Ambrose nicht die Hände nach mir ausstreckte oder mich festhielt. Ich war einfach zu ihm gelaufen, hatte ihn gepackt und war davon ausgegangen, dass ich willkommen war. Genau das gleiche absolute Vertrauen hatte ich gestern verspürt, als ich nach Hause in Sicherheit gerannt war. Als ich gestern in Schwierigkeiten gesteckt hatte, waren alle Zweifel von mir abgefallen. Als ich gestern in Schwierigkeiten gesteckt hatte, hatte Ambrose mich ganz fest gehalten.

Heute ließ ich den Arm um Ambrose' Taille gleiten und lehnte die Wange an seine in Seide gehüllte Schulter.

»Es tut mir leid, dass ich schrecklich war.«

»Ich war auch schrecklich«, sagte Ambrose leichthin. »Hexen sind das manchmal. Wie dem auch sei, du hast deinen Denkzettel bekommen. Jetzt kennst du die furchtbare Wahrheit, dass es Harveys heimlicher Herzenswunsch ist, dir mit entsetzlichen Liebesliedern Ständchen zu bringen. Es tut mir so leid, dass du das erfahren musstest. Ich habe vollstes Verständnis, solltest du ihn jetzt nie wieder mit den gleichen Augen sehen können.«

Natürlich denke ich diese Dinge jedes Mal, wenn ich dich sehe.

Harvey hatte mehr oder weniger gesagt, der Zauber habe bei ihm das Gefühl bewirkt, dass er keine Angst hatte, mir diese Dinge zu sagen oder Risiken einzugehen. Es war seltsam und süß zu erkennen, dass Harvey, wenn er mir ein scheues Hey zumurmelte oder still war oder über Comics und Filme redete, insgeheim dachte, ich sei schön wie der Morgen, und er mir Ständchen bringen und mir zu Ehren die Welt mit Blumen schmücken wollte.

Es war nicht nötig, dass er irgendetwas davon tat. Es reichte zu wissen, dass er es wollte.

»Ich mag es, dass er mir ein Ständchen gebracht hat.«

Ambrose stieß ein skeptisches Geräusch aus. »Vielleicht würde es dir anders ergehen, wenn du tatsächlich gehört hättest, worum es in dem Lied ging. Soll ich es dir vorsingen? Ich kann es dir jetzt gleich auf der Stelle vortragen.«

Ich versetzte ihm einen leichten Kopfstoß gegen die Schulter. »Nein, ich warte ab, bis Harvey mir selbst erzählt, was er empfindet. Ich bin froh, dass er mich liebt. Ich liebe ihn wirklich. Eines Tages werde ich es ihm auch sagen.«

»Ich habe mal gehört, die Liebe könnte alles überwinden«, merkte Ambrose an. »Das schließt wohl auch Unmusikalität mit ein.«

Ich boxte gegen seinen Arm. Ambrose gackerte, mein Cousin, die böse Hexe aus dem Märchen. Vielleicht wären wir nicht auf die gleiche Weise eine Familie, wenn er hier nicht gefangen wäre, aber hier war er nun mal. Und obwohl er hier gefangen war, hätte er mich ignorieren oder mir aus dem Weg gehen können. Stattdessen hatte er sein Zauberbuch für mich aufgeschlagen und mir meine ersten Zaubersprüche beigebracht. Als ich vier war, streckte ich immer die Hände zu ihm empor, und er lachte dann und hob mich hoch und trug mich durchs Haus. Als ich vierzehn war, lachte er und redete mit mir über Jungs.

Ich war mit Träumen von einem Zuhause und meinen Eltern groß geworden, aber es waren Träume. In all meinen echten Erinnerungen an mein Zuhause war er da. In letzter Zeit hatte ich vieles infrage gestellt, aber es gab ein paar Dinge, die ich niemals anzweifelte.

Ich atmete tief durch. »Weißt du, was ich noch liebe?«

»Haarreifen?«, schlug Ambrose vor.

Ich brach in schallendes Gelächter aus und begriff aufs Neue, warum Ambrose so viel lachte. Gelächter forderte den Schmerz heraus, und manchmal besiegte es ihn.

Ambrose lachte mit mir. »Es sind Haarreifen, nicht wahr?«

»Du bist es. Ich liebe dich wirklich.«

Ambrose' Lachen verstummte. Auf meine Worte folgte Schweigen, nur unterbrochen vom entfernten Klappern von Töpfen aus der Küche und dem Gemurmel der Stimmen meiner Tanten, dem Knarzen alter Dielenbretter und Türen, die vor sich hin meckerten, und ganz leise dem Rascheln von Blättern auf unseren Schrägdächern. Den Geräuschen meines Zuhauses.

Sanft wie das Licht, das sich durch unsere Buntglasscheiben stahl, sagte er: »Ich liebe dich auch, Sabrina. Mit meinem ganzen kalten, wankelmütigen Hexenherz.«

Ich bekam einen Kloß im Hals, sodass ich einen Moment lang nichts sagen konnte. Stattdessen rieb ich die Wange an seiner Schulter.

Er zögerte. Sogar noch leiser fügte er hinzu: »Wenn ich dich enttäusche, wird es nicht absichtlich geschehen.«

Die Vorstellung war lächerlich. Ich schlang beide Arme um seine Taille und drückte zu. »Du wirst mich nicht enttäuschen. Da bin ich mir ganz sicher.«

Ich hatte mir sicher sein wollen, dass Harvey mich liebte, und sicher, dass mein Cousin mich liebte, als würde ich dann nicht mehr so viele Zweifel daran haben, wer ich war und welchen Pfad im Leben ich einschlagen würde. Vielleicht sehnt sich ein jeder, Hexe wie Sterblicher, nach Liebe, damit man ganz wird und sich seiner selbst sicher ist. Bis die Liebe kommt, und wir immer noch nicht ganz sind, und uns nichts anderes übrig bleibt, als dem Menschen unserer Wahl unser zerbrochenes Wesen anzuvertrauen und ihn mit unserem angeknacksten Herzen zu lieben.

Ambrose hatte es sich nicht ausgesucht, hier gefangen zu sein. Ich hatte es mir nicht ausgesucht, meine Eltern zu verlieren. Aber niemand kann sich seine Familie aussuchen.

Bis man heranwuchs. Dann konnte man sich einander aussuchen.

Ambrose stieß ein leises, resigniertes Seufzen aus. »Dann sei du dir für uns beide sicher.«

Unsere Tanten riefen uns, ihre Stimmen wie eine. Bald würde ich ihn loslassen, und wir würden gemeinsam zu Abend essen. Jetzt hielt ich ihn noch ein Weilchen fest.

»Das kann ich machen. Und weißt du, wobei ich mir noch sicher bin?«

»Bei vielen Dingen, nehme ich an«, murmelte Ambrose. »Erzähl sie mir. Ich bin für dich da.«

»Du hast gefragt, was für eine Hexe ich sein werde«, sagte ich. »Nun, ich sage dir, was für eine Art ich sein werde. Meine eigene Art von Hexe.«

Ambrose antwortete mir nicht mit Worten. Stattdessen schlang er einen Arm um meine Schultern und küsste mein Haar. Der Kuss war leicht wie Regen, leicht wie sein Lachen: Er funkelte und fiel von oben herab und verschwand, würde aber immer wieder zurückkehren.

Verloren, verloren, verloren, hatten die Blätter im wilden Wald mir gestern zugeflüstert, aber der Wald hatte unrecht. Ebenso wie jeder, der mir sagte, ich müsste zwischen Liebe und Magie wählen. Ich hatte nicht vor, eins von beidem zu verlieren.

Vielleicht waren die Welt der Hexen und die der Sterblichen nicht so weit voneinander entfernt, wie ich fürchtete. Eigentlich hatte mir niemand gesagt, ich könnte keine sterblichen Freundinnen oder einen sterblichen Freund haben. Doch selbst wenn meine beiden Welten sogar noch weiter voneinander entfernt sein sollten, als ich befürchtete, würde ich sie näher zusammenzwingen. Falls ich tatsächlich auf die Akademie der Unsichtbaren Künste gehen musste, würde ich abwarten, wem ich dort begegnete, abwarten, was ich lernte, abwarten, ob es dort etwas oder jemanden zu lieben gab. Ich würde Harvey und Roz und Susie weiterhin lieben und ihnen helfen, auf magische oder sterbliche Weise. Ich würde immer noch Teil meiner Familie sein, die nie eine traditionelle Familie sein würde, dafür immer meine. Ich würde Ms. Wardwell vertrauen, die mir von einem Sterblichen vorgelesen hatte, der die Wahrheit über eine Hexe gekannt und sie geliebt hatte. Ich konnte für uns alle sicher sein. Ich konnte richten, was immer es zu richten gab.

Was immer aus mir werden sollte, ich würde eine Spellman-Hexe sein und auf Spellman'schem Boden kämpfen.

Ich war nicht verloren. Ich war zu Hause.